꿈을 꾸지 않는

시스콤 아이돌의

청춘 돼지는

카모시다 하지메 지음
미조구치 케이지 ♪일러스트
이승원 옮김

제1장 시스터 패닉 · · · · · · · · · · · · · · · · · · · 013

제2장 냉전을 시작합니다 · · · · · · · · · · · · · 101

제3장 시스콤은 아니에요 · · · · · · · · · · · · · 175

제4장 콤플렉스 콩그레츄레이션 · · · · · · · 253

종 장 가을이 데리고 오다 · · · · · · · · · · · · · 339

디자인 ♪ 키무라 디자인 랩

꿈을 꾸지 않는

시스콤 아이돌의

청춘 돼지는

카모시다 하지메 지음
미조구치 케이지 일러스트
이승원 옮김

그날, 아즈사가와 사쿠타는…….

—또냐.

……하고, 생각했다.

제1장

시스터 패닉

1

연속해서 터지는 플래시가 텔레비전 화면을 새하얗게 물들였다.

"이번 일로 심려를 끼쳐 드려 죄송합니다."

젊은 남성 모델과의 불륜이 발각된 전직 아이돌 기혼 여성이 깊이 고개를 숙였다.

그 후, 10초 동안 침묵이 이어졌다.

그리고 그녀가 고개를 들자, 다시 공격적인 셔터 음과 플래시가 인정사정없이 그녀의 조그마한 몸을 압박했다.

아즈사가와 사쿠타는 그 모습을 멍하니 쳐다보면서 「연예인은 고생이 많네」 하고 생각했다.

일본 전국에는 불륜이나 바람을 피우고 있는 사람이 산더미처럼 있을 것이다. 하지만 그들은 전국에 방송되는 텔레비전 프로그램에 나와 자신의 죄를 시인하지 않는다. 「슈퍼 육식계다」, 「걸레다」, 「성욕 몬스터다」 같은 언어적 돌팔매질을 당하지도 않는 것이다.

그녀는 제대로 카메라도 쳐다보지 못한 채 기자의 질문에 머뭇머뭇 대답하고 있었다. 그리고 기자 회견이 끝난 후 「이번 일로 심려를 끼쳐 드려 정말 죄송합니다」 하고 말하며 또 고개를 숙였다.

아무래도 세간을 떠들썩하게 해서는 안 되는 것 같았다.

하지만 기자 회견장에 다 들어가지 못할 만큼 많은 연예계 기자와 카메라를 보니, 다들 이 소동을 즐기고 있는 것이 아닐까 하는 생각이 들었다. 그렇다면 기자들은 자기 자신을 희생해 이런 쇼를 제공한 그녀에게 감사해야 한다.

그녀가 사죄해야 할 사람은 자신의 남편과 자신이 하차한 탓에 피해를 입은 방송 프로그램관계자와 사무소 사람들…… 그리고 그녀의 순수한 팬만으로 충분하지 않을까. 세간의 불특정 다수를 향해 머리를 숙여 봤자, 그 사죄의 진실미만 떨어질 뿐이다.

뭐, 사쿠타에게 있어서는 아무래도 상관없는 일이다. 만난 적도 없는 연예인이 누구와 사귀든, 누구와 불륜을 저지르든, 사쿠타가 알 바가 아니니까 말이다.

솔직히 말해, 곧 서른 줄에 들어서는 전직 아이돌의 말로 같은 걸 걱정하고 있을 때도 아니다.

사쿠타에게는 그것보다 더 걱정해야 할 일이 있는 것이다.

현재 사쿠타는 한 살 연상의 연인인 사쿠라지마 마이의 집에 와 있었다. 10층짜리 맨션의 9층에 있는 그녀의 집 거실에 있는 것이다.

깨끗하게 정리된 바닥 위를 아까부터 청소 로봇이 돌아다니고 있었다. 정말 성실하기 그지없는 녀석이다. 사쿠타는 소파에 앉아서 그 광경을 지켜보고 있었다.

사쿠타의 맞은편 소파에는 마이가 앉아 있었다. 한순간

시선이 마주쳤지만, 사쿠타는 아무 말도 하지 않으며 고개를 옆으로 돌렸다. 딱히 멋쩍어하는 것은 아니다. 사쿠타는 자신이 고개를 돌린 방향에 있는 한 인물에게 물어볼 것이 있었다.

사쿠타의 옆에는 눈부신 금발을 지닌 동갑내기 소녀가 앉아 있었다.

"저기, 마이 씨. 이게 대체 어떻게 된 거예요?"

사쿠타는 그 금발 소녀를 마이라고 부르며 질문을 던졌다. 마이는『정면』에 앉아 있는데 말이다.

사쿠타가 부자연스러운 행동을 취했지만, 마이도, 금발 소녀도 의문을 품지 않았다. 그뿐만 아니라 사쿠타가「마이 씨」라고 부른 금발 소녀는…….

"그러니까, 나와 이 애의 몸이 바뀌었어."

……마치 마이 같은 차분한 어조로 대답했다.

어째서 사쿠타가 이런 상황에 처했는가. 그것을 알기 위해서는 시간을 조금 거슬러 올라갈 필요가 있다.

이날…… 9월 1일 월요일. 약 40일간에 걸친 여름 방학이 끝나고, 2학기가 시작되는 개학식 당일. 사쿠타는 마이와 만나는 것을 고대하면서 학교로 향했다.

장기 휴가 동안 연예계 활동을 재개한 마이는 바쁘기 그지없어서 거의 만나지 못했다.

게다가 사무소 측에서 데이트 금지령을 내린 탓에 두 사람에게 허락된 얼마 안 되는 시간에도 커플다운 여름 이벤트를 하나도 하지 못했다.

　수영복 차림의 마이를 감상하지도 못한 채, 이렇게 2학기를 맞이하고 만 것이다.

　즐거울 줄 알았던 여름 방학은 이런 식으로 끝나버렸지만……

　"2학기가 시작되면 학교에서 만날 수 있을 거야."

　사쿠타는 마이에게 그 말을 듣고, 태어나서 처음으로 9월 1일이 찾아오는 것을 환영했다. 그리고 마이는 어젯밤에 전화로 「내일 학교에서 봐」라고 사쿠타에게 말했다.

　하지만 오늘 학교에 가보니, 마이는 개학식에 참가하지 않았다. 종례가 끝난 후 3학년 1반 교실에 가봤지만, 역시 마이는 없었다.

　가방도 없는 걸 보면 학교에 오지 않은 것 같았기에, 사쿠타는 어쩔 수 없이 그대로 하교했다.

　홀로 쓸쓸히 자신이 사는 맨션 앞에 도착했을 때, 마침 맞은편 맨션에서 누군가가 나왔다. 그 사람은 마이였다.

　사쿠타는 기뻐하면서 그녀에게 말을 걸었지만, 마이에게서는 뜻밖의 대답과 반응이 돌아왔다.

　"너, 누구야?"

　마이는 사쿠타가 자신의 어깨에 얹은 손을 쳐내면서 미심쩍은 눈길로 그를 쳐다보았다.

"네가 누군지 물었잖아."

직설적이고 공격적인 그 말투는 항상 연상의 여유가 느껴지던 마이의 평소 말투와 너무나도 달랐다.

"이미 알고 계시다시피, 저는 마이 씨와 플라토닉한 교제를 하고 있는 아즈사가와 사쿠타라고 하는뎁쇼."

"뭐? 이런 썩은 동태눈을 한 남자가 언니의 애인일 리가 없어~."

그리고 상대를 바보 취급하는 듯한 그 태도가 결정타였다.

겉모습만 보면 틀림없는 마이지만, 말투와 태도는 그야말로 딴사람이었다. 단순히 위화감이 느껴지는 수준이 아니었다.

"너야말로, 누구야?"

사쿠타는 자신의 솔직한 심정이 담긴 의문을 입에 담았다. 그 의문에 답해준 사람은 눈앞에 있는 마이가 아니었다.

"저 애는 토요하마 노도카."

사쿠타는 등 뒤에서 들려온 그 목소리를 듣고 뒤를 돌아보았다. 마이가 사는 맨션의 유리문이 열리더니, 한 소녀가 밖으로 나오고 있었다.

그녀는 차분한 걸음걸이로 망설임 없이 사쿠타에게 다가갔다.

사쿠타의 시선은 그 소녀의 머리카락에 가장 먼저 향했다. 멋진 금발이었다. 그녀는 밤거리를 날아다니는 나비 누님들처럼 그 금발을 머리 왼편으로 모아서 묶었다. 볼륨감이 있는 멋진 헤어스타일이었다. 그리고 눈가에 한 화장이 더해지면서 꽤 노는 듯한 인상을 자아냈다.

키는 160센티미터에 약간 못 미치는 것 같았다. 여성의 평균적인 신장이지만, 큰 키의 마이와 나란히 서 있으니 왠지 작아 보였다.

체형은 같은 또래 여자애들이 부러워할 정도로 슬림했다. 남자가 보기에는 너무 마른 것 같기도 하지만, 무슨 운동이라도 하는지 호리호리해 보이기는 해도 가녀려 보이지는 않았다. 핫팬츠 아래로 보이는 탄탄한 다리에서는 건강미가 느껴졌다.

"토요하마 노도카?"

그렇게 말한 사쿠타는 왠지 그 이름이 귀에 익다는 느낌을 받았다. 그뿐만 아니라 느닷없이 나타난 이 금발 소녀가 어찌 된 영문인지 눈에 익었다.

어디서 본 걸까.

그녀를 지그시 응시하던 사쿠타는 불현듯 정답이 생각났다.

"아, 그거구나."

만화 잡지의 표지다. 사쿠타는 버릴 타이밍을 놓친 바람에 몇 달째 방 안에 방치되어 있는 소년지를 떠올렸다.

그 잡지의 표지를 장식하고 있는 것은 현재 잘나가고 있는 아이돌 그룹이었다. 아마 이름은 『스위트 불릿』이었으리라.

그 그룹의 멤버 중 한 명이 눈앞에 있는 금발 소녀…… 토요하마 노도카인 것이다.

토요하마 노도카를 기억하고 있는 것은 그녀의 프로필이 사쿠타의 눈길을 끌었기 때문이다. 『좋아하는 것』이라는 항목에 『사쿠라지마 마이 씨』라고 적혀 있었기 때문에, 사쿠타는 그녀에게 친근감을 느꼈다.

"어, 토요하마 노도카는 저쪽인데?"

사쿠타는 금발 소녀를 손가락으로 가리키며 그렇게 말했다.

"남을 손가락질하지 마."

노도카는 사쿠타의 손가락을 잡더니 살며시 아래로 내렸다.

"……."

어째서일까. 방금 그 말도 그렇고, 사쿠타를 대하는 태도도 그렇고……. 처음 만나는 상대인데도 왠지 가깝게 느껴졌다. 마치 상대가 마이인 것처럼…….

"지금은 내가 사쿠라지마 마이야."

금발 소녀는 주저 없이 그렇게 말했다.

"그리고 저쪽이 노도카지."

그 후, 그녀는 『마이』를 손가락으로 가리키며 『토요하마 노도카』라고 말했다. 그녀의 설명이 이해가 되기는 하지만, 쉬이 받아들일 수가 없었다.

"사춘기 증후군인 것 같아."

사쿠타가 굳은 표정을 짓자, 금발 소녀는 그를 향해 발돋

움하면서 귓속말을 했다. 목소리도, 겉모습도 다르지만, 마이를 연상시키는 특별한 단어가 고막과 뇌를 자극했다.

사람들은 사춘기 증후군 같은 불가사의한 현상을 믿지 않는다. 그런 비현실적인 일은 단순한 도시 괴담이라고 여기면서 웃어넘길 것이다. 믿는 사람이 있다면, 아마 과거에 그 현상을 직접 체험해본 사람들뿐이리라.

"내가 사라질 뻔했을 때와는 증상이 꽤 다른 것 같지만 말이야."

금발 소녀는 못을 박듯 그렇게 중얼거렸다. 그 말이 결정타였다. 마이라는 존재 자체가 사람들의 기억 속에서 사라질 뻔했던 그 일을 알고 있는 사람은 사쿠타와 마이…… 그리고 그 일에 대해 의논했던 후타바 리오뿐이다.

"진짜로 마이 씨구나."

"아까부터 그렇게 말했잖아."

금발 소녀는 어이없다는 투로 그렇게 말하면서 부드러운 미소를 지었다. 그 표정은 사쿠타가 잘 아는 마이의 표정이 분명했다. 그가 너무나도 좋아하는 마이의 미소가 틀림없었던 것이다.

"노도카, 방으로 돌아가자. 이건 꿈이 아냐."

"뭐? 그럴 리가 없어."

"그럴 리가 있어."

"내가 언니가 되었고, 언니가 내가 되었는데?"

마이의 모습을 한 노도카는 그렇게 말하면서 유리문에 비친 자신을 쳐다보더니, 손으로 얼굴과 몸을 만져봤다.

"에이, 이건 꿈이 틀림없다구."

"몸의 감각이 이렇게 명확한데?"

"……."

"진짜로 꿈이 아냐. 꿈 같은 일이기는 하지만 말이야."

"거짓말…… 그럼, 꿈이 아니라면……."

마이의 모습을 한 노도카의 입술이 부들부들 떨리기 시작했다. 무슨 말을 하려고 했지만, 입에서 말이 나오지 않았다. 소리를 내지 못했다. 목소리를 자아내지 못했다. 그녀는 현실을 부정하듯 몇 번이나 고개를 좌우로 저었다. 그리고 작디작은 목소리를 쥐어 짜냈다.

"그건…… 곤란해……."

믿기지 않는 현실이 그녀에게 말하게 한 것은, 그런 꾸밈 없는 본심이었다. 인간은 진짜로 곤란해지면 보통 이렇게 되는 것이다.

그 후, 사쿠타는 자세한 이야기를 듣기 위해 마이의 집에 찾아갔다.

그들은 1층에서 기다리고 엘리베이터를 타고 9층으로 향했다. 그 층의 모퉁이에 있는 집이 바로 마이의 집이다.

창문이 남쪽으로 나 있었기 때문에 햇빛이 많이 들어왔

다. 혼자서 생활하기에는 충분히 넓어 보이는 방 세 개짜리 집이었다. 사쿠타는 그런 집의 거실로 안내받았다.

그곳은 아일랜드 키친 형식으로 멋지게 꾸며진 개방적인 공간이었다. 거실에 존재하는 소파와 테이블, 텔레비전 선반 등의 가구들은 전부 차분한 우드 컬러로 통일되어 있었다. 그런 거실의 바닥을 UFO처럼 생긴 로봇이 열심히 청소하고 있었다.

"마이 씨, 이 집은 집세가 얼마예요?"

"안 내."

"예?"

"샀거든."

"아하~."

사쿠타는 납득했다.

마이는 아역 시절부터 연예계에서 활약해 온 엄청난 유명인이다. 국민적 지명도를 자랑하며, 영화, 드라마, CF 등에서 대활약을 해 왔던 것이다. 그런 그녀라면 맨션 정도는 얼마든지 살 수 있으리라.

"감상은 그게 다야?"

마이는 약간 의외라는 듯한 눈길로 사쿠타를 쳐다보았다.

"내 집에 들이면 더 기뻐할 줄 알았어."

"마이 씨와 단둘이 있었다면 지금쯤 침실로 돌격했을 거예요."

"진지한 표정으로 바보 같은 소리 하지 마."

"하지만 진심이라고요."

"마실 것을 준비할 테니까 앉아서 쉬고 있어."

마이는 사쿠타의 말을 무시하더니 냉장고의 문을 열었다.

사쿠타는 순순히 소파에 앉았다. 잠시 후 마이도…… 아니, 마이의 모습을 한 노도카도 사쿠타의 맞은편에 있는 소파에 앉았다.

"……"

노도카는 자신에게 일어난 일을 아직 받아들이지 못한 것 같았다. 그녀는 유리 테이블에 비친 자신의 모습을 믿기지 않는다는 표정으로 쳐다보고 있었다.

"……"

지금은 그냥 놔두는 편이 좋을 것이다.

사쿠타는 정적을 없애기 위해 텔레비전 리모컨을 향해 손을 뻗었다. 텔레비전을 켜자 정보 프로그램이 하고 있었다. 불륜을 저지른 전직 아이돌의 사죄 기자 회견에 대해 집요하게 다루고 있었다.

잠시 동안 텔레비전을 보고 있는 사이, 마이가 유리잔 세 개가 놓인 쟁반을 들고 소파 쪽으로 왔다. 금발 날라리 스타일 여자애 모습을 한 마이다.

테이블 위에 보리차 세 잔이 놓였다. 그리고 마이는 망설임 없이 사쿠타의 옆에 앉았다. 겉모습은 다르지만, 이런 행동거지로 볼 때 마이가 틀림없다.

"그런데 마이 씨. 이게 대체 어떻게 된 거예요?"

"글쎄, 나와 이 애의 몸이 뒤바뀌었다고."

사쿠타는 마이와 노도카를 또 번갈아 보았다. 정확하게 말하자면 『마이의 몸』과 『노도카의 몸』을 말이다.

"뭐, 일단 그건 받아들이더라도……."

이걸 받아들이지 않는다면 이야기 자체를 진행할 수가 없다.

"토요하마 노도카 씨와 마이 씨는 어떤 사이인가요?"

마이는 「노도카」라고 이름으로 부르고 있고, 노도카 또한 마이를 「언니」라고 불렀다. 그러니 답은 쉬이 추측할 수 있다. 그리고 그 추측은 아마 맞을 것이다. 하지만 상황이 상황인 만큼, 확실하게 해 둬야 한다고 사쿠타는 판단했다.

"전에 내가 이복동생이 있다는 이야기를 한 적 있지?"

"아, 예."

이혼한 마이의 부친 그리고 그 부친과 재혼한 여성 사이에서 생긴 딸……이다. 마이와 아버지는 같지만, 어머니는 다른 것이다.

하지만 그 이야기를 들었을 때는 이렇게 나이가 비슷한 여동생일 거라고는 생각하지 못했다. 일전에 봤던 토요하마 노도카의 프로필이 사실이라면 그녀는 현재 고등학교 2학년이리라. 즉, 사쿠타와 동갑인 것이다. 그렇다면 마이와는 한 살밖에 차이 나지 않는다.

"내가 어머니 배 속에 있을 때부터 부모님은 꽤나 사이가 나빴던 것 같아."

사쿠타가 하고 있는 생각이 얼굴에 그대로 드러났는지, 마이는 그의 얼굴을 보며 그렇게 말했다.

"그런데 토요하마 노도카 씨는 왜 여기 있는 거죠?"

"어제 밤늦게 느닷없이 나를 찾아왔었어."

"몇 시쯤에요?"

"밤 열두 시가 지나서였을 거야."

"대체 왜……."

"집에 들어가기 싫었대."

"흐음."

사쿠타는 은근슬쩍 노도카를 쳐다보았다. 그녀는 여전히 유리 테이블에 비친 자신의 얼굴을 쳐다보고 있었다. 그리고 「거짓말…….」 하고 중얼거리면서 머리를 감싸 쥐었다.

마이의 말이 사실인지 아닌지 본인에게 물어보고 싶었지만, 이 상황에서는 무리일 것 같았다.

"이제…… 어떻게 할 거죠?"

사쿠타는 어쩔 수 없이 마이에게 질문을 던졌다.

"원래대로 돌아갈 방법을 찾아야 하겠지만, 금방은 되돌아가지 못할 거라고 생각하는 편이 좋겠지?"

마이는 예전에 사춘기 증후군을 경험한 적이 있는 만큼 차분했다.

"뭐, 그렇겠죠."

어떻게 하면 되돌아갈 수 있는지, 언제 되돌아갈 수 있는지, 지금은 알 수 없다. 이런 일이 일어난 이유를 포함해, 전부 이제부터 알아내야만 하는 것이다.

2, 3일 정도는 학교를 쉬어도 되겠지만, 장기간 그럴 수는 없다. 너무 오래 쉬었다간 학교 측에서 마이를 살펴보러 올 것이다.

그러니 마이가 말한 것처럼 한동안은 몸이 바뀐 채…… 마이는 노도카로서, 노도카는 마이로서 살아갈 각오를 하는 편이 좋으리라.

그러면서 원래대로 되돌아갈 방법을 모색하는 것이다.

"저기……."

사쿠타가 말을 걸자, 노도카는 고개를 숙인 채 눈만 살짝 치켜뜨서 그를 쳐다보았다. 마이는 하지 않는 행동이었다. 그 탓에 사쿠타는 겉모습은 완벽한 『사쿠라지마 마이』인 그녀를 보면서 강렬한 위화감을 느꼈다.

"왜?"

목소리는 마이와 똑같았지만 말투가 달랐다. 경계심이 어린 듯한 그 말투에는 가시가 돋쳐 있었다. 진짜 마이의 말투에서는 좀 더 여유가 느껴졌다.

"짐작 가는 건 없어?"

사쿠타는 노도카에게 솔직하게 물었다.

"짐작 가는 거라니……."

"내 마이 씨와 네 몸이 바뀐 이유에 대해서 말이야."

"누가 『내 마이 씨』라는 거야."

사쿠타는 볼을 꼬집혔다. 겉모습은 금발 소녀지만, 이런 행동거지를 보면 영락없는 마이다. 그래서 그런지 마음이 평안해졌다.

"짐작 가는 건 없어."

"그렇구나."

사쿠타는 딱히 기대하지 않았기에 낙담 또한 하지 않았다.

"잠깐만 있어 봐."

"응?"

사쿠타와 마이는 눈빛만으로 노도카에게 「왜?」 하고 물었다.

"두 사람은 왜 그렇게 침착한 거야?"

사쿠타를 쳐다보던 노도카는 마이를 향해 시선을 돌리면서 의견을 물었다. 마이와 노도카의 시선이 부딪쳤다. 그러자 노도카는 「아」 하고 말하더니…….

"……침착한 건가요?"

……하고 마이에게만 존댓말로 말했다. 그리고 자세도 고치면서 황송해하는 듯한 분위기를 자아냈다. 그런 그녀의 표정에는 긴장감이 흘렀다.

"노도카가 무슨 말을 하는 건지 모르겠어."

마이는 평소와 다름없는 어조로 말했다.

"그, 그러니까 말이에요. 이렇게 몸이 뒤바뀌는 건! 절대! 완전! 완벽하게 이상한 일이잖아요!"

"맞아."

마이는 노도카의 말에 동의하듯 그렇게 말하면서도 여전히 침착함을 유지했다. 그녀는 아무런 문제도 발생하지 않았다는 듯한 표정으로 유리잔에 담긴 보리차를 마셨다.

"……."

노도카는 그런 마이의 태도를 보더니 눈을 깜빡였다.

"어, 그게 다예요?"

"응."

"응, 이라니…… 언니…… 마이 씨는 이대로도 괜찮은 거예요?!"

"괜찮고 말고를 떠나, 이미 이런 일이 벌어졌으니 어쩔 수 없잖아. 원래대로 되돌아갈 방법을 모르니, 당분간 어떻게 할지를 생각할 수밖에 없어."

"그건…… 그렇지만……."

"이런 이상한 상황에 대해 다른 누군가와 상의하려고 해 봤자, 어차피 믿어주지 않을 거야. 설령 믿어주더라도 미디어에서 멋대로 이용해 댄 후에 질리고 나면 내팽개치겠지. 노도카도 그렇게 되는 건 싫지?"

"……예."

"그럼 원래대로 되돌아갈 때까지 나는 노도카로, 노도카는 나로 살 수밖에 없어."

"……."

"혹시 내가 이상한 소리 했어?"

"……아뇨."

노도카는 마이와 시선을 마주하지 못한 채 고개를 숙이고 있었다. 안에 들어가 있는 사람이 다르기는 하지만, 이렇게 풀이 죽은 마이 씨의 모습은 흔히 볼 수 있는 게 아니다. 기념 삼아 사진이라도 한 장 찍어 두고 싶다. 하지만 유감스럽게도 사쿠타는 스마트폰이나 핸드폰이 없기에 사진을 찍을 수가 없었다.

"그럼 서로의 스케줄을 확인하자. 수첩을 가지고 올 테니까 잠시만 기다려."

마이가 소파에서 일어났다.

"아. 잠깐만요, 언니…… 마, 마이 씨."

"……왜 그래?"

노도카가 또 자신에 대한 호칭을 수정하자, 마이는 뭔가 생각하는 바가 있는 것 같았다. 하지만 그녀는 일단 그 건에 대해서는 언급하지 않기로 한 것 같았다. 노도카가 아까부터 존댓말을 쓰고 있다는 점 또한 깔끔하게 무시하고 있었다. 여동생이 하고 싶은 대로 하게 놔둘 생각인 것 같았다. 사쿠타도 조금 신경 쓰이기는 했지만, 마이의 생각에 따르기로 했다.

"스케줄 이야기를 하기 전에, 뭐 하나만 물어봐도 돼요?"

노도카는 그렇게 말하면서 사쿠타와 마이를 번갈아 쳐다보고 있었다. 그렇기에 노도카가 물어보려는 것이 뭔지 바로 짐작이 되었다.

"두 사람은 정말로 사귀고 있나요?"

예상했던 내용이었다. 하지만 사쿠타를 향한 불만으로 가득 찬 날카로운 시선은 사쿠타의 예상을 뛰어넘었다. 그 안에는 살의마저 담겨 있는 것 같았다.

"응, 사귀고 있어."

마이는 태연하게 교제하고 있다는 사실을 인정했다. 그러자 노도카는 더욱 인상을 썼다.

"말도 안 돼! 백 보 양보해서 사춘기 증후군이라는 게 진짜로 있다는 걸 인정하더라도, 이딴 자식이 마이 씨의 애인이라는 건 말도 안 된다구!"

"내가 그 정도로 비현실적인 존재인 거야?"

"졸려 죽겠다는 얼굴을 한 남자가 『사쿠라지마 마이』와 사귄다는 것 자체가 완벽한 판타지잖아."

노도카는 흥분한 탓에 반말을 쓰기 시작했다. 아무래도 이쪽이 그녀의 본래 말투인 것 같았다.

"전국의 시원찮은 남자들에게 희망을 줘서 기쁜걸."

마이의 얼굴을 지닌 사람한테 이렇게까지 부정을 당하니 여러모로 충격적이었다.

"노도카."

바로 그때, 마이의 약간 언짢은 듯한 목소리가 들려왔다.

"……예."

노도카는 약간 위축된 표정을 지으며 입을 다물었다. 말투 또한 존댓말로 바뀌었다.

"내 애인의 얼굴 가지고 험담하지 마."

마이는 입술을 삐죽 내밀더니 약간 울컥한 표정을 지으며 그렇게 말했다. 마이가 자신을 감싸줄 거라고는 생각도 못 했던 사쿠타는 무심코 볼을 씰룩였다.

그런 사쿠타를 꾸짖듯, 마이는 그의 허벅지를 세게 꼬집었다. 꽤나 아팠다.

"사쿠타가 졸린 듯한 얼굴인 건 사실이지만, 해도 되는 말과 하면 안 되는 말이 있어."

"마이 씨, 방금 그 말도 하면 안 되는 말에 포함시켜줬으면 좋겠는데요."

사쿠타는 잠시 동안 기쁨을 맛본 후, 그대로 절벽 아래로 떨어졌다.

마이는 사쿠타를 가지고 놀아서 그런지 꽤 만족스러운 표정을 짓고 있었다. 한껏 띄워준 후, 그대로 내동댕이쳐버린다. 여왕님인 마이다운 행동이었다.

"그럼 스케줄 확인을 시작하자."

"예……."

노도카는 투덜거리면서 고개를 끄덕였다. 그녀는 잠시 동안 사쿠타를 부모의 원수라도 되는 것처럼 노려보았다. 겉모습은 마이인 노도카가 저러자 매우 곤란했다. 몸이 기뻐하고 있었다.

"사쿠타도 히죽거리지 좀 마."

마이는 사쿠타의 머리를 살짝 때린 후 옆방으로 들어갔다.

사쿠타도 그녀를 따라가려 했지만······.

"얌전히 앉아 있어."

그가 엉덩이를 들려고 한 순간, 마이가 선수를 쳤다.

"인내심을 발휘해 옷장 가장 아래 칸만 열어볼 생각이었는데······."

"인내심을 하나도 발휘하지 않았잖아."

"에이~."

"그런 건 단둘이 있을 때 해."

마이는 한숨 섞인 목소리로 그렇게 말했다. 그녀는 진심으로 어이없어하고 있었다. 달콤한 분위기가 눈곱만큼도 형성되지 않았다. 유감스럽기 그지없었다. 모처럼 마이의 집에 들어왔는데······.

사쿠타가 낙담하고 있는 사이, 마이는 시원시원한 걸음걸이로 방에 갔다 돌아왔다. 그녀는 토끼 마스코트가 그려진 수첩을 한 손에 들고 있었다.

"저기······."

노도카가 그런 마이에게 말을 걸었다.

"응?"

"제가 마이 씨인 척하는 건 무리 아닐까요……."

"왜?"

"마이 씨와 사이좋은 친구라면 이상하다는 걸 금방 눈치챌 거예요."

지당한 의견이다. 하지만 노도카는 그런 점을 걱정할 필요가 전혀 없다.

"학교에서는, 저기…… 문제없을 거야."

마이는 약간 머뭇거리면서 그렇게 대답한 후, 입을 다물었다.

"예?"

"……."

"마이 씨는 친구가 없거든."

마이가 대답을 못하자, 사쿠타가 대신 대답해줬다.

"뭐?"

"그, 그러는 사쿠타도 나와 비슷한 처지잖아."

마이는 언짢음으로 가득 찬 눈동자로 사쿠타를 노려보았다. 어쩌면 그 사실을 노도카에게 알려주고 싶지 않았던 것일지도 모른다.

"나는 친구가 세 명이나 있다고요."

"뭐? 한 명 늘었네?"

"쿠니미와 후타바, 그리고 요즘 들어 코가가 추가됐어요."

"흐음~."

마이는 흥미가 없는 듯한 반응을 보였다.

"어? 이상한 의심 같은 건 안 해요?"

"나와 사귀는 남자가 바람 같은 걸 필 리가 없잖아."

여왕님답게 자신감이 정말 끝내줬다. 하지만 사실이기 때문에 순순히 고개를 끄덕일 수밖에 없었다.

"하던 이야기를 계속할게. 아무튼, 학교에서 나인 척 하는 건 간단해. 학교에 가서 내 자리에 앉은 후, 묵묵히 수업을 듣다가 수업이 끝나면 돌아오기만 하면 되거든. 누구와도 이야기를 할 필요는 없어."

"……아, 예."

노도카는 믿기지 않는다는 반응을 보이며 고개를 끄덕였다. 아무래도 마이에 대해 현실과 완전히 동떨어진 이미지를 안고 있었던 것 같았다. 연예계에서와 마찬가지로, 반에서도 인기가 좋을 거라고 생각했던 걸까…….

"저기…… 저도 마찬가지예요."

"뭐?"

"작년에 데뷔 하기로 결정된 후로는 고등학교 친구들과 놀 시간이 없어서…… 같은 그룹 애들과 같은 화제를 공유하지 못하게 됐거든요. 처음에는 제가 없었을 때 어떤 일이 있었는지 설명해줬지만, 매일 그러다 보니 그룹의 분위기 자체가 가라앉아버렸어요……. 게다가 2학년이 되어서 반이 바뀌고, 봄 방학 때 머리카락을 염색했더니, 교실 안에서도 붕 떠버려서…… 그러니까 아무 문제 없을 거예요."

"노도카는 고등학교 때부터 오요 학원에 다니지?"

사쿠타도 그 학교의 이름을 들어본 적이 있다. 요코하마에 있는 유명한 상류층 학교이며, 중고 일원화 교육을 한다. 그런 학교에 편입 시험을 쳐서 입학했다면, 노도카는 꽤 공부를 잘하는 편일지도 모른다. 그리고 그런 상류층 학교에서 저 금발은 확실히 눈에 띌 것이다.

"그건 그렇고, 뭐랄까……."

사쿠타는 무심코 입을 열었다. 한마디 할 수밖에 없는 기분이었기 때문이다.

"왜 그래?"

"자매가 하나같이 친구가 없다니, 정말 슬프네요."

"미리 말해 두겠는데, 학교에는 없지만 연예계에는 있어."

마이는 변명 하듯 그렇게 말했고, 노도카도 동의하듯 고개를 끄덕였다.

"에이~, 정말이에요?"

"너는 대체 나를 어떤 애라고 생각하는 거야?"

"참고로 그 친구라는 사람은 누구인데요? 나도 아는 사람이에요? 미남 배우라면 좀 슬플 것 같네요."

"나와 특히 사이가 좋은 건 그라비아 활동을 하는 『야마에 유리나』와, 모델인 『카미이타 미리아』야."

마이의 입에서는 사쿠타도 아는 이름이 튀어나왔다. 야마에 유리나는 매주 각종 만화 잡지의 표지를 장식하는 인기 연예인이며, 카미이타 미리아는 요즘 들어 버라이어티 방송에서도 자주 모습을 드러내는 혼혈 모델이다.

　"매일같이 메일을 주고받는 데다, 지난주에는 시간을 내서 같이 점심 식사를 했어. 그리고 이 집에서 자고 간 적도 있지. 미남 배우가 아니라 안심했어?"

　"앞으로도 남자 사람 친구는 만들지 말아 주세요."

　사쿠타는 그렇게 말하면서 노도카를 쳐다보았다. 그녀의 시선이 느껴졌기 때문이다. 노도카도 할 말이 있는 듯한 표정으로 사쿠타를 노려보고 있었다.

　"나도 중학교 시절 친구가 고향에 잔뜩 있어. 자주 같이 놀았고, 얼마 전에는 그 친구 집에서 묵기도 했다구."

　노도카는 언니와 비슷한 반응을 보였다.

　"그룹 멤버들과도 사이가 좋아. 불만이라도 있어?"

　"불만은 없어. 뭐, 지금 상황을 생각하면 학교에 친구가 없는 편이 나으니까 잘됐다고도 할 수 있겠네."

　사쿠타가 그렇게 말하자, 마이는 그의 이마에 꿀밤을 날렸다.

　"왜 때리는 거예요?"

　"사쿠타가 왠지 건방지니까 벌을 준 거야."

　"아, 납득했어요."

"우와, 납득했대……."

노도카는 오물이라도 본 것처럼 미간을 찌푸렸다.

"학교는 어떻게 될 것 같지만…… 문제는 각자의 일이네."

문제가 되는 것은 여배우『사쿠라지마 마이』와 아이돌『토요하마 노도카』의 스케줄이다.

"나는 이래."

마이가 테이블에 펼쳐 놓은 수첩은 거의 텅텅 비어 있었다. 쉬는 날이 거의 존재하지 않았던 8월과 비교하자면 그야말로 거짓말 같은 스케줄이었다.

"드라마 촬영은 8월에 마칠 수 있도록 스케줄을 조절해 뒀거든."

마이의 일거리는 패션 잡지의 사진 촬영 및 인터뷰 몇 건이었다. 그 외에는 CF 촬영이 있었다.

"2학기부터는 일거리를 조금 줄였어. 누구누구 씨가 너무 쓸쓸해하기에 말이야."

"마이 씨와 만날 수 있더라도, 데이트 금지령이 내려진 상태라면 딱히 의미는 없지만 말이에요."

마이는 사쿠타의 진지한 호소를 무시하면서 노도카를 향해 말했다.

"노도카도 사진 촬영을 해본 경험은 있으니 별문제는 없지?"

사쿠타는 마이와 연인다운 대화를 나누고 싶었지만, 그녀는 전혀 받아주지 않았다. 마이의 의식은 노도카에게 집중되어 있었다.

"예, 아마도요……."

노도카는 불안한 목소리로 대답했다.

"인터뷰 쪽은 질문 내용을 미리 서면으로 줄 테니까, 그걸로 준비하면 돼."

"하지만 CF 촬영은……."

"이게 대본과 그림 콘티야."

마이는 클립으로 묶은 예닐곱 장 정도의 종이를 테이블 위에 올려놓았다. 노도카가 가만히 있자, 사쿠타가 심심풀이 삼아 그 종이를 훑어봤다.

"우와."

사쿠타가 탄성을 지른 이유는 그가 잘 아는 장소에서 이 CF가 촬영되기 때문이었다. 등하교 때 지나는 에노시마 전철, 줄여서 에노전의 역 중 하나였다. 사쿠타가 다니는 미네가하라 고교가 있는 시치리가하마 역의 바로 앞 역인…… 가마쿠라 고교 앞 역이 무대였다.

"감독은 대본대로 찍는 사람이니까 미리 준비하면 괜찮을 거라고 생각해. 노도카는 아이돌 사무소에 들어가기 전에 극단에 있었지?"

"……"

머리를 푹 숙이고 있던 노도카는 희미하게 고개를 끄덕였다. 그녀의 표정은 어두웠다. 비장감마저 느껴졌다. 연기는 할 줄 알지만, 『사쿠라지마 마이』의 대역은 무리라고 저 겁 먹은 눈이 이야기하고 있었다.

사쿠타가 눈치챌 정도이니 마이도 노도카의 마음을 눈치 챘을 거라고 생각한다. 하지만 마이는 개의치 않으면서 하던 이야기를 계속했다.

"나는 노래와 댄스를 익힐 때까지 고생 좀 하겠네."

확실히 『토요하마 노도카』의 스케줄은 엄청났다. 아이돌 그룹 『스위트 불릿』의 일원으로서 노래와 댄스 레슨을 거의 매일 해야 했다. 그리고 매주 주말에는 쇼핑몰이나 이벤트 행사장에서 열리는 미니 스테이지에 참가해야 한다. 한 스테이지에서 선보이는 노래는 두세 곡 정도다. 그러니 마이는 최소 일주일에 세 곡 페이스로 댄스를 마스터해야만 하는 것이다.

게다가 9월 마지막 일요일에는 시부야의 라이브 하우스에서 단독 라이브를 개최하기로 되어 있었다.

"그런데 마이 씨는 춤 잘 춰요?"

"노도카, 연습용 영상 있어?"

"예."

노도카는 방구석에 놓인 가방 안을 뒤졌다. 갈아입을 옷 가지도 넣어 다닐 수 있을 듯한 커다란 스포츠 백 안에서, 노도카는 투명한 케이스에 들어있는 DVD 같은 것을 세 장 꺼냈다.

"이거예요."

노도카는 양손으로 그 디스크를 잡더니 마이를 향해 공손히 내밀었다.

"고마워."

마이는 넘겨받은 디스크를 재생 기기에 집어넣었다. 그 모습을 본 사쿠타는 리모컨으로 텔레비전을 켰고, 그러자 마이가 눈길로 사쿠타를 칭찬해줬다. 그 후, 사쿠타는 HDMI 입력으로 변경했다. 그러자 스피커에서 「이거, 찍히고 있는 거야?」, 「일단 해보자」 같은 목소리가 들렸다.

잠시 후, 시꺼멓던 화면이 밝아졌다. 그리고 화면에 나온 것은 레슨 스튜디오로 보이는 공간이었다. 체육관처럼 바닥이 마루로 되어 있었고, 한쪽 벽에는 유리가 설치되어 있었다.

노도카를 비롯한 그룹 멤버들이 일렬로 줄을 섰다.

그녀들은 동시에 심호흡을 한 번 했다.

그리고 빠른 템포의 노래가 들려오자, 일곱 명의 그룹 멤버는 호흡을 척척 맞추면서 댄스를 선보였다.

마이는 그것을 보면서 경쾌한 스텝을 밟고, 손을 흔들며, 몸을 힘차게 움직였다. 영상을 보면서 따라 하고 있기 때문에 전체적으로 한 템포 느리기는 했지만, 마이는 사쿠타의 걱정을 순식간에 날려버릴 만큼 뛰어난 퀄리티의 춤을 선보였다.

마이의 이마에 땀방울이 희미하게 맺혔다. 그녀는 가슴을 들썩이며 거친 숨을 내쉬고 있었다. 하지만 사쿠타를 향해 고개를 돌린 마이는 의기양양한 표정을 짓고 있었다.

"영상 쪽이 절도 면에서는 나았어요."

"그래도 놀라기는 했지?"

"나를 뭐로 보고 그런 소리를 하는 거예요. 그냥 놀란 게 아니라 엄청 놀랐다고요."

그것은 사쿠타의 진심에서 우러나온 말이었다. 평소 마이에게는 어른스러우면서 차분한 분위기가 존재했다. 까딱하면 전철을 놓칠 것 같은 상황에서도 허둥지둥 뛰지 않는다. 그런 모습은 단 한 번도 본 적이 없었다. 그래서 빠른 템포의 아이돌 노래에 맞춰 댄스를 출 수 있을 거라고는 꿈에도 생각하지 못했다.

"극단에 있을 때 얼추 배웠거든."

마이는 약간 기쁜 표정을 지으며 말했다.

"극단에서는 연기 연습만 하는 게 아닌가 보네요."

"댄스도 가르치고, 내가 있던 시절에는 노래도 가르쳤어. 뮤지컬 무대에 오를 수도 있으니까 말이야."

"아~, 그렇구나."

탄성을 터뜨리는 사쿠타가 보는 앞에서 마이는 소매로 땀을 닦더니, 남아 있던 보리차를 전부 들이켰다. 그리고…….

"아, 사쿠타는 이제 돌아가도 돼."

느닷없이 그런 매정한 소리를 했다.

"예? 왜요?"

너무 갑작스러운 소리라 사쿠타는 마음의 준비를 전혀 하지 못했다. 그는 처음으로 마이의 집에 들어왔다. 그러니 1초라도 더 이 집의 공기를 마시고 싶었다. 거실 이외의 방도 구경하고 싶었던 것이다.

"나, 땀을 흘렸으니까 목욕할 거야."

"목욕 직후의 마이 씨도 구경하고 싶어요."

"지금은 노도카의 몸이니까 안 돼."

"그래도 안에 있는 사람이 마이 씨잖아요. 그러니 나는 괜찮다고요."

"나는 괜찮지 않단 말이야. 쓸데없는 소리 하지 말고 빨리 돌아가. 카에데가 집에서 기다리고 있잖아?"

시계를 보니 어느새 정오가 다 되어 가고 있었다. 점심시간이 된 것이다. 마이가 방금 말했다시피, 사쿠타의 여동생인 카에데가 주린 배를 부여잡은 채 그가 돌아오기만을 기다리고 있으리라.

결국 사쿠타는 목욕 직후의 마이를 구경하는 걸 포기하며 소파에서 일어났다.

"내일 7시 50분에 맨션 앞에서 만나자."

"제가 토요하마 양을 학교에 데려가면 되는 거죠?"

사쿠타는 현관으로 향하면서 그렇게 말했다.

"그럼 이만 가볼게요."

사쿠타는 신발을 신은 후 현관을 나섰다. 그리고 엘리베이터 홀을 향해 걸음을 내딛은 순간…….

　"사쿠타."

　마이의 목소리가 들려왔다. 그녀는 샌들을 신고 현관 밖으로 나오더니 현관문을 닫았다.

　"작별의 키스라도 해주려고요?"

　"아냐."

　"그럼…….'"

　"저기, 사쿠타. 혹시 말인데…….'"

　마이는 약간 불안한 눈길을 띠며 고개를 돌렸다.

　"나는 마이 씨가 평생 그 모습이라도 얼마든지 참을 수 있어요."

　"현역 아이돌 애인이 생긴 게 너한테는 참을 일이야?"

　마이는 어이없다는 듯이 웃었다. 사쿠타를 바라보는 그녀의 눈동자에서는 방금까지 느껴지던 불안이 깨끗하게 사라졌다.

　"미리 말해 두겠는데, 노도카의 몸에는 손가락 하나 대지 못하게 할 거야."

　"너무해~."

　"평생, 참을 수 있지?"

　마이는 장난기 어린 미소를 지었다. 평소 사쿠타를 놀릴 때 짓던 여유 넘치는 미소다.

"참는다는 말의 의미가 아까와 좀 다른 것 같은데요?"

"사소한 건 신경 쓰지 마."

"전혀 사소하지 않거든요?"

"내일부터 노도카를 잘 부탁해."

마이는 진지한 표정을 지으면서 말했다. 마이가 이런 식으로 부탁한다면 사쿠타가 할 수 있는 대답은 하나뿐이었다.

"몸이 원래대로 돌아가면 상을 주세요."

사쿠타는 엘리베이터 홀까지 배웅해주는 마이를 향해 그렇게 말했다. 잠시 기다린 후, 그는 텅 빈 엘리베이터에 올라탔다.

"원래대로 돌아간다면 말이야."

마이는 약간 의미심장한 목소리로 그렇게 말했다. 마치 뭔가를 곱씹는 어조였다. 그리고 금방은 원래대로 되돌아가지 않을 것이라는 사실을 아는 듯한 태도였다.

하지만 마이는 부드러운 미소를 지으며 사쿠타를 배웅했다. 문이 닫힌 엘리베이터는 사쿠타를 1층으로 옮겼다.

"안에 있는 사람이 마이 씨라면, 현역 아이돌과 사귀는 것도 괜찮으려나?"

사쿠타는 엘리베이터 안에서 자기 자신에게 물었다.

"……괜찮겠네."

그리고 엘리베이터가 1층에 도착하기도 전에 그 물음에 대한 답이 나왔다.

현재, 마이의 겉모습은 노도카로 변했다. 그것에 대해 이리저리 고민해 봤자 아무 소용없다. 골머리를 싸매본들 해결책을 찾을 수 있을 리가 없는 것이다.

　어차피 고민 할 거라면, 좀 더 의미 있는 고민을 하는 편이 낫다. 예를 들자면, 오늘 점심 식단 같은 것 말이다.

　사쿠타를 태운 엘리베이터가 1층에 도착하자, 부드러운 음색의 벨이 울렸다.

　"오늘 점심은 볶음밥이 좋겠어."

　사쿠타는 냉장고 안에 식은 밥이 잔뜩 들어 있다는 걸 떠올렸다.

2

　다음 날 아침, 사쿠타는 집고양이인 나스노에게 얼굴을 밟힌 바람에 깨어났다. 아무래도 배가 고픈 것 같았다.

　사쿠타를 깨우는 것을 삶의 보람으로 여기는 그의 여동생 카에데는 나스노에게 새치기를 당한 게 충격인지 「카에데도 고양이가 되고 싶어요」 같은 영문 모를 소리를 했다.

　하지만 마이한테서 배운 스크램블 에그를 만들어주자⋯⋯.

　"카에데는 아침부터 행복해요!"

　⋯⋯하고 말하며 순식간에 기운을 되찾았다.

사쿠타는 그런 카에데에게 배웅을 받으면서 평소보다 조금 일찍 집을 나섰다. 마이와 약속을 했기 때문이다.

엘리베이터에서 내린 사쿠타가 맨션 밖으로 나간 순간……

"아."

……놀라움과 긴장감이 어린 목소리가 들려왔다.

"안녕하세요."

사쿠타를 향해 고개를 꾸벅 숙인 사람은 가녀린 소녀였다. 키는 150센티미터 정도로 보였다. 아직 새 옷 느낌이 사라지지 않은 중학생 차림으로 그곳에 서 있는 그 소녀는 바로 마키노하라 쇼코였다.

"안녕."

사쿠타가 인사를 하자, 쇼코는 환한 미소를 지었다. 그리고 강아지처럼 쪼르르 뛰어왔다.

"너무 급하게 뛰면……."

사쿠타가 한순간 움찔한 것은 쇼코가 심장병에 걸렸다는 사실을 알고 있었기 때문이었다.

"괜찮아요."

쇼코는 사쿠타를 올려다보면서 자랑스러워하듯 가슴을 폈다.

"퇴원한 다음부터는 컨디션이 좋거든요."

"그렇구나."

"그래도 걱정해주셔서 고마워요."

"천만에요."

쇼코는 사쿠타의 말을 듣더니 방긋 웃었다. 안색이 좋은 걸 보면 진짜로 컨디션이 좋은 것 같았다.

"혹시 좋은 일이라도 있었어?"

"왜 그렇게 생각하는 건데요?"

사쿠타가 느닷없이 질문을 던지자, 쇼코는 고개를 갸웃거렸다.

"네가 방긋방긋 웃고 있어서 말이야."

"그, 그런가요?"

쇼코는 그 말을 듣고 부끄러움을 느꼈는지 말려 올라간 입꼬리를 양손으로 문질러 댔다.

"하야테는 잘 있지?"

"예. 오늘도 기운 넘치게 밥을 먹었어요."

환경이 변하더라도 쇼코가 돌봐준다면 그 흰 고양이, 하야테는 안심이 될 것이다. 쑥쑥 건강하게 자라줬으면 좋겠다.

"그러고 보니 항상 이 길을 지나가네."

"……예?"

쇼코는 사쿠타가 한 말의 의도를 이해하지 못했는지 눈을 깜빡였다.

"이제 학교에 갈 거지? 그러니까……."

"아, 예. 아뇨."

쇼코는 긍정을 한 후, 즉시 부정했다. 정말 바쁜 애다.

"어? 학교 가는 길 아냐?"

교복을 입고 있으니 틀림없을 것 같은데……

"아, 그러니까 「예」는 학교에 가는 길이라는 의미이고, 「아뇨」는 이 길을 항상 지나다니는 건 아니라는 의미예요."

그러고 보니 일전에 쇼코가 가르쳐준 자택에서 역으로 향할 경우, 사쿠타의 집 앞을 지나가려면 한 블록 정도 돌아가야 한다.

"그럼 오늘은 왜 이쪽으로 온 거야?"

"사쿠타 씨와 만날 수 있을지도 모른다는 생각이 들어서요."

"그랬구나."

"예. 그래서 이쪽으로 왔더니 사쿠타 씨와 딱 마주쳤어요."

쇼코는 또 방긋 웃었다.

"……"

"……"

미소를 머금은 채 약 3초 동안 서로를 응시하는 동안, 쇼코의 얼굴은 점점 빨개졌다. 목과 귀까지도 홍당무가 됐다.

"으, 으음, 지각할 것 같으니까 먼저 가볼게요!"

갑자기 허둥대기 시작한 쇼코는 자신의 얼굴을 향해 손으로 부채질을 하면서 도망치듯 걸음을 옮겼다.

"천천히 가!"

사쿠타가 쇼코의 등을 쳐다보며 그렇게 외치자, 그녀는 뒤돌아보면서 크게 손을 흔들었다. 그러자 사쿠타도 마주 손을 흔들었다.

그리고 쇼코의 모습이 보이지 않게 될 때까지 쳐다보고 있을 때…….

"좋은 아침."

등 뒤에서 목소리가 들려왔다. 귀에 익은 목소리였다.

사쿠타의 등 뒤에 서 있는 이는 마이와 노도카였다.

"안녕하세요, 마이 씨."

그 말에 금발 소녀가 눈으로 응답했다. 오늘 아침에 두 사람이 원래대로 되돌아왔기를 기대했지만, 유감스럽게도 그렇게 되지는 않은 것 같았다.

"참고 삼아 묻겠는데, 언제부터 보고 있었나요?"

"사쿠타의 시선을 받은 쇼코가 얼굴을 새빨갛게 붉혔을 때부터야."

마이는 감정이 느껴지지 않는 목소리로 말했다. 진짜로 흥미가 없는 것인지, 실은 화가 난 것인지…… 판단을 내리기 어려운 반응이었다.

함부로 추궁하는 건 자기 무덤을 파는 짓일 것 같았기에, 사쿠타는 화제를 바꾸기로 했다.

다행히도 현재 마이에게는 태클을 걸 곳이 잔뜩 있었다.

『토요하마 노도카』의 겉모습을 지닌 마이는 학교 교복을 입고 있었다. 노도카가 다니는 학교의 교복 말이다. 그것은 청초한 인상의 심플한 세일러 교복이었다. 치마는 무릎 아래까지 올 만큼 기며, 딱 봐도 상류층 아가씨용 교복이라는 느낌이 들었다. 옆쪽으로 모아 묶은 금발 및 눈가에 한 날라리 화장과 그 교복의 상성은 최악이라, 언밸런스하기 그지없었다.

"왜 웃는 거야?"

마이는 눈을 가늘게 뜨면서 말했다.

"괴상하기 그지없는 느낌이 정말 좋네요."

"……."

사쿠타는 칭찬을 했는데도 불구하고 마이에게 발을 밟히고 말았다.

"그런데 교복도 있었군요."

정말 용의주도한 가출이다. 집을 뛰쳐나온 것 자체가 이번이 처음은 아닐지도 모른다는 생각이 든 사쿠타는 노도카를 은근슬쩍 쳐다보았다.

마이의 모습을 지닌 노도카는 미네가하라 고교의 여름 교복을 입고 있었다. 아직 더위가 맹위를 떨치고 있는데도 불구하고 검은색 타이츠를 신고 있었다. 예전에 마이에게서 자외선 차단 대책 삼아 검은색 타이츠를 신는다는 말을 들은 적이 있다. 연예인은 고생이 많은 것 같았다.

노도카는 여름에 타이츠를 신는 것에 익숙하지 않은지, 허벅지 안쪽을 계속 신경 쓰고 있었다. 왠지 에로틱했기에 사쿠타의 시선은 계속 그쪽으로 향했다. 하지만 곧…….

"사쿠타."

가시 돋친 목소리가 들려오더니, 사쿠타는 볼을 꼬집혔다.

"마이 씨, 왜요?"

"방금 야한 생각 했지?"

"마이 씨의 몸을 보면서 한 거니까 괜찮지 않나요?"

"지금은 노도카니까 안 돼."

"그럼 나는 이쪽 마이 씨로 야한 상상을 하면 되죠?"

사쿠타는 상류층 학교 교복을 입은 금발 소녀에게 물었다.

"당연히 안 되지."

"그럼 나보고 어쩌라는 건데요?"

"진지한 표정으로 그런 걸 묻지 마. 좀 참으란 말이야."

"너무해~."

"싫으면 나와 노도카가 원래대로 돌아갈 수 있도록 힘 좀 써봐."

"나는 안에 있는 사람이 마이 씨라면, 지금 모습으로도 아무 문제 없는데요."

"나와 노도카는 문제가 있어."

사쿠타 일행은 그런 이야기를 나누면서 후지사와 역을 향해 걸었다.

인구 42만 명인 시의 중심지인 이 역에서는 현재 아침 출근 및 등교 러시가 한창 벌어지고 있었다.

요코하마에 있는 학교로 가야 하는 마이와는 이곳에서 헤어져야 한다. 마이는 도카이도 선을 타야 하며, 사쿠타와 노도카는 에노전을 타고 시치리가하마 역으로 가야만 했다.

"아, 사쿠타."

헤어지기 직전, 마이는 JR열차 개찰구 앞에서 사쿠타를 불러 세웠다.

"왜요?"

에노전 후지사와 역으로 이어지는 연결 통로로 향하던 사쿠타는 그 자리에 노도카를 남겨 둔 후, 마이의 곁으로 돌아갔다.

"부탁이 있어."

마이는 자신의 눈앞에 있는 사쿠타를 올려다보았다. 노도카가 마이에 비해 몸집이 작은 만큼 같은 동작을 취해도 분위기가 꽤나 달랐다. 165센티미터인 마이라면 『눈만 살짝 치켜뜨는 것』에 지나지 않겠지만, 160센티미터도 채 되지 않는 노도카라면 말 그대로 『올려다봐야』 하는 것이다.

"방금 그 대사, 마이 씨가 원래 모습일 때 듣고 싶었어요."

"바보~."

"마이 씨의 매력이 나를 바보로 만든다고요."

"노도카 말인데……."

마이는 진지한 표정으로 사쿠타의 농담을 무시하며 말을 이었다.

"얼추 예상은 되지만…… 무슨 일이 있었는지 물어봐줬으면 해."

"집을 뛰쳐나온 걸 보면, 부모님과 무슨 일이 있었던 거겠죠."

"아마 그렇겠지만……."

마이는 약간 난처한 표정을 지으며 입을 다물었다. 그리고 시선을 옆으로 돌리면서…….

"어쩌면 내가 원인일지도 몰라."

……하고 작은 목소리로 말했다.

"국민적 지명도를 지닌 언니를 둬서 고생하고 있다는 건가요?"

게다가 평범한 언니도 아니다. 이복언니인 것이다.

"내 자의식 과잉일까?"

"뭐, 마이 씨의 동생이니 고생을 하기는 하겠죠. 최악의 상대와 비교당하는 거니까요."

게다가 노도카는 연예계라는 같은 무대에 서 있으니 더욱 그럴 것이다.

"조금은 신경 좀 써달라구."

마이는 입술을 삐죽 내밀면서 삐친 표정을 지었다.

하지만 사쿠타는 눈치채지 못한 척했다. 「그렇지 않다」는 말로 마이가 방금 한 발언을 부정하는 것은 간단하지만, 그녀 본인이 그것을 원하지 않는다면 말뿐인 위로는 아무런 의미도 없으리라. 그러니 문제 그 자체를 공유하는 편이 나을 것이다.

"뭐, 어머니로서의…… 여자로서의 자존심이 노도카를 짓누르고 있는 걸 거야."

"자존심?"

"전에 말했지? 우리 어머니는 다른 여자에게 가버린 아버지에게 과시하려고 나를 아역으로 연예계에 데뷔시켰어."

화려하게 텔레비전 화면에 등장한 『사쿠라지마 마이』는 그 후에도 연예계의 제일선에서 활약해 왔다. 그리고 지금은 국민적 지명도를 자랑하는 인기 연예인으로 성장한 것이다. 그런 모습을 보여주는 것이, 마이의 아버지를 향한 『과시』이자, 어머니로서의 『자존심』인 걸까.

자신을 버리고 간 상대에게 어엿한 모습을 보여줌으로써 화를 삭인다는 것은 인간적으로 이해가 됐다. 일종의 복수 같은 것이다. 그런 감정이 원동력이 되는 경우 또한 있다.

하지만 부모의 그런 마음에 휘둘리고 있는 자식에게 있어서는 정말 못할 짓이리라. 특히 어릴 적에는 그런 부모의 사정을 이해할 수가 없을 테니까 말이다.

사쿠타는 멀찍이서 기다리고 있는 노도카를 힐끔 쳐다보

았다.

"저 애도 예전에는 극단에 소속되어 있었다고 내가 어제 말했지?"

"예, 들었어요."

"나와는 다른 극단이었는데…… 어릴 적에는 배역 오디션 현장 같은 데서 만나기도 했어."

"아하……."

그런 상황에서 어머니들의 마음이 편할 리가 없었다. 배역 오디션 현장에서는 두 어머니 간의 무시무시한 물밑 경쟁이 벌어졌을 것이다.

즉, 마이와 노도카는 대리 전쟁을 위한 장기말이다.

그리고 그 싸움의 승패는 잔혹할 정도로 명확하게 갈렸다. 마이는 인기 탤런트로서의 지위를 쌓았지만, 극단을 관둔 노도카는 조그마한 이벤트 행사장을 전전하는 신인 아이돌이 되었다.

그런 굴욕적인 나날이 어머니와 딸의 관계를 일그러뜨린 걸까. 그래서 노도카는 가출을 한 것일지도 모른다.

"마이 씨의 부탁이니 한번 물어볼게요."

"고마워. 그럼 가볼게."

마이는 가볍게 손을 흔들면서 개찰구 너머로 사라졌다.

사쿠타는 기다리고 있던 노도카를 향해 걸어갔다.

"기다리게 해서 미안해."

사쿠타는 노도카에게 말을 건네면서 연결 통로를 향해 걸음을 내디뎠다. 그런 그의 눈에는 백화점 건물이 들어왔다. 에노전 후지사와 역 개찰구는 저 커다란 건물의 옆에 있다.

"무슨 이야기 했어?"

개찰구를 통과한 후, 노도카가 물었다.

"응?"

사쿠타는 플랫폼 안쪽을 향해 걸으면서 대답했다.

"언니하고 말이야."

"궁금해?"

사실대로 말해도 괜찮겠지만, 사쿠타는 왠지 지금은 그럴 때가 아니라는 생각이 들었기에 얼버무렸다.

"짜증 나는 소리 좀 하지 말아줄래?"

노도카는 낮은 목소리로 말하면서 고개를 돌렸다.

"……."

노도카는 그 후로 아무 말도 하지 않았다. 플랫폼 가장 안쪽에 나란히 선 후, 사쿠타는 그녀에게 신경 쓰이는 점에 대해 물어봤다.

"그리고 보니 마이 씨를 그대로 학교에 보내도 괜찮은 거야?"

"뭐?"

"아이돌인 토요하마 노도카 양이 평범하게 전철을 타고 학교에 갔다가, 패닉이 일어나는 건 아닌가 싶어서 말이야."

"나를 바보 취급하는 거야?"

"걱정하는 건데?"

"……."

노도카는 사쿠타의 속내를 알아내려는 듯이 그를 지그시 쳐다보았다. 마이라면 노골적으로 의심하지는 않을 것이다. 겉모습은 똑같고 내용물만 달라졌을 뿐인데, 사람이 완전히 달라 보였다.

"괜찮아."

노도카는 낮은 목소리로 대답했다.

"나 같은 걸 아는 사람은 없거든."

노도카는 그렇게 말하면서 고개를 돌렸다. 그 말의 이면에는 「언니와는 다르게」라는 정보가 존재하는 것 같았다. 노도카는 그것을 얼버무리려는 것처럼 말을 이었다.

"문제는 오히려 이쪽일 것 같은데 이대로 전철을 타고 학교에 가도 괜찮은 거야?"

"지나치게 유명해서 오히려 말을 걸지 못하거든."

하지만 역시 주목은 받고 있었다. 특히 연예계 활동을 다시 시작한 후로는 「어, 어라!」라든가 「우왓, 진짜네?!」라든가 「너, 말 좀 걸어봐」라든가 「네가 말 걸어」 같은 말이 자주 들렸다.

마이가 그런 반응을 신경 쓰는 모습은 한 번도 본 적이 없었다. 그런 마이가 골머리를 썩이게 만드는 것은 바로 사진이다. 「사진 한 장 같이 찍어주지 않겠어요?」 같은 제안에는 마이도 기쁘게 응하지만, 멀리서 몰래 자신을 찍는 사람이 너무 많아서 질색을 하고 있는 것 같았다.

지금도 스마트폰을 쥔 양복 차림의 남성이 마이를 힐끔힐끔 쳐다보고 있었다. 플랫폼에 열차가 들어온 순간, 렌즈가 마이 쪽을 향했다.

"마이 씨, 자리 바꾸자."

"응? 뭐?"

사쿠타는 그녀와 자리를 바꿨다. 이러면 사쿠타가 방해되기 때문에 마이의 사진을 제대로 찍을 수 없을 것이다.

다음 순간 셔터 음이 들렸다. 노도카가 그 소리를 듣고 사쿠타의 몸 뒤편에서 카메라 쪽을 쳐다보았고, 그러자 그 남성은 얼버무리듯이 고풍스러운 분위기의 차량을 촬영했다.

"……."

노도카는 뭔가 할 말이 있는 것 같았다.

"이런다고 너를 인정할 것 같아?"

사쿠타가 시치미를 떼자, 노도카는 그렇게 말했다.

"인정 못 받아도 상관없어."

사쿠타는 열차 가장 앞쪽의 출입구를 통해 열차에 탔다.

그리고 그는 노도카를 안쪽에 있는 문 옆으로 유도했다. 아침 열차 안은 손가락 하나 까딱하지 못할 만큼 사람들로 미어터지지는 않았지만, 빈자리가 없었다.

사쿠타는 노도카의 앞에 서서 손잡이를 쥐었다.

이윽고 벨 소리가 들리더니 문이 닫혔다. 열차가 움직이기 시작하자 창밖의 풍경이 시시각각 변했다. 커다란 빌딩들이 사라지더니 창밖에는 한산한 주택가가 펼쳐졌다.

노도카는 등을 꼿꼿이 세운 채 그런 창밖의 경치를 쳐다보고 있었다. 그런 그녀의 표정은 어두웠다. 주위에 있는 승객들을 신경 쓰는 것 같지도 않았다. 자신을 향한 흥미 어린 시선 또한 눈치채지 못한 척하고 있었다.

이렇게 보면 그녀는 틀림없는 『사쿠라지마 마이』였다. 저 몸 안에 다른 사람이 들어 있다는 것이 믿기지 않았다.

노도카는 어디까지나 마이답게 행동하고 있었다.

열차는 정지와 출발을 반복하면서, 점점 두 사람이 내려야 하는 시치리가하마 역에 다가가고 있었다.

─다음 정차 역은 에노시마, 에노시마입니다.

귀에 익은 안내 방송이 들려왔다. 왠지 그리움이 느껴지는 차분한 목소리였다.

"버스 같아."

"응?"

"방금 그거 말이야."

듣고 보니 확실히 그랬다.

에노시마 역을 출발한 열차는 좁은 장소로 이동했다. 다음 역인 고시고에 역에 도착할 때까지 열차는 주택 사이의 좁은 길을 달렸다.

"열차가 이런 곳을 지나도 괜찮은 거야?"

창밖에는 주택의 입구가 있었다. 저 집 사람들은 열차가 다니는 길 쪽에 있는 저 입구로 출입하는 걸까. 사쿠타가 이 노선을 이용하게 되고 2년이 지났지만, 아직 그 수수께끼는 풀리지 않았다.

눈에 들어오는 것들에 때때로 흥미를 보이던 노도카는 곧 그런 감정을 억누르더니 마이 같은 표정을 지었다.

"나, 잘하고 있는 걸까?"

사쿠타는 마이처럼 행동하는 노도카를 보면서 진심으로 감탄하고 있었다. 머리를 쓸어 올리는 동작 또한 진짜 마이와 비슷했다.

"어릴 적에는 인물 연기를 자주 했어."

노도카는 마이와 비슷한 말투로 대답했다.

"내 자랑거리이자…… 꿈이었어."

방금 그 말이 과거형인 것에는 어떤 의미가 담겨 있는 것일까. 왠지 싫증이 난 듯한 어조로 그 말을 중얼거린 이유는 뭘까. 여러 가지 의문이 사쿠타의 머릿속을 스치고 지나갔다. 하지만 사쿠타가 무슨 말을 입에 담기도 전에, 「앗」 하고 노도카가 탄성을 터뜨렸다.

주택 사이로 달리던 열차가 탁 트인 바닷가에 도착한 것이다. 창밖은 바다와 하늘과 수평선으로 가득 차 있었다.

백색에서 청색으로 이어지는 그러데이션이 펼쳐져 있었다. 그리고 깊은 바다의 청색은 아침 햇살을 받아 눈부시게 빛나고 있었으며, 일직선으로 그어진 수평선이 그 경치의 테두리를 형성하고 있었다.

이 순간, 노도카는 마이와 다른 표정을 지었다. 그녀가 무의식적으로 입가에 머금은 미소는 마이 본인의 미소보다 앳된 느낌을 지니고 있었다.

바다를 바라보던 사이, 열차는 사쿠타와 마이가 다니는 미네가하라 고교가 있는 시치리가하마 역에 도착했다.

사쿠타와 노도카는 제대로 된 개찰구도 없는 조그마한 역에서 내렸다. 길을 걷다 보면 느닷없이 역이 나타나는 듯한 느낌이 감도는 불가사의한 장소다. 짧은 계단을 내려간 그들은 어느새 조그마한 역 밖으로 나왔다.

노도카는 이곳에 처음 와보지만, 태연한 표정으로 사쿠타의 옆에서 걷고 있었다. 하지만 그녀는 미간을 살짝 찌푸렸다. 아마 바다 냄새 때문이리라.

역에서 학교까지는 걸어서 5분 정도 거리다. 건널목 하나를 건너면 교문은 코앞에 있다.

노도카는 교문을 지난 후, 작은 목소리로 사쿠타에게 말했다.

"저기, 남들이 나를 엄청 쳐다봐."

"그야 마이 씨는 유명인이거든."

"분명 그게 다가 아냐. 나 어디 좀 이상해?"

노도카는 불안한지 자신의 몸을 살펴봤다.

"언뜻 보기에는 영락없는 마이 씨니까 안심해."

"그럼 왜 쳐다보는 걸까?"

"뭐, 그거 때문이겠지."

사쿠타는 짐작 가는 구석이 있었다. 실은 개학식이 열린 어제도 비슷한 시선을 받았던 것이다.

"그게 뭔데?"

노도카는 전혀 모르겠다는 표정을 지었다. 이런 분위기를 접하는 게 처음일 테니 무리도 아닐 것이다.

"이 학교의 사람들은 나와 마이 씨가 사귄다는 걸 알아."

"그래서?"

"그리고 이틀 전까지는 여름 방학이었지."

"그러니까, 그게 뭐?"

"여름 동안에 우리가 어른의 계단을 올라갔는지에 엄청 흥미가 있는 걸 거야."

"……."

노도카는 바로 반응을 보이진 않았다. 잠시 동안 생각을 한 후에, 겨우 정답을 찾아냈는지…….

"그, 그건…… 저기, 즉, 그, 그, 그렇고 그런 짓 말이야?"

……새된 목소리로 그렇게 말했다.

"그렇고 그런 짓이 뭔데?"

사쿠타는 노도카의 반응이 재미있었기에 일단 시치미를 뗐다.

"그, 그야, 그러니까…… 그거 말이야……."

그 말을 입에 담는 것도 부끄러운지, 노도카의 목소리가 점점 작아졌다. 마지막에는 목소리가 거의 들리지 않았다. 귀 또한 새빨갰다.

"그러니까 그게 뭐냐고."

"그러니까, 세……."

노도카는 말을 이으려다 얼굴을 더욱 붉혔다.

"『세』?"

"세, 세…… 세…… 그런 말을 어떻게 해!"

노도카는 화를 내면서 사쿠타의 어깨를 주먹으로 때렸다. 꽤 아팠다. 원래 꽤나 놀아 재끼는 날라리 같은 외모를 지녔던 노도카는 부끄러운 나머지 그 말을 끝까지 잇지 못했다.

"말투와 태도 좀 신경 써."

사쿠타는 작은 목소리로 노도카에게 말했다. 노도카가 갑자기 큰 소리를 내자, 주위에 있던 이들이 두 사람을 쳐다보았다.

"……."

노도카는 그 말을 듣더니 말아 쥔 주먹을 내렸다. 하지만 그녀의 시선에는 여전히 사쿠타를 향한 불만이 담겨 있었다. 얼굴도 아직 빨갰다. 사쿠타와 마이가 그런 짓을 진짜로 했는지 상상해보고 있는 것이리라. 틀림없다.

"어제 내가 자기소개를 하면서 플라토닉한 교제를 하고 있다고 했잖아."

"그, 그럼 진도는 어디까지 나갔어?"

노도카의 분위기를 보아하니 제대로 답해주지 않으면 계속 물고 늘어질 것 같았다.

"얘기 못 들었어?"

물론 그 말은 「마이 씨에게」라는 의미다. 그 말을 입에 담지 않은 것은 주위에 있는 사람들이 듣고 오해 할지도 모른다고 생각했기 때문이다.

"너한테 물어보래."

"흐음."

"뜸 들이지 말고 빨리 실토해. 너와 얼마나 거리를 둬야 하는지 알아야 한단 말이야."

"뭐, 사귀기 시작하고 두 달 된 커플 같은 느낌으로 가면 돼."

"두 달 됐구나……. 두 달…… 그럼 손이나 겨우 잡아본 단계겠네?"

"우리가 초등학생이냐."

"시, 시끄러워!"

"아, 바보야."

노도카가 또 고함을 지르자, 주위에서 걷고 있던 학생들이 의아하다는 표정으로 두 사람을 쳐다보았다.

"우와~, 잘못했어요, 마이 씨 너무 화내지 말라고요."

사쿠타는 이 상황을 얼버무리기 위해 적당히 연기를 했다.

"아, 알았으면 됐어."

노도카는 태연한 척하면서 그 연기에 맞춰줬다. 그리고 주위 사람들이 시선을 뗄 때까지 아무 말 없이 걸었다.

"저, 저기…… 키, 키, 키……."

"원숭이 흉내야? 잘하네."

"키, 키스 말이야, 이 바보야!"

"……."

"해, 했어?"

"안 했어. 안 했다고."

이 상황에서 「했다」고 말하면 상황이 더 복잡해질 것 같았기에, 사쿠타는 태연한 표정으로 거짓말을 했다. 날라리 같던 본래 외모와는 달리, 노도카는 꽤나 순진한 애인 것 같았다.

"그럼 진도는 어디까지 나갔는데?"

"손만 잡아봤어."

"초, 초등학생은 내가 아니라 너네."

연인 설정에 대해 이야기를 나누다 보니, 사쿠타와 노도카는 건물 입구에 도착했다. 사쿠타는 어리광을 부리는 척하면서 노도카를 마이의 신발장으로 안내했다.

두 사람은 실내화로 갈아 신은 후, 교실로 가기 위해 계단을 올라갔다.

사쿠타의 교실은 2층에 있고 3학년의 교실은 3층에 있기에, 두 사람은 2층에서 헤어졌다.

"마이 씨는 3학년 1반이야."

"알아. 자리는 창가 뒤쪽에서 두 번째잖아."

그런 정보는 어제 마이에게서 들은 것 같았다.

"이제 얌전히 자리에 앉아서 묵묵히 수업만 들으면 되지?"

"화장실 가는 것까지 참지는 말고."

"너, 나를 바보라고 생각하지?"

"의외로 농담이 통하지 않는 녀석이라고는 생각해."

"……"

노도카는 불만 섞인 눈길로 사쿠타를 노려보았다. 그녀는 그 사실을 자각하고 있는 듯한 표정을 짓고 있었다. 예전에 누군가에게 그런 말을 들은 적이 있는 것일지도 모른다.

"무슨 일 있으면 2학년 1반에 와."

"알았어. 그럼 안녕."

노도카는 주위에 있는 학생들이 신경 쓰이는지 다시 마이 흉내를 냈다. 그녀는 옅은 미소를 머금으며 사쿠타를 향해 손을 흔들었다. 그 모습은 영락없는 마이였다.

노도카가 3층으로 올라가는 모습을 지켜보고 있을 때……

"아즈사가와, 방해되니까 비켜."

……계단을 올라온 여학생이 언짢은 목소리로 그렇게 말했다. 흰색 가운을 걸친 여학생이었다. 그녀는 바로 사쿠타의 몇 안 되는 친구 중 한 명인…… 후타바 리오다.

그녀는 긴 머리카락을 머리 뒤편으로 모아 묶었다. 그리고 안경 너머에 존재하는 눈으로 한심하다는 듯이 사쿠타를 쳐다보고 있었다.

"아, 마침 잘됐네. 후타바, 너와 상담할 일이 있어."

사쿠타가 그렇게 말하자, 리오는 더욱 언짢은 표정을 지었다. 표정을 보아하니 뭘 상담하려는 것인지 짐작이 되는 것 같았다.

"아즈사가와, 굿이라도 한번 하는 게 어때?"

"왜?"

"이렇게 골치 아픈 일에 자주 휘말리면서, 자기가 불행하다는 생각은 전혀 안 하나 보네."

"자기가 불행하다고 생각한다면 그건 자의식 과잉이잖아. 다들 고생하면서 산다고."

"아즈사가와가 그렇게 생각한다면 괜찮지만……."

리오는 말을 멈추더니, 눈빛만으로「그 불행에 나를 끌어들이지 마」하고 말했다.

3

"무슨 일이 일어났는지에 대한 고찰을 제쳐 두고 이번 케이스에 대해서만 이야기하자면, 해결의 실마리는 이미 찾은 거나 다름없지 않아?"

사쿠타가 점심시간에 물리 실험실에 가자, 리오는 두서없이 그렇게 말했다. 자초지종은 조례 전에 이미 그녀에게 말해 뒀었다.

사쿠타는 점심시간에만 학교 내부에서 운영하는 빵집에서 산 야키소바 빵을 먹으면서 실험 테이블을 사이에 두고 리오와 마주 앉았다. 두 사람 사이에서는 가스버너 위에 올려 둔 비커 안의 물이 보글보글 기포를 내며 끓고 있었다.

리오는 그 끓는 물을 당면 컵라면에 부었다.

"다이어트 하는 거야?"

사쿠타가 묻자 리오는 그를 노려보며 대답했다.

"무신경함이 옷을 입고 돌아다니는 것 같은 누구누구 씨한테서 「무겁다」는 말을 들었거든."

"그게 대체 누구야?"

"아즈사가와가 나를 자전거 뒤편에 태우고 그런 소리를 했잖아."

"······아하."

듣고 보니 그런 말을 했었다. 그건 여름 방학 때 있었던 일이다. 한밤중에 유마를 불러내서 불꽃놀이를 하기 위해 바다에 갈 때, 사쿠타는 리오를 자전거 뒤편에 태웠다.

"아즈사가와의 마음속에 『뚱뚱한 애』로서 존재하며 이 세상을 살아가는 건 너무 굴욕적이야."

아무래도 그 일로 꽤나 앙심을 품은 것 같으니, 빨리 본론에 들어가는 편이 좋을 것 같았다.

"그런데 해결의 실마리가 뭐야?"

"아즈사가와는 성격이 정말 끝내준다니깐."

"칭찬해줘서 고마워."

"과거의 사례들로 사춘기 증후군의 발생 원인을 정의했을 경우의 이야기인데 말이야."

"흠."

"나는 인간의 불안정한 정신 상태가 불가사의한 현상을 일으키고 있다고 생각해."

"나도 그 점에는 동의해."

과거에 사쿠타가 경험했던 사례…… 특히 리오와 토모에의 케이스가 그 말에 딱 들어맞는 느낌이 들었다.

"그러니 대상자의 정신을 불안정하게 만드는 원인을 제거하면 되는 거야."

"뭐, 그렇기는 할 거야."

"아즈사가와한테 대략적인 이야기를 들은 나도 원인이 뭔지 상상이 되니까, 당연히 아즈사가와도 눈치챘을 것 같은데?"

리오는 그렇게 말하면서 사쿠타를 향해 스마트폰 화면을

내밀었다.

그 화면에는 아이돌 그룹 『스위트 불릿』의 활동이 정리된 팬 사이트가 표시되어 있었다.

『스위트 불릿』은 약 1년 전에 데뷔했으며, 신인 발굴 오디션을 통해 선출된 일곱 명의 멤버로 이뤄져 있다고 한다.

그 후 싱글CD를 다섯 장이나 냈지만, 판매량은 그렇게 많지 않았다. 발매 첫 주 차트에서도 20위 안에 들어간 적은 딱 한 번뿐이었다.

지금까지 했던 라이브 또한 같은 사무소에 소속된 아이돌과의 합동 이벤트였고, 게다가 대부분 규모가 작은 라이브 하우스에서 열렸다. 가장 많은 곳도 삼백 명 정도를 수용할 수 있는 규모였다.

텔레비전 출연 또한 손가락으로 꼽을 수 있을 횟수 밖에 안 했으며, 대부분은 지방 방송국의 프로그램이었다.

노도카의 그룹 내 인기는 서너 번째 정도인 것 같았다. 총 일곱 명이니 얼추 중간이었다. 참고로 그녀의 별명은 『도카 양』이었다.

스마트폰으로 순식간에 이 정도 정보를 알 수 있다니, 정말 편리한 세상이다.

"참고로 이쪽이 사쿠라지마 선배야."

리오는 사쿠타에게서 돌려받은 스마트폰을 조작한 후, 다시 그를 향해 내밀었다. 마이가 아침 연속 드라마로 화려하게 데뷔한 후 지금까지 걸어온 발자취가 화면에 열거되어 있었다. 크게 히트한 영화와 드라마의 타이틀, 그리고 그녀가 수상한 각종 상도 전부 기재되어 있었다.

전부 읽어보는 데도 꽤 시간이 걸릴 것 같았다.

리오의 말대로, 이유는 이렇게 명확했다.

간단히 말하자면, 뛰어난 언니에게 콤플렉스를 느끼고 있는 것이다. 아니, 지나치게 뛰어난 언니라는 표현이 더 적절할지도 모른다.

"하지만 그런 걸 대체 어떻게 극복하냐 말이야."

"국민적 아이돌이 되면 되겠네."

리오는 진지한 표정으로 그렇게 말했다.

"나는 진지하게 묻고 있다고."

"나도 진지하게 대답하는 거야."

리오는 뚜껑을 떼어 낸 당면 컵라면을 플라스틱 포크로 후루룩거리며 먹었다. 사쿠타는 리오가 다른 말을 해줬으면 했지만, 그녀는 당면을 다 먹을 때까지 아무 말도 하지 않았다. 여자에게 「무겁다」는 말을 하면 이런 대접을 받게 되는 것 같으니, 앞으로는 조심해야겠다.

리오의 조언에 따르기로 한 사쿠타는 오후 수업 동안 노도카를 톱 아이돌로 만들 방법을 생각해봤다.

하지만 민완 프로듀서가 아닌 사쿠타가 그럴 방법을 알

리가 없었다. 일찌감치 무리라는 사실을 눈치챈 사쿠타는 수업을 대충 들으면서 시간을 보냈다.

본인에게서 자초지종을 들은 후에 본격적으로 고민해도 늦지 않을 것이다. 사쿠타뿐만 아니라 마이도 노도카가 가출을 한 이유를 듣지 못했다.

방과 후, 노도카를 만나기 위해 3학년 교실이 있는 3층으로 올라가던 사쿠타는 층계참에서 그녀와 딱 마주쳤다.

"오, 우리는 운명인가 보네."

"헛소리하지 마."

노도카는 어이없다는 투로 말했다. 오늘 하루 동안 마이로서 지낸 덕분인지, 노도카는 아침때보다 더욱 마이다워졌다.

이 정도라면 마이와 그다지 친하지 않은 이 학교 사람들이 그녀에게서 위화감을 느끼지는 못할 것이다.

"그럼 돌아가자."

사쿠타는 그렇게 말한 노도카와 함께 계단을 내려갔다. 3층 층계참에서 2층으로 내려간 그들이 2층에서 1층으로 내려가고 있을 때…….

"왠지 믿기지가 않아."

……하고, 노도카가 중얼거렸다.

"응?"

"학교에 친구가 없다는 게 진짜였구나."

"내가 실제로 본 건 아니지만, 마이 씨는 1학년 1학기 때 일을 하느라 학교에 전혀 등교하지 않았다는 것 같아."

반의 굴레, 학교의 분위기…… 그런 것에 익숙해질 타이밍을 완전히 놓치고 만 것이다. 어릴 적부터 계속 연예계에 있었던 탓에 초등학교에도, 중학교에도 제대로 다니지 못했던 마이가 그런 상황에서 학교에 녹아들어 가는 것은 불가능했다. 즉『평범한』친구 교제라는 것을 모르는 채 지금까지 살아온 것이다…….

"왠지 평범한 이유네."

"이유 같은 건 보통 평범하기 마련이야."

"……뭐, 그건 그럴지도 몰라."

노도카는 자신이 고등학교에서 친구 관계를 제대로 유지하지 못했다는 사실을 떠올렸는지 약간 머뭇거리며 대답했다. 그런 노도카의 대답에서는 현실감이 묻어났다.

두 사람이 교문을 나선 순간, 학교 앞에 있는 건널목에서 경보음이 흘러나왔다.

"건널목 같은 건 정말 오래간만에 봐."

노도카는 낮은 목소리로 그렇게 중얼거렸다.

"도시 사람이라고 자랑하는 거야?"

요즘은 공사를 통해 철도를 지면보다 높게 부설한 곳이 늘어서, 건널목의 숫자도 꽤 줄었다.

"이런 건 자랑거리가 아니라고."

사쿠타가 그런 소리를 하고 있을 때, 시치리가하마 역에서 출발한 열차가 건널목을 지나갔다. 그 열차의 속도는 느렸다. 승객들의 얼굴이 확연하게 보일 정도였다. 일찌감치 하교한 미네가하라 고교 학생들도 드문드문 보였다. ·

멀어져 가는 열차의 엉덩이를 쳐다보고 있자 경보음이 잦아들었다. 갑자기 주위가 조용해지더니, 차단기가 천천히 올라갔다.

건널목 앞에 서 있던 사람들이 걸음을 내디뎠다. 사쿠타와 노도카도 그 흐름의 일부가 되어 건널목을 건넜다.

그런 두 사람의 눈앞에는 완만한 내리막길이 존재했다. 그 길의 끝에는 국도 134호선이 있었다. 그리고 그 너머에 존재하는 바다는 어느새 기울어버린 햇빛을 받으며 찬란히 빛나고 있었다.

내리막 아래에서 불어오는 바람은 여름의 끝을 알리는 듯한 냄새를 머금고 있었다.

"바다……."

다른 학생들이 길 오른편에 있는 역으로 향하는 가운데, 노도카는 자연스럽게 걸음을 멈췄다.

옆으로 가려다 그 모습을 본 사쿠타는 바다를 향해 돌아섰다.

"잠시 들렀다 갈까?"

사쿠타는 노도카의 대답도 듣지 않고 시치리가하마의 바다를 향해 걸음을 옮겼다.

　자신을 쫓아오듯 등 뒤에서 들려오는 노도카의 발소리를 들으면서 말이다.

　좀처럼 신호가 바뀌지 않는 국도 134호선의 횡단보도를 건넌 후, 재빨리 계단을 내려간 노도카는 그대로 모래사장에 들어갔다.

　"진짜 바다네."

　"바다는 요코하마에도 있지 않아?"

　"모래사장이 있는 바다가 좋단 말이야."

　노도카는 약간 휘청거리면서도 모래사장의 감촉을 즐기고 있었다.

　평일이라 그런지 바닷가에 놀러 온 사람은 거의 없었다. 어린애와 함께 온 가족이나, 9월인데도 아직 여름 방학이 끝나지 않은 대학생뿐이었다. 그리고 수면에 떠 있는 윈드서핑용 돛이 드문드문 보였다.

　한여름에 비해 한산한 해수욕장을 보니 약간 서글픈 느낌이 들었다.

　"저기, 바다에 들어가도 돼?"

　노도카는 물가에서 놀고 있는 어린애를 쳐다보면서 사쿠타에게 물었다.

"뭐, 누구한테 허락을 받아야 들어갈 수 있는 건 아니지만……."

"그럼 들어갈래. 더워서 미치겠단 말이야."

노도카는 사쿠타의 말을 끝까지 듣지도 않고 그렇게 말했다.

"그건 어떻게 할 건데?"

사쿠타는 노도카가 신은 검은색 타이츠를 손가락으로 가리켰다.

"응? 그야 당연히 벗어야지."

노도카는 그렇게 말하면서 양손을 치마 안으로 집어넣었다. 그리고 잠시 몸을 꿈틀거리자, 타이츠가 무릎 언저리까지 내려갔다. 그리고 노도카는 방파제를 손으로 짚으며 균형을 잡더니, 뒤를 돌아보는 듯한 자세로 한쪽 발을 뒤로 빼며 타이츠를 마저 벗었다.

재주가 탁월할 정도로 좋았다. 치마 안이 보일 것 같으면서도 보이지 않았다.

이건 이것대로 꽤나 괜찮았다.

"여자애가 타이츠를 벗는 모습은 꽤 에로틱하네."

"바, 바보. 보지 마."

"애인이니까 봐줘."

"사귀는 사이라고 해도 하면 안 되는 게 있거든?"

노도카는 다른 한쪽 발도 같은 요령으로 벗었다. 그리고 동그랗게 만 타이츠를 가방에 넣더니, 사쿠타를 내버려 두고 물가를 향해 뛰어갔다.

"아~, 기분 좋아. 바다 최고~."

노도카는 발치로 밀려드는 새하얀 파도와 장난치듯 놀았다.

"확실히 바다는 최고네."

평소 좀처럼 보기 힘든 마이의 맨다리는 정말 눈부셨다. 교복 차림인 그녀의 맨다리를 보는 것은 처음이었다.

"왜, 왜 발만 쳐다보는 거야?"

"정말 끝내주네."

"언니의 몸을 음흉한 눈길로 쳐다보지 마!"

"저 다리 사이에 끼이고 싶어."

"……."

노도카는 소리 없는 절규를 지르며 질린 듯한 표정을 지었다. 아무래도 오해를 한 것 같았다.

"혹시나 해서 말하겠는데, 다리 사이에 끼이고 싶은 건 머리야."

"머리라면 괜찮다고 생각해? 완전 정신 나갔네. 죽어버려."

"마이 씨라면「연하 남자애의 머리를 내 다리 사이에 끼워봤자 아무렇지도 않아」하고 말했을 텐데 말이야."

"……언니는 대체 이딴 녀석의 어디가 좋은 거지?"

"……."

"왜 썩은 동태눈으로 쳐다보는 거야? 불만이라도 있어?"

"불만은 없지만, 의문은 있어."

"뭐?"

사실 그 의문은 어제부터 계속 머릿속에서 맴돌았다.

"너, 왜 마이 씨 앞에서는 『언니』라고 부르지 않는 거야?"

어찌 된 영문인지, 어제 노도카는 마이를 부르는 호칭을 「언니」에서 「마이 씨」로 바꿨던 것이다.

"……."

"어설프게 존댓말도 써 댔잖아. 나를 대할 때와는 태도가 너무 다른 거 아냐?"

"당연하잖아. 연예계의 대선배인걸."

노도카는 본심을 숨기려는 것처럼 고개를 돌렸다. 그리고 발치에 밀려드는 파도를 지그시 쳐다보았다.

"그게 다야?"

"그래."

"그럼 왜 마이 씨네 집으로 가출한 건데?"

"뭐?"

"가출해서 여유가 없는 애가 『언니』라고 부르지도 못할 만큼 서먹서먹한 사람에게 의지하려고 들 리가 없잖아."

"……."

"나라면 좀 더 편하게 대할 수 있는 녀석에게 의지했을 거야."

노도카는 자기 입으로 고향에는 중학교 시절의 친구가 잔뜩 있다고 했다. 친구의 집에 묵으러 간 적도 있다고도 말했었다.

"나는 너와 달라."

"마이 씨에게 할 말이 있는 거 아냐?"

"윽!"

노도카는 어깨를 부르르 떨었다. 겉모습은 마이지만, 마이와 달리 포커페이스에 익숙하지 않은 것 같았다. 그래서 그런지 사쿠타의 유도 심문에 완벽하게 걸려들고 말았다.

"예를 들자면, 「언니 따위 정말 싫어!」 같은……."

"아냐!"

노도카는 사쿠타가 말을 끝까지 잇기도 전에 그 말을 부정했다.

"아니라구……."

노도카는 한 번 더 중얼거렸다.

하지만 사쿠타에게는 그 말이 정반대되는 의미로 들렸다. 강한 부정이 긍정을 의미하고 있었다. 적어도 사쿠타에게는 그렇게 느껴졌다.

"뭐, 괜찮잖아."

사쿠타는 흥분한 노도카를 향해 느긋한 어조로 말했다.

"……."

노도카는 그 말에 담긴 진의를 파악하려는 것처럼 날카로운 눈길로 사쿠타를 노려보았다.

"가출한 걸 보면, 부모님과 다투기는 한 거지?"

"……."

노도카는 침묵을 통해 긍정을 표시했다.

"마이 씨 때문에 싸운 거라면, 마이 씨를 싫어하게 되는 것도 무리는 아니지."

"윽?!"

노도카는 정곡을 찔렸는지 눈을 치켜떴다.

"너…… 네가 대체 뭘 안다고 그렇게 지껄여 대는 건데!"

"여자애는 애인이 바람을 피우면 애인이 아니라 바람피운 여자애를 탓한다는 게 사실이구나."

마이라면 분명 철저하게 사쿠타를 괴롭힐 것 같지만…….

"나는 아무 말도 안 했어!"

"말 안 해도 그 정도는 알 수 있어. 그리고 마이 씨도 얼추 눈치챘고."

"거짓말……."

"사실이야. 오늘 아침에 마이 씨가 나한테 했던 말도 바로 그거야."

"……너, 너와는 상관없는 일이잖아!"

"그럼 빨리 내 마이 씨에게 몸을 돌려줘."

"……."

노도카는 사쿠타를 똑바로 노려보았다. 그의 태도가 마음에 들지 않는 것이리라. 하지만 사쿠타도 마찬가지였다.

"너 때문이야?"

노도카는 짧은 침묵 끝에 질문을 던졌다.

"뭐가?"

"언니가 연예계 활동을 다시 시작한 거 말이야."

노도카의 눈빛은 진지하기 그지없었다.

"아냐."

마이가 같은 질문을 받는다면 아마 그렇다고 대답했을 것이다. 하지만 사쿠타의 생각은 달랐다. 어차피 시간문제에 지나지 않았다고 보기 때문이다. 사쿠타가 괜한 소리를 한 탓에 그녀의 복귀가 조금 앞당겨졌을 뿐이다.

마이는 연예계 활동을 정말 좋아하니 결국 복귀했을 것이다. 더는 참지 못하고 말이다.

노도카는 의문이 어린 눈길로 사쿠타를 쳐다보고 있었다. 사쿠타는 그 시선을 무시하며 모래사장에 떨어져 있던 돌멩이를 줍더니 바다를 향해 던졌다.

"아하, 어머니와 싸운 이유는 바로 마이 씨의 연예계 복귀구나."

복귀 후, 마이는 이미 드라마에도 몇 번이나 출연했다. 단발성 출연이거나 스페셜 드라마의 특별 출연 같은 것이기는 하지만 중요한 역할을 맡곤 했었다. 그리고 자신의 명성에 걸맞은 존재감을 과시하며 그런 배역을 연기했던 것이다.

CF도 몇 개나 찍었으니, 한 시간 정도 텔레비전을 보다 보면 마이의 모습을 한 번 정도는 볼 수밖에 없는 상황이다.

"……."

노도카는 사쿠타의 질문에 대답하지 않았다. 질문에 대답한다는 것이 자기 무덤을 파는 짓이라고 생각하는 걸지도 모른다.

노도카는 신발을 신더니 언짢은 걸음걸이로 모래사장을 나섰다. 사쿠타는 어쩔 수 없이 그런 그녀의 뒤를 따랐다.

"따라오지 마!"

"같이 돌아가야 하니까 싸우지 말자. 분위기가 거북해지잖아."

"당사자가 그런 소리 하지 말라구!"

"아~, 분위기 참 안 좋네."

"……."

이번에야말로 노도카는 아무 말도 하지 않았다. 진짜로 화가 난 것 같았다.

결국 두 사람은 맨션에 도착할 때까지 대화를 나누지 않았다. 사쿠타가 정기적으로 말을 걸었지만, 노도카는 아무 말도 하지 않았다. 시선조차 마주치지 않았다.

집으로 돌아가면서 펼친 약 30분간의 인내심 대결은 노도카의 승리로 끝났다.

"집에 돌아가면 마이 씨와 제대로 이야기를 나눠봐."

사쿠타는 자신이 사는 맨션 앞에 서서 노도카를 향해 그렇게 말했다.

"……"

노도카는 여전히 아무 말도 하지 않았다. 사쿠타를 쳐다
보려고도 하지 않았다. 이래서야 사쿠타도 두 손 두 발 다
들 수밖에 없다.

"그럼 안녕."

사쿠타가 그렇게 말하면서 자신의 맨션에 들어가려고 한
순간…….

"기다려."

……뜻밖에도 노도카가 그를 불러 세웠다.

"왜 그래?"

노도카는 여전히 고개를 숙이고 있었다.

"……돌아가고 싶지 않아."

"뭐?"

"한동안 너희 집에서 나 좀 재워주면 안 돼?"

노도카는 사쿠타를 올려다보면서 말을 이었다.

"너한테 거의 다 들켰으니…… 이제 와서 언니 집에서 머
물 수도 없단 말이야."

확실히 비밀로 하고 싶었던 일들을 상대방에게 전부 다
들킨 상황이니 여러모로 거북할 것이다.

"나한테 들킨 건 신경 쓰지 마. 어차피 마이 씨한테도 다
들켰잖아."

"그러니까 더는 무리란 말이야! 이 몸으로 다른 사람을 찾아갈 수도 없으니까……."

그녀가 한 말 중에는 이치에 맞는 부분도 있고, 이치에 맞지 않는 부분도 있었다.

"마이 씨에게는 뭐라고 설명할 건데?"

"그, 그게……."

"거기까지는 생각도 안 해본 거지?"

"……네가 알아서 둘러대."

"그랬다간 내가 마이 씨에게 혼날 텐데."

"네가 재워주지 않으면 내가 곤란해져."

"귀찮으니까 싫어."

"그 정도는 해줘도 되잖아!"

"저기, 이웃들에게 폐가 되니까 맨션 앞에서 고함 지르지 마."

그 말은 등 뒤에서 들려왔다. 역이 있는 방향에서 금발 소녀가 걸어오고 있었다. 마이였다.

"무슨 일이야?"

"……."

마이가 질문을 했지만, 노도카는 대답하지 않았다. 아니, 대답하지 못했다는 편에 가까웠다. 노도카는 고개를 숙인 채 마이의 추궁에 침묵으로 답하고 있었다.

그러자 마이는 사쿠타를 쳐다보았다.

그런 그녀의 시선에는 같은 질문이 담겨 있었다.

이 상황에서는 뭐라고 말해야 될까.

솔직히 타인이 끼어들 문제는 아니라고 생각한다. 백 보 양보해 사쿠타가 두 사람의 대화에 참가하더라도, 이야기 자체는 노도카가 자기 입으로 하는 편이 훨씬 나을 것이다. 당사자들이 풀어야 할 문제니까 말이다.

"......"

하지만 침묵으로 일관하고 있는 노도카가 이 상황을 타개하기를 기대하는 것도 어려웠다. 그렇다면 다소 거친 방법을 동원해서라도 사쿠타가 계기를 만들어줄 수밖에 없다. 그저 고개를 숙인 채 입을 다물고 있어서는 사태가 호전되지 않을 테니까 말이다.

게다가 마이라면 노도카의 감정을 잘 받아줄지도 모른다는 기대감 또한 사쿠타의 마음속에 존재했다.

"토요하마 양이 마이 씨와 같이 있는 게 좀 그렇다면서, 우리 집에 머물고 싶대요."

"......"

노도카는 배신자를 보는 듯한 눈길로 사쿠타를 쳐다보았다. 그녀는 착각하고 있는 것 같지만, 사쿠타는 항상 마이의 편이다.

"이유가 뭐야?"

마이는 당연하기 그지없는 의문을 입에 담았다.

"……."

노도카는 대답하지 않았다. 그녀는 아직도 고개를 숙인 채 묵비권을 주장하고 있었다. 이래서야 이 문제는 해결되지 않을 것이다.

"으음~, 그게 말이죠."

사쿠타는 이번에도 노도카를 대신해 말하려 했다.

"잠깐만……."

노도카는 약간 주저하면서 입을 열었다.

"……내가 직접 말할게."

사쿠타가 말하게 둘 바에야 자기 입으로 말하는 편이 낫다고 생각한 것 같았다. 그렇다면 사쿠타도 더는 나설 필요가 없다.

"……나는."

잠시 뜸을 들인 후, 노도카는 입을 열었다.

"나는…… 계속, 비교당했어."

그리고 그녀는 떠듬떠듬 이야기하기 시작했다.

"어릴 적부터 계속…… 오디션을 보러 가도 항상 마이 씨가 배역을 따냈어. 그리고 그때마다 엄마는 화를 냈지. 『마이 양도 하는 걸 왜 너는 못하니』 하면서……."

"……."

마이는 아무 말도 하지 않았다. 시선을 돌리지도 않은 채 노도카를 지그시 쳐다보았다.

"마이 씨가 연예계 활동을 중단한 후…… 나는 겨우 스위트 불릿으로 데뷔했어. 그랬더니 엄마도 좀 부드러워졌고, 나를 칭찬해줬어. ……하지만, 하지만, 왜 다시 활동을 시작한 거야?! 스페셜 드라마에서 좋은 배역을 따내고! CF도 잔뜩 찍고! 매달 패션 잡지의 표지를 장식하고! 왜 날 방해하는 거냐구!"

"……."

"내가 겨우겨우 노력해서 여기까지 왔는데, 간단히 제쳐버리고……. 다들 항상 마이 씨만 쳐다봐! 엄마도 입만 열었다 하면 마이 씨 이야기를 해! 내가 지금까지 해 온 노력을 물거품으로 만들지 말란 말이야!"

"……."

노도카가 격렬한 감정을 퍼붓는데도, 마이는 여전히 아무 말도 하지 않았다. 그녀의 표정에는 변화가 없었다. 오히려 감정을 퍼붓고 있는 노도카가 더 괴로워 보였다.

하지만 노도카는 물러서지 않았고, 끝까지 시선을 피하지도 않았다.

"싫어……."

노도카의 목소리 톤이 약간 낮아졌다. 아까까지의 뜨거웠던 감정이 순식간에 식어버리더니, 노도카의 눈동자에는 냉정함만이 깃들어 있었다.

"언니 따위 정말 싫어."

긴장된 분위기 탓일까, 주위에서 소리가 사라져 가는 듯한 느낌이 들었다.

완전히 메말라버린 세계에서는 색깔마저도 사라져 갔다.

그렇게 회색으로 물든 세계에서 처음으로 말을 자아낸 사람은 바로 마이였다.

"그래? 다행이야."

마이는 안도한 것처럼 한숨을 내쉬었다.

"어?"

노도카는 그 말이 이해가 안 되는지 무심코 뚱딴지같은 반응을 보였다. 하지만 그 후 이어진 마이의 말을 듣더니, 차가운 숨을 삼켰다.

"나도 노도카가 싫어."

마이는 담담한 목소리로 말했다. 그런 무뚝뚝한 어조에는 강렬한 냉기가 어려 있었다.

"……."

노도카가 딱딱하게 굳어버린 것도 당연했다. 「다행이야」라는 말을 듣고 약간 방심한 순간 이런 소리를 들었으니 말이다. 새파랗게 질린 얼굴만 봐도 그녀가 얼마나 엄청난 충격을 받았는지 상상이 되었다. 그녀는 마음에 상처를 입은 표정을 짓고 있었다. 그리고 사쿠타 또한 마이의 반응을 보고 놀랐다.

"노도카가 나한테 먼저 싫어한다고 말했잖아. 그런데 왜 그렇게 놀라는 거야?"

맞는 말이기는 하지만, 반격을 전혀 예상하지 못했던 노도카는 심각한 대미지를 입었다. 그녀의 얼굴은 그야말로 창백하기 그지없었다. 무슨 말을 하려는 것 같았지만, 떨리는 그녀의 입술에서는 제대로 된 말이 흘러나오지 않았다.

마이는 자신이 직접 궁지로 몰아넣은 노도카를 쳐다보면서 입을 열었다.

"나를 버리고 간 아버지와 딴 여자 사이에서 태어난 애 따위 나와는 아무런 상관도 없어."

그것도 맞는 말이다. 애초에 이 두 사람은 만나서는 안 되는 사이인 것이다.

"전부 아버지의 무신경함에서 비롯된 일이야. 나를 버리고 간 것도 그렇고, 나와 노도카를 만나게 한 것도 그 사람이잖아."

"……."

노도카는 마이의 얼굴을 쳐다볼 수가 없는지 아스팔트로 된 지면을 쳐다보며 그 칼날같은 말을 견뎌 냈다.

"딱히 노도카 본인이 마음에 들지 않는 건 아니지만, 너에 대한 내 감정도 알아 뒀으면 해."

이런 말을 들었을 때 뭐라고 대답하는 것이 정답일까. 그 말을 이해하며 긍정하는 것도 이상한 일이며, 거꾸로 부정했다간 상황이 더욱 비틀리고 말 것이다.

"……"

지금 노도카가 하고 있는 것처럼 고개를 숙인 채 침묵을 지키는 것이 정답일 것이다. 답이 존재하지 않는 문제라는 것은 인생 속에 지긋지긋할 정도로 존재하니까 말이다.

4

사쿠타가 온수가 담긴 욕조 안에서 생각에 잠겨 있을 때, 앞 머리카락에서 흘러내린 땀방울이 잔잔한 수면을 흔들었다.

그 덕분에 사쿠타는 정신이 번쩍 들었다.

꽤 오랫동안 욕조 안에 있었는지 몸이 꽤나 늘어졌다. 더 있었다간 현기증이 날 것 같았다.

아직 결론을 내리지 못했지만, 사쿠타는 욕조에서 나가기로 했다.

애초에 몇 시간을 고민한들 결론이 나지 않을 일에 대해 생각하고 있었던 것이다.

마이와 노도카가 서로에게 품고 있는 감정은 『싫다』, 『정말 싫다』 같은 말로 표현할 수 있을 만큼 단순하지 않다고 사쿠타는 느꼈다. 더욱 뿌리 깊은 문제인 것이다. 가까운 상대이기에 더욱 비틀리고 마는 가족 간의 문제이기도 했다.

타인이 이러쿵저러쿵할 문제도 아니었다.

"장래에 마이 씨와 결혼한다면, 내 문제가 되겠네."

사쿠타는 몸을 닦으면서 진지한 표정으로 혼잣말을 했다.

그리고 반바지를 입은 후, 사쿠타는 상반신 알몸인 상태로 탈의실을 나오더니 그대로 거실에 갔다.

그곳에서 인기척이 느껴졌다.

텔레비전 앞에는 금발 소녀가 앉아 있었다. 리모컨을 조작해 채널을 돌려 대고 있었다. 겉보기에는 토요하마 노도카지만 안에 있는 사람은 지금도 마이다.

마이는 그렇게 심한 소리가 오고갔던 노도카와 한 집에 있을 수는 없었는지, 사쿠타의 집에 묵게 해달라고 부탁했다.

사쿠타를 마중하기 위해 현관에 왔던 카에데의 반응은 노골적이었다. 사쿠타가 데리고 온 금발 소녀를 보고 겁먹은 그녀는 방구석으로 도망쳤다.

"오, 오빠가 불량해졌어요."

"아니, 불량해진 적 없어."

"오빠가 바람둥이로 변했어요."

"대체 뭘 어떻게 해석했기에 그런 소리가 나와?"

"또 새로운 여자애를 데리고 왔어요."

"아하, 그런 식으로 해석한 거구나."

최근 몇 달 동안, 마이를 비롯해 쇼코, 리오에 이어 노도카까지 데리고 왔던 것이다. 자신이 집에 데려왔던 여자애의 이름을 열거해보니 카에데의 주장을 부정할 수가 없었다.

"그, 그래도, 걱정하지 마세요!"

카에데는 힘찬 목소리로 그렇게 말했다.

"뭘 걱정하지 말라는 거야?"

"마이 씨에게는 비밀로 해드릴게요."

"응. 고마워, 카에데."

"『남자에게는 모험이 필요하다』고 오빠가 전에 말했잖아요."

"그런 말을 한 기억은 없는데."

사쿠타가 변명을 했는데도 불구하고, 옆에 서 있던 마이는 그의 엉덩이를 힘껏 꼬집었다. 사쿠타는 무심코 이상한 비명을 지르고 말았다.

그런 파란을 일으킨 카에데는 이미 잠들었는지 거실에 없었다. 시계를 보니 어느새 밤 열두 시가 지났다. 어린애는 잘 시간이었다.

"꽤 오래 씻었네. 혹시 내 생각이라도 했어?"

마이는 장난기 섞인 목소리로 물었다.

"마이 씨 생각이라면 항상 해요."

"흐음, 그래?"

"진짜 중의 진짜예요."

"진짜 중의 진짜는 또 뭐야?"

"그저 잠수함 놀이에 열중했던 것뿐이에요."

"……"

마이는 모멸이 섞인 표정으로 사쿠타를 쳐다보았다.

"어라, 그게 어떤 놀이인지 알아요?"

"그 이야기를 더 하면 진짜로 화낼 거야."

마이의 눈에서 진심이 느껴졌기에 사쿠타는 입에 자물쇠를 달았다. 그리고 냉장고에서 스포츠 드링크를 꺼내서 마셨다. 마이가 CF에서 이미지 캐릭터를 맡았던 상품이다. 마이는 자신이 광고한 스포츠 드링크를 마시는 사쿠타를 보더니 만족스러운 미소를 지었다. 하지만 곧 미소를 지우더니······.

"그 상처, 사라지지 않네."

······하고 말했다. 사쿠타의 가슴에 새겨진 세 줄기 흉터는 부르트기라도 한 것처럼 약간 변색된 채 2년 동안 변함없이 존재해 왔다.

"만져볼래요?"

"내가 왜?"

"마이 씨가 만져줬으면 해서요."

"바보 같은 소리 하지 말고 빨리 상의 입어."

마이는 그렇게 말하면서 고개를 휙 돌렸다.

"닿는 것도 아니니까 얼마든지 봐도 돼요."

"노도카의 안구에 남자의 알몸이 새겨지기라도 하면 큰일이란 말이야."

"그녀도 애는 아니잖아요."

"아직 애야."

"그런 애와 다툰 건 어디 사는 누구였더라~."

"그건……."

마이는 반사적으로 반론하려다 입을 다물었다. 말끝을 흐린 그녀는 거북한지 텔레비전을 보는 척했다. 텔레비전에는 심야 스포츠 뉴스가 나오고 있었다. 페넌트레이스도 종반에 이른 프로 야구의 다이제스트가 나오고 있지만, 저 정보는 마이의 머릿속에 들어가고 있지 않을 것이다. 그녀는 마음이 딴 데 가 있는 것처럼 보였다.

"그건 본심이 아니라고 말하려다 만 건가요?"

"본심이야."

마이는 주저 없이 대답했다.

"진심으로 그렇게 생각했어. 그리고 지금도 마찬가지야."

목소리에서도, 표정에서도 진심이 묻어나고 있었다.

"하지만 그게 전부는 아니었나 보네요."

"……."

마이는 대답하지 않았다. 그리고 그것이 사쿠타의 말을 긍정하고 있는 것처럼 느껴졌다.

"싫다는 감정에도 종류가 많은 것 같으니까요."

사쿠타는 티셔츠를 입은 후 마이의 옆에 앉았다.

까딱하면 어깨가 닿을 만큼 붙어서 말이다.

"너무 들러붙지 마."

마이는 사쿠타의 어깨를 밀치면서 약간 떨어졌다.

"옆에 앉는 것도 안 돼요?"

"왠지 사쿠타가 나를 덮칠 것만 같아."

"큭, 들켰군."

"노도카의 몸에 그딴 짓을 하면 다시는 잠수함 놀이를 못하게 만들어버릴 거야."

마이는 그 점에 있어서만큼은 일관된 태도를 취하고 있었다. 처음부터 그랬다. 사쿠타가 노도카의 몸을 만지는 것도 허락하지 않았으며, 그렇게 딱 잘라 싫어한다고 말했던 자신의 이복동생을 지금도 여전히 친근한 어조로 『노도카』라고 부르고 있었다.

"욕실에서의 유일한 즐거움이 사라지는 건 싫어요."

"하아. 사쿠타는 왜 이렇게 바보인 걸까?"

"남자라면 누구나 하는 짓이라고요."

"초등학생이라면 이해가 되지만…… 잠깐, 이 이야기는 하지 말라고 했잖아. 노도카의 입이 더러워진단 말이야."

"이 이야기를 다시 꺼낸 사람은 마이 씨거든요."

"……."

마이는 불만 섞인 눈길로 사쿠타를 쳐다보았다. 잠수함 놀이 이야기를 또 꺼내서 저러는 것 같지는 않았다.

마이는 원치 않는 싸움을 벌여서 노도카에게 상처를 입혔다. 본인 또한 상처를 입었다. 그러니 다른 말…… 따뜻한 말을 건네라고 마이는 사쿠타에게 말하고 있는 것이리라…….

"솔직해지는 게 최고라고 생각해요."

하지만 사쿠타가 선택한 것은 그런 말이었다. 마이도 따뜻함을 원하는 듯한 태도를 취하고 있지만, 사쿠타가 안이하게 위로하려 했다간 분명 언짢아할 것이다. 마이가 자기 자신에게 이상한 식으로 엄격하다는 것을 사쿠타는 알고 있었다.

"고리타분한 정론 같은 건 듣고 싶지 않아."

"삐친 마이 씨는 엄청 귀엽네요."

"그건 노도카가 귀엽다는 의미야?"

"우와~, 엄청 성가셔."

사쿠타는 마이가 화낼 것은 각오하며 솔직한 감상을 입에 담았다.

"······."

마이는 아무 말 없이 사쿠타를 노려보았다. 하지만 곧 표정에서 힘을 빼더니······.

"내가 생각해도 좀 성가시네."

······하고 말하면서 쓴웃음을 지었다.

"······ 그럼 나도 씻을게."

마이는 그렇게 말하면서 몸을 일으켰다. 거실을 나서는 마이를 바라보고 있을 때, 탈의실 앞에 선 그녀가 사쿠타를 향해 고개를 돌렸다.

"훔쳐보기라도 하면 확 칼로 찔러버릴 거야."

"만약 찌를 거면, 마이 씨가 원래 몸으로 돌아온 후에 찔

러쳐요."

인생 최후의 절경이라면, 최상의 상태에서 감상하고 싶었다.

"바~보."

마이는 어이없다는 듯이 웃음을 흘리며 그렇게 말한 후, 탈의실의 문을 잠갔다.

잠시 후, 샤워 소리가 들려왔다.

"내일은 원래대로 돌아왔으면 좋겠네."

거실에 홀로 남겨진 사쿠타는 그런 희망 사항을 입에 담았다.

제2장

냉전을 시작합니다

1

사쿠타의 희망과는 달리, 다음 날 아침에도 사태는 전혀 호전되지 않았다. 정말 유감스러웠다.

게다가 시간이 가면 갈수록 사태는 더욱 심각해지고 있는 것처럼 사쿠타는 느껴졌다. 사실상 다투고 헤어진 것이나 다름없는 이 상황을, 마이와 노도카는 일상으로 받아들이고 있었다.

어느새 그 뒤로 열흘이 흘렀다.

몸이 뒤바뀌었기에 최소한의 정보 교환만은 하고 있었지만, 두 사람은 그 이상의 대화를 나누지 않았다. 물론 그 이하의 대화 또한 하지 않았다.

간결한 업무 연락만 사무적으로 나눌 뿐이었다. ……게다가 그런 이야기 또한 단둘이서는 하지 않았다. 그녀들은 항상 사쿠타의 집에서 모였으며, 당연하다는 듯이 사쿠타도 매번 참석했다.

"보고할 건?"

"딱히 없어."

"마이 씨는요?"

"나도 없어."

"초등학생이 억지로 쓴 일기도 이것보다는 내용이 알찰 것 같은데요."

"……."

"……."

사쿠타가 분위기를 누그러뜨리려고 그렇게 말했지만, 공허한 침묵만이 감돌았다. 그런 상황이었기에 마이는 아직도 사쿠타의 집에 머물고 있었다. 『토요하마 노도카』로서 사쿠타의 집에 눌러앉은 것이다.

서로를 『싫다』, 『정말 싫다』고 말한 그날의 감정은 지금도 어중간하게 방치되어 있었다.

두 사람 사이에 존재하는 얼음벽은 녹을 기색조차 보이지 않았다. 매일같이 두꺼워지고, 거대해지고 있는 느낌이 드는 것은 아마 기분 탓이 아닐 것이다. 지구 온난화가 진행되고 있는 가운데, 마이와 노도카는 온 힘을 다해 그 흐름을 거역하고 있었다.

그날…… 마이도, 노도카도, 일시적인 감정에 휩쓸려 그런 말을 하지는 않았을 거라고 생각한다. 무심코 입에 담은 말이 아닌 것이다.

상대방에게 상처를 입힐 거라는 사실을 자각하고, 이해하면서도 말했을 것이다.

미안하다고 사과해 봤자 서로가 납득할 수 있을 리가 없다. 결별을 각오하고 던진 말일 테니까 말이다.

하지만 그렇기 때문에, 사쿠타는 두 사람이 다음 날부터 보인 태도를 기묘하게 여겼다. 어떤 점에 있어서만큼은 두 사람의 행동은 완벽하게 똑같았다.

마이는 매일 아침 상류층 학교의 교복을 입고 집을 나섰으며, 방과 후에는 아이돌 그룹 『스위트 불릿』의 일원으로서 레슨 스튜디오에 갔다. 레슨이 없는 날에는 연습용 영상을 보면서 댄스를 연습했으며, 노래방에 혼자 가서 노래 연습을 하기도 했다.

노도카 또한 마찬가지였다. 매일 아침 사쿠타와 학교에 가서, 누구와도 이야기를 나누지 않으며 완벽하게 마이인 척했다. 연예인 『사쿠라지마 마이』로서의 준비에도 여념이 없었으며, 방과 후인 지금도 노도카는 열차 안에서 표정 연습을 하고 있었다. 스포츠 드링크 CF 촬영이 내일 잡혀 있던 것이다.

노도카가 연습하고 있는 것은 자연스러운 미소였다.

별것 아닌 일로 말다툼을 했던 친구와 방과 후에 역에서 우연히 마주친다는 거북한 상황에서 어떡해야 할지 몰라 무심코 미소를 짓고 마는 낯간지러운 연기를 해야 한다.

노도카가 연습을 하면서 지은 표정은 마이와 비슷한 것 같았다. 하지만 어디까지나 『마이와 비슷한 느낌』이었을 뿐, 어색한 위화감이 존재했다. 왠지 부자연스러워 보였다. 마이의 연기에서는 그런 느낌을 받지 못했다.

"어때?"

노도카는 연기를 중단하더니, 진지한 표정으로 사쿠타에

게 물었다.

"그런 건 마이 씨에게 물어보는 편이 나을 텐데 말이야."

"누가 그런 걸 물어봤어?"

"그럼 아마추어인 나한테 의견을 물어보면 곤란하다고 답하겠어."

"아, 그래? 그럼 됐어."

노도카는 언짢은 듯한 표정을 지으며 고개를 돌리고 다시 표정 연습을 시작했다. 그녀는 최근 2, 3일 동안 매일 이랬다. 조금이라도 더 나아지기 위해 시행착오를 거듭하고 있었다. 노도카 본인도 마이와 차이가 난다는 사실을 느끼고 있으리라. 그 탓에 초조함을 느끼고 있으며, 그 초조함을 떨쳐내기 위해 연습을 하고 있는 것이다.

사쿠타가 그런 절박한 노도카의 얼굴을 지켜보고 있는 사이, 열차는 종점인 후지사와 역에 도착했다.

"나는 아르바이트하러 가야 해."

사쿠타는 열차에서 내리면서 그렇게 말했다.

"그 말은 아침에도 들었어."

"다른 데 들리지 말고 바로 집에 가."

"내일 촬영이거든? 그럴 여유가 있을 리가 없잖아."

개찰구를 통과한 후, 사쿠타는 노도카와 헤어졌다. 노도카는 그대로 집을 향해 곧장 나아갔다. 집에 돌아간 후에는 아까 말했던 것처럼 내일 촬영에 대비해 준비에 힘쓸 생각인 것 같았다. 『정말 싫다』고 했던 마이를 완벽하게 연기하기 위해서…….

"여자라는 존재는 정말 알다가도 모르겠다니깐."

사쿠타는 노도카의 뒷모습이 시야에서 완전히 사라진 후 그렇게 중얼거렸다.

사쿠타는 아르바이트 시간 10분 전에 자신이 일하는 패밀리 레스토랑에 도착했다.

"안녕하세요."

사쿠타는 점장에게 인사를 한 후, 옷을 갈아입기 위해 휴게실로 향했다. 그곳에는 사쿠타보다 먼저 온 손님이 있었다. 요즘 유행하는 쇼트 보브 스타일의 헤어스타일을 했으며, 원형 의자에 앉아 있는 아담한 체구의 그 소녀는 사쿠타의 고교 후배이기도 한 코가 토모에였다.

이미 웨이트리스복을 입은 그녀는 휴게실 테이블에 패션 잡지를 펼쳐 놓고 최신 트렌드를 열심히 공부하고 있었다.

그녀가 보고 있는 페이지에는 『가을 여성스러움 향상 머스트 아이템!』이라는 커다란 글자가 적혀 있었다.

"안녕."

사쿠타는 그런 토모에를 내려다보면서 인사를 건넸다.

"아, 선배. 안녕."

"너, 여성스러움을 더 끌어올려서 뭘 어쩔 건데?"

"멋대로 보지 마."

토모에는 몸으로 테이블을 덮으며 그 잡지를 숨기려 했다. 딱히 남에게 보여주기 부끄러운 내용은 아닌 것 같지만…….

"너 지금 여자력 얼마야?"

사쿠타는 그런 아무래도 상관없는 질문을 던지면서 휴게실 벽 쪽에 설치된 로커 뒤편으로 이동했다. 그곳이 남성용 탈의실이다.

"……5 정도일 거야."

꽤나 낮은 점수였다.

"에이, 코가라면 53만 정도는 될걸?"

"내가 사쿠라지마 선배도 아니고 그렇게 높을 리가 있겠어? 이번 달 표지도 정말 귀엽다구……."

"응? 마이 씨가 실렸어?"

사쿠타는 옷을 아직 반밖에 갈아입지 않았으면서도 로커 뒤편에서 나왔다. 『마이』라는 말을 듣고 잠자코 있을 수가 없었던 것이다.

"꺄아! 선배, 성희롱하지 마!"

토모에는 얼굴을 새빨갛게 붉히면서 잡지를 눈높이로 들어 올려서 사쿠타를 가렸다. 토모에의 말대로 진짜로 마이가 그 잡지의 표지를 장식하고 있었다. 가을 코트를 입은 마이가 화사하게 찍혀 있었다. 어른스러우면서도 장난기 어린 그 미소는 정말 끝내줬다.

"선배, 빨리 옷 입어! 안 그러면 진짜로 경찰을 부를 거야."

토모에는 스마트폰을 꺼내 들면서 위협했다.

"상의는 입었잖아."

"하의를 입으란 말이야!"

"팬티는 입었어."

"안 입었다면 이미 경찰을 불렀을 거야!"

더 했다간 진짜로 경찰을 부를 것 같았기에 사쿠타는 순순히 로커 뒤편으로 돌아갔다. 그리고 바지를 입고 앞치마를 걸친 후 다시 나왔다.

토모에는 볼을 붉힌 채 사쿠타와 시선을 마주하지 않았다. 꽤 화가 난 것 같았다.

사쿠타는 토모에와 테이블을 사이에 두고 마주 앉은 후 패션 잡지를 쳐다보았다.

역시 몇 번을 봐도 표지에 실린 마이는 멋진 표정을 짓고 있었다. 마이인 척하고 있는 노도카와는 자연스러움에서 결정적으로 차이가 났다.

사쿠타는 페이지를 넘겨봤다. 앞쪽에 있는 몇 페이지에도 마이가 실려 있었다. 흰색 니트, 우아한 스커트, 그리고 러프한 파카도 멋지게 소화하고 있었다.

다른 모델과 같이 찍은 사진도 있으며, 그중에는 마이가 친구라고 말했던 『카미이타 미리아』도 있었다. 오픈 테라스의 카페에서 함께 차를 마시고 있는 듯한 사진이었다.

"안 줄 거야."

토모에는 사쿠타에게 빼앗기기 않겠다는 듯이 그 잡지를 자신 쪽으로 쏙 잡아당겼다.

"나 아직 다 안 봤어. 연구 중이란 말이야."

"괜찮아. 나는 실물을 보면 되거든."

진정한 의미에서 『실물』인 마이를 볼 수 있는 날은 과연 언제쯤일까. 현재는 짐작조차 되지 않았다. 그야말로 앞날이 깜깜했다.

사쿠타가 그런 생각을 하면서 자신과 토모에의 타임카드를 찍었다.

"선배."

"응?"

사쿠타가 대답을 하면서 어깨 너머로 뒤쪽을 쳐다보니, 토모에가 완전히 질린 얼굴로 그를 쳐다보고 있었다.

"방금 그 대사, 엄청 기분 나빴어."

사쿠타는 토모에의 머리를 엉망으로 헝클어뜨리기 위해 손을 뻗었다. 하지만 미리 눈치를 챈 토모에가 뒤쪽으로 도망치더니 의기양양한 미소를 지었다.

복수는 나중에 해줘야겠다.

오후 네 시가 되자 패밀리 레스토랑 안은 한산해졌다. 점심을 먹기에는 늦었고, 저녁을 먹기에는 이른 시간이다. 약간 늦은 티타임을 가지러 오는 손님이 대부분이었다.

좌석 중 절반 이상이 손님으로 가득 차 있지만, 들어오는 주문이라고는 음료나 디저트 세트가 대부분이다. 그 외에는 간단한 식사를 주문하는 손님뿐이기에 홀과 주방에서는 여유가 흐르고 있었다.

바빠지는 것은 여섯 시 이후…… 저녁 식사 시간에 돌입한 이후부터다.

토모에가 열심히 일해 주는 덕분에 사쿠타는 완성된 요리를 전달하거나 카운터에서 계산만 담당하면 됐다.

또 한 일행이 계산을 마쳤을 즈음, 손님이 가게에 들어왔다는 사실을 알리는 벨이 울렸다.

"선배, 부탁해."

식기를 한창 치우고 있는 토모에가 사쿠타에게 그렇게 말했다.

"귀여운 후배의 부탁이니 어쩔 수 없지."

"접객은 원래 선배 일이잖아!"

토모에가 약간 삐친 표정을 지으며 말했다. 오늘 몰래 게으름을 피운 게 들킨 것 같았다.

"귀여운 후배라는 점을 드디어 인정한 거냐."

"지적하기도 귀찮아졌을 뿐이야."

토모에는 어이없다는 목소리로 그렇게 말한 후 주방 쪽으로 향했다.

놀릴 상대가 사라지자, 사쿠타는 손님을 맞이하기 위해 카운터에서 나왔다.

"어서 오십시오."

사쿠타가 그렇게 말하자……

"혼자예요."

문 앞에 서 있던 소녀가 대답했다. 상류층 학교의 청초한 세일러복, 그리고 세일러복의 청초함을 완전히 박살 내는 금발을 지닌 언밸런스한 소녀였다.

사쿠타는「자리로 안내하겠습니다」라고 말한 후……

"마이 씨, 무슨 일이에요?"

……하고 작은 목소리로 물었다.

마이는 사쿠타가 안내한 자리에 앉았다. 노도카의 겉모습을 한 마이다.

"노래 연습을 하러 가기 전에 간단하게 뭐라도 먹어 둘까 해서 말이야. 배고프거든."

"그랬군요."

마이는 오늘처럼 레슨이 없는 날에는 노래방에 가서 노래 연습을 했다. 목 상태를 고려해 하루에 한두 시간 정도만 말이다. 그리고 집에 돌아오면 사쿠타의 방에서 댄스 연습을 하는 것이 어느새 하나의 패턴이 되었다.

마이는 그런 연습들을 그저 담담히 하고 있는 듯한 인상이었다.

대충대충 하는 것이 아니다. 지겹기 그지없는 반복 연습을 불평 한 번 하지 않으면서 묵묵히 하고 있었다. 금욕적이라는 말이 어울릴 듯한 모습이었다.

마이는 뭔가를 얻기 위해서는 한 계단씩 올라가는 수밖에 없다는 사실을 알고 있는 것이리라. 그것이 최고의 지름길이라는 사실을 마이는 알고 있는 것이다. 그렇기 때문에 초조해하거나, 과도한 연습을 하지 않는다. 몸 컨디션을 살펴가면서 계속하고 있다.

그런 점에서 볼 때, 초조함이 태도에 드러나고 있는 노도카와는 완전히 정반대였다. 마이는 프로답게 빈틈이 없었다.

마이는 메뉴의 페이지를 넘기다 뭔가를 눈치챈 것처럼 고개를 들었다. 그리고 가방에 손을 집어넣더니 스마트폰을 꺼냈다.

그것은 원래 노도카의 스마트폰이다. 두 사람은 완벽하게 상대방이 되기 위해 스마트폰도 교환했었다.

마이는 화면의 문자를 쳐다보았다.

"또 어머니한테서 온 건가요?"

사쿠타가 묻자, 마이는 스마트폰에서 눈을 뗐다.

"응. 오늘도 아침부터 50통 정도 왔어."

그 어머니란 물론 노도카의 어머니다.

딸이 가출을 했으니 빈번하게 연락하는 것도 당연했다. 걱정이 될 테니까 말이다.

하지만 사쿠타는 마이에게서 메일의 내용을 듣고 고개를 갸웃거렸다. 노도카를 배려해 메일을 실제로 보여주지는 않았지만, 「빨리 돌아오렴」이라는 내용보다 「노래 레슨은 하고 있니?」라든가 「오늘은 댄스 체크했어?」라든가, 「이번 신곡에서는 센터 포지션에서 노래할 수 있도록 노력하렴」 같은 아이돌 활동에 대해 언급하는 내용이 많았던 것이다.

지금도 마이의 표정에 당혹스러움이 어려 있는 것을 보면, 비슷한 내용인 것이리라.

"이걸 부탁해."

마이는 스마트폰을 넣더니, 파스타 메뉴 중에서 가장 위에 있는 것을 손가락으로 가리키며 사쿠타를 향해 말했다.

"토마토소스 스파게티군요."

사쿠타는 마이가 주문한 요리를 단말기에 입력했다. 매뉴얼에 따르자면, 이제 정중하게 인사를 한 후 자리에서 벗어나야 한다.

하지만 사쿠타는 주문을 받는 척하면서 마이에게 말을 걸었다.

"내일 CF 촬영에 대비해 오늘도 표정 연습을 열심히 하더라고요."

마이라면 주어를 생략하더라도 누구 이야기인지 눈치챌 것이다.

"갑자기 무슨 소리를 하는 거야?"

마이는 의아하다는 표정을 지었다.

"실은 그걸 물어보려고 온 건가 싶어서요."

"실은 애인 얼굴이 보고 싶어서 들른 거야."

마이는 여전히 여유를 보이고 있었다.

"우와~, 기뻐라."

그게 사실이라면 정말 기쁠 것이다. 하지만 그게 사실이라면 마이는 솔직하게 말하지 않을 것이다. 그러니 입에 담지 않은 쪽이 『사실』이리라.

"솔직하게 기뻐하는 게 어때?"

사쿠타가 마치 교과서를 읽는 말투로 대답하자, 마이는 노골적으로 삐친 표정을 지었다.

하지만 지금 솔직하지 않은 사람은 마이다. 실은 노도카가 걱정되는 게 분명했다. 하지만 그렇게 심하게 싸웠기에 직접 그녀가 어쩌고 있는지 살펴볼 수가 없는 것이다. 그래서 사쿠타가 눈치를 발휘해 그렇게 말한 것인데…… 돌아온 대답은 이러했다.

하지만 사쿠타가 말을 꺼내지 않았다면 「뻔히 눈치챘으면서 시치미 떼지 마」 하고 말하면서 그의 발을 밟았을 것이다. 틀림없다.

대체 뭘 어떻게 하라는 것일까. 양쪽 다 오답이라니, 너무 잔혹했다. 불합리하기 그지없다. 이러면 마이를 더욱 좋아하게 되고 말 것이다.

"하아, 히죽거리지 좀 말라구."

"마이 씨 생각을 하다 보니 절로 웃음이 나서 말이에요."

"그래? 그럼 됐어."

"조언해줄 게 있다면 내가 대신 전해줄게요."

"노도카가 조언해달라고 했어?"

"아뇨."

"그럼 안 해줄 거야."

"그래도 신경 쓰이기는 하죠?"

"내 몸에, 내 일이잖아. 당연한 거 아냐?"

이것은 부정할 여지가 없는 진심이다. 타인에게 자신의 몸을 맡겨 둔 상태이니 신경이 쓰이지 않을 리가 없다.

"뭐, 그건 그렇겠죠."

"자아, 사쿠타도 농땡이 그만 피우고 일해."

"정말 그녀를 도와주지 않을 거예요?"

"사쿠타, 끈질겨."

마이는 도망치듯 고개를 돌리며 말했다.

"걱정하지 마. 극단에서 배웠던 걸 떠올린다면 충분히 해 낼 수 있어."

마이는 정면을 지그시 쳐다보며 말했다.

"지금은 잊고 있다는 말투네요."

"……."

마이는 그 말에 답하지 않았다.

"선배, 계산 부탁해요."

뒤편에서 토모에의 목소리가 들려왔다.

"귀여운 후배가 너를 찾네."

마이는 이야기를 돌리려는 듯이 그렇게 말했다. 그녀는 곤란해하는 사쿠타를 보며 즐길 때 같은 표정을 짓고 있었다. 이 상황에서 노도카에 대해 더 이야기해 봤자 그녀는 그냥 흘려 넘길 것 같았다.

게다가 아르바이트할 때는 아르바이트에 집중해야 하기에, 사쿠타는 마이의 테이블에서 벗어나 카운터 쪽으로 향했다.

그 후 손님이 줄지어 온 바람에 사쿠타는 잠시 동안 바빴다. 어느 정도 여유가 생겼을 즈음에는 마이가 이미 돌아갔기에 할 수 있는 일이 없었다.

"마이 씨가 괜찮다고 했으니, 진짜로 괜찮을지도 몰라."

하지만 사쿠타의 가슴 속에는 앙금 같은 것이 남아 있었다.

2

사쿠타의 가라앉은 기분과는 다르게, 다음 날인 9월 12일의 날씨는 쾌청했다. 푸르디푸른 아침 하늘에는 방금 고개를 내민 태양을 가리는 구름이 단 한 점도 없었다.

새벽 열차의 창문 너머로 보이는 바다는 햇빛을 반사하며 보석처럼 빛나고 있었다.

"하암~."

사쿠타는 그 눈부신 빛을 보며 눈을 가늘게 뜨더니, 크게 하품을 했다.

이른 아침에 일어났더니 졸렸다.

오전 다섯 시에 일어난 사쿠타가 교복으로 갈아입고 집을 나선 것은 25분 후인 5시 25분이다. 그리고 10분 정도 걸어간 그는 36분에 출발하는 열차를 탔다. 에노전 후지사와 역을 출발하는 새벽 첫 열차다.

그리고 지금은 5시 50분쯤일 것이다. 방금 후지사와 역에서부터 여섯 번째 정거장인 고시고에 역을 출발했으니까 말이다.

이른 시간이라 그런지 미네가하라 고교의 학생은 보이지 않았다. 아니, 승객 자체가 거의 없었다. 사쿠타와 같은 열차에 탄 이는 입사 1년 차로 보이는 양복 차림의 남성뿐이었다.

"하~암~."

사쿠타가 또 하품을 했을 즈음, 열차는 가마쿠라 고교 앞 역에 정차했다. 그러자 그는 천천히 자리에서 일어났다.

사쿠타가 다니는 미네가하라 고교는 다음 역인 시치리가하마 역에 있지만, 사쿠타가 이렇게 이른 시간부터 행동하고 있는 것은 학교에 가기 위해서가 아니다.

사쿠타는 눈가에 맺힌 눈물을 닦으면서 열차에서 내렸다.

곧 수많은 사람들의 기척이 느껴졌다. 원래 이곳은 통학 시간 이외에는 역무원도 없는 조그마한 역이다. 하지만 지금은 활기로 가득 차 있었다.

흔히 보기 힘든 대형 카메라를 어깨에 짊어진 남성, 그리고 흰색으로 된 커다란 판을 들고 있는 사람도 있었다. 저게 반사판이라는 걸까.

마이크가 달린 긴 장대를 든 쇼트커트 헤어스타일의 여성이 「실례하겠습니다」하고 말하면서 사쿠타의 앞을 지나갔다.

이곳에 모여 있는 이들은 곧 여기서 실시되는 CF촬영의 스태프들이다.

그 광경을 멍하니 관찰하고 있을 때…….

"죄송합니다만, 이쪽 개찰구로 나와 주시겠어요?"

……하고 여성 스태프가 사쿠타에게 말했다. 그녀는 「곧 촬영이 시작되니 양해 부탁드립니다」하고 짤막하게 말하면서 그를 밖으로 안내했다. 상대가 고교생인데도 불구하고 그 여성 스태프의 태도는 정중했다.

아직 『사쿠라지마 마이』의 모습은 보이지 않았다.

하지만 어디에 있을지는 쉬이 상상이 되었다. 역을 나와 보니, 흰색 마이크로버스가 역 앞에 정차되어 있었다. 불투명 창문이라 내부가 보이지 않지만, 아마 『사쿠라지마 마이』가 저곳에서 촬영 준비를 하고 있으리라. 의상을 갈아입거나, 화장을 하거나, 회의를 하고 있을지도 모른다.

사쿠타는 건널목을 건넌 후, 해안을 달리는 국도 134호선의 인도로 향했다. 노선 바로 옆을 지나는 이 인도에서 역을 올려다보니, 약간 높은 지대에 있는 플랫폼이 무대처럼 보였다.

　이렇게 이른 시간이라 그런지 주위에 구경꾼은 없었다. 근처에 있는 사람은 사쿠타뿐이었다.

　원래 각종 촬영은 이렇게 이용객이 적은 시간대를 이용해 이뤄진다고 마이가 어젯밤에 가르쳐줬다. 토모에가 가지고 온 패션 잡지에 실려 있던 사진…… 멋진 오픈 테라스 카페에서 찍은 사진도 아침 여섯 시에 찍은 것이라고 한다. 조명 등으로 낮 같은 분위기를 자아낸다고 마이가 말했다.

　"나는 절대 연예인이 못 될 것 같아."

　오늘도 마이가 억지로 깨워서 반쯤 강제로 보내지 않았다면 이곳에 오지 못했으리라.

　그런 생각을 하고 있을 때…….

　"사쿠라지마 마이 씨, 나오십니다~."

　스태프의 활기찬 목소리가 들려왔다.

　마이크로버스의 문이 열리더니, 안에서 『사쿠라지마 마이』가 나왔다. 그녀는 흔한 느낌의 학교 교복을 입고 있었다. 감색 블레이저 타입의 교복이다. 어느 학교의 교복이라는 설정인 걸까. 겨울 교복인 것은 아마 방송 시기가 가을 이후이기 때문이리라.

이른 아침이라고는 해도 늦더위가 극심하기에 긴소매 옷을 입으면 꽤 더울 것이다. 그런데도 시원한 표정을 억지로 지으며 가을 연기를 해야만 하다니, 사쿠타는 흉내 낼 엄두도 나지 않았다.

『사쿠라지마 마이』가 마이크로버스에서 나오자, 스태프들이 작업을 멈추더니 일제히 박수를 쳤다. 근처에 사는 주민들을 배려해서인지 박수 소리는 작았다.

모습을 드러낸 『사쿠라지마 마이』는 「잘 부탁드립니다」 하고 말하면서 깊이 고개를 숙였다.

이 자리에 있는 사람 중에 그녀가 실은 『토요하마 노도카』라는 사실을 아는 이는 사쿠타뿐이다.

"그럼 열차가 오기 전에 바로 테스트에 들어가겠습니다."

이 현장을 지휘하고 있는 사람은 30대 전반처럼도, 40대 후반처럼도 보이는 남성이었다. 반바지에 반소매 재킷이라는 젊은 느낌의 옷을 입고 있지만, 유심히 보니 꽤 백발이 성성했다. 주위의 반응으로 볼 때 연령 미상의 저 남성이 감독 같았다.

"잘 부탁합니다."

노도카는 또 인사를 한 후 역 벤치에 앉았다. 그리고 카메라의 렌즈가 그 모습을 담고 있었다.

"다음 열차가 오려면 아직 멀었죠?"

감독이 스태프에게 물었다.

"4분 후니까 아직 괜찮습니다."

"그럼 시작하죠."

감독이 그렇게 말한 후 테스트가 시작됐다.

그 순간, 현장의 분위기가 변했다. 방금까지 시끌벅적하던 스태프 전원이 입을 다물더니 한곳을 집중했다. 『사쿠라지마 마이』의 연기에 모든 신경을 집중하고 있었다.

숨이 막힐 정도의 긴장감, 아니, 피부를 찌르는 듯한 긴장감이 느껴졌다. 사쿠타마저도 온몸에 소름이 돋으며 숨이 막혔다.

그 안에서 노도카는 『사쿠라지마 마이』로서 카메라 쪽에서 걸어온 친구를 보더니, 난처한 듯한 얼굴로 미소 짓는 짧은 연기를 선보였다.

"자, 스톱."

겨우 10초 정도밖에 되지 않는 시간이 너무나도 길게 느껴졌다.

감독은 촬영한 영상을 모니터로 보면서 확인하고 있었다.

허리에 파우치를 두른 여성 스태프가 노도카를 향해 뛰어갔다. 그녀는 노도카의 헤어스타일을 손봤다. 헤어 메이크업을 담당하는 사람 같았다. 그녀는 아무렇지도 않게 『마이』의 몸을 만지고 있었다. 정말 부러웠다.

모니터에서 떨어진 감독은 『사쿠라지마 마이』에게 다가가더니, 손짓 발짓을 섞어 가며 뭔가를 노도카에게 전했다.

노도카는 그의 말을 들으며 고개를 끄덕였다. 하지만 멀찍이에서 봐도 알 수 있을 만큼 노도카의 표정은 딱딱했다. 지금은 화장으로 가리고 있지만, 실은 새파랗게 질려 있지 않을까.

하지만 『사쿠라지마 마이』의 체통을 유지하기 위해 노도카는 미소를 지었다. 사쿠타의 눈에는 그 모습이 왠지 안타까워 보였다.

곧 건널목에서 경보음이 흘러나왔다. 가마쿠라 방면에서 열차가 오고 있는 것 같았다.

"이 열차가 지나간 후, 본 촬영을 시작하겠습니다."

그 말이 끝나기도 전에 다가온 녹색과 크림색으로 된 열차는 촬영 따위는 전혀 신경 쓰지 않으며 역에 멈췄다. 그리고 누구 한 명 타거나 내리지 않은 채, 다시 역을 출발했다. 그 열차는 점점 멀어져 가더니, 이윽고 열차 소리도 들리지 않게 되었다.

헤어 메이크 담당자가 바람 때문에 흐트러진 노도카의 머리를 정돈해줬다. 노도카는 그동안 고개를 약간 숙인 채 심호흡을 반복했다.

"오케이예요."

어깨에서 앞쪽으로 흘러내린 머리카락의 각도를 마지막으로 조절한 후, 헤어 메이크 담당자는 카메라 뒤편으로 이동했다.

그 모습을 본 카메라맨이 『사쿠라지마 마이』를 찍었다. 조명 담당자가 조명을 들었고, 안쪽에 있던 덩치가 큰 남성 스태프가 반사판을 치켜들었다. 음향 담당자는 마이크를 준비했다.

　이 자리에 있는 이들 모두의 의식이 한곳에 집중되었다. 『사쿠라지마 마이』를 중심으로, 어른들은 하나의 작품을 완성하려 하고 있었다.

　사쿠타는 그 안에 담긴 감정이 무엇인지 이해했다.

　사쿠타가 아까 숨이 막힐 정도의 긴장감이라고 생각했던 것…….

　피부를 찌르는 듯한 긴장감이라고 생각했던 것…….

　그 정체는 바로 이 현장에 있는 감독과 카메라맨, 헤어 메이크업과 조명, 음성 등……. 모든 스태프가 『사쿠라지마 마이』에게 보내는 신뢰였다.

　나이만 보자면 이 중에서 가장 어릴 마이를 업무상 파트너로 인정한다는 증거인 것이다.

　그들이 마이를 프로로 인정하고 있다는 점이 태도에서 드러나고 있었다. 그리고 마이의 실력에 걸맞은 존재가 되기 위해, 전원이 진지하게 이 일에 임하고 있는 것이다.

　"……."

　원래 그런 감정은 기분 좋게 느껴져야 한다.

　남들에게 신뢰받고, 필요한 존재로 여겨지며, 함께 일해서 즐겁다는 말을 듣는다. 그것은 기쁘기 그지없는 일이리라.

하지만 절대적인 신뢰의 대상이 되고 있는 노도카는 불안해 보였으며, 보고 있는 사쿠타조차 불안을 느꼈다. 위 근처가 옥죄는 듯한 느낌이 들었다.

"그럼 본 촬영을 시작하겠습니다."

감독이 그렇게 말한 순간, 현장의 긴장감이 더욱 강렬해졌다. 고개를 숙이고 있던 노도카도 그 말을 듣더니 갑자기 고개를 들고 눈을 가늘게 떴다. 햇빛을 반사하는 바다 때문에 눈이 부신 것일지도 모른다.

하지만 그게 다가 아니었다. 그것만으로 끝나지 않았던 것이다.

다음 순간, 노도카의 상체가 휘청거렸다. 똑바로 서 있을 수도 없는지 옆으로 쓰러졌다. 벤치를 손으로 짚으며 어떻게든 버텨보려 했지만 결국 실패했다. 자신의 체중에 지고 만 노도카는 그대로 벤치에 드러누웠다.

"스톱!"

배우에게 이변이 생겼다는 사실을 안 감독이 촬영을 중단했다. 헤어 메이크를 담당하는 여성이 서둘러 노도카를 향해 뛰어갔다. 그리고 양복 차림의 여성이 끼어들더니, 필사적으로 「마이 양? 마이 양?」 하고 불러 댔다. 마이의 매니저일지도 모른다.

서둘러 건널목을 건넌 사쿠타는 이 혼란을 틈타 역에 다가갔다. 그리고 허수아비처럼 멍하니 서 있는 간이 개찰기 옆에서 상황을 지켜봤다.

노도카는 목 깊숙한 곳이 괴로운지 거친 숨을 쉬고 있었다. 뭔가를 토하고 싶은데 토하지 못하는 느낌이었다. 여성 스태프 중 한 명이 걱정스러운 표정으로 그녀의 등을 쓰다듬어주고 있었다.

"천천히 호흡 해봐요."

노도카에게 몇 번이나 같은 말을 했다. 그러자 노도카는 겨우겨우 고개를 끄덕였다.

5분 후, 호흡은 어느 정도 진정되었다. 하지만 겨우 몇 분만에 심각할 정도로 핼쑥해진『사쿠라지마 마이』의 얼굴을 본 스태프들 중 그 누구도 촬영을 재개하자는 말은 하지 못했다.

노도카는 여성 스태프 두 명에게 부축을 받으며 마이크로버스에 들어갔다.

남은 촬영 스태프는 망연자실한 표정을 짓고 있었다. 다들 믿기지 않는다는 듯한 눈빛을 띠고 있었다.

그 후,『사쿠라지마 마이』가 마이크로버스에서 내리는 일은 없었다. 사쿠타는 약 30분 동안 상황을 지켜보고 있었지만, 이윽고 그 버스는 노도카를 태운 채 출발했다.

근처에 있던 스태프의 이야기에 따르면 병원으로 향한 것 같았다. 올바른 판단이라고 생각한다.

결국 단 한 컷도 촬영이 이뤄지지 않은 채, 이날의 촬영은 중지됐다.

　노도카를 태운 마이크로버스가 떠나가는 모습을 본 후, 사쿠타는 일단 집으로 돌아가기로 했다.

　역에 설치된 시계를 보니 아직 7시밖에 되지 않았다. 학교에 가기에는 너무 일렀다. 하지만 딱히 시간을 때울 만한 곳도 없었다.

　촬영 기자재를 정리한 후 재빨리 철수하고 있는 스태프들 사이를 지나며 이동한 사쿠타는 플랫폼에 들어온 후지사와행 열차를 탔다.

　열차를 타고 약 15분간 이동한 후, 종점인 후지사와 역에 도착한 사쿠타는 자신이 사는 맨션을 향해 걸음을 옮겼다.

　"정말 불길한 예감은 잘 들어맞는다니깐."

　솔직히 이 정도로 엄청난 사태가 발생할 줄은 몰랐지만…….

　"사쿠타."

　사쿠타가 공원 앞을 지나고 있을 때, 등 뒤에서 누군가가 그의 이름을 불렀다.

　고개를 돌리기도 전에 경쾌한 발소리가 들려오더니, 누군가가 사쿠타의 옆에 섰다. 그 사람은 티셔츠와 운동복을 입은 금발 소녀였다. 그녀는 달리기 쉬운 러닝슈즈를 신었다.

　평소에는 옆쪽으로 묶어서 볼륨감을 자아내던 머리카락을, 지금은 방해가 되지 않도록 머리 뒤쪽으로 모아 묶었다.

이미 상당한 거리를 뛰었는지 땀을 흠뻑 빨아들인 티셔츠가 피부에 달라붙어서, 안에 입은 탱크톱이 비쳐 보이고 있었다.

마이는 이렇게 매일같이 러닝을 하고 있었다. 그렇다고 해도 이것은 마이의 일과가 아니다. 『토요하마 노도카』로서 라이브에 서기 위해 체력을 만들고 있는 것이다.

사쿠타는 마이에게 같이 CF 촬영 현장에 가자고 말했지만 「아침에는 러닝을 해야 하니까 무리야」라고 말하면서 거절했다. 그 말대로, 마이는 오늘도 달리고 있었다.

"어서 와."

마이는 태연한 어조로 그렇게 말했다.

"다녀왔어요."

"어땠어?"

마이가 물은 것은 바로 노도카에 관해서다.

"이 침울한 얼굴만 봐도 짐작되지 않나요?"

"고개를 푹 숙인 채 걷는 걸 보니 잘 안 된 것 같기는 하지만…… 몇 번이나 재촬영해서, 어찌어찌 끝마치기는 했지?"

옆쪽을 쳐다보니 마이는 방금 자기가 한 말을 믿어 의심치 않는 듯한 표정을 짓고 있었다. 어제 의미심장한 태도를 취하기는 했지만, 그래도 노도카가 촬영을 어떻게든 마칠 거라고 생각하고 있었던 것 같았다.

"거기까지 가지도 못했어요."

"그게 무슨 말이야?"

사쿠타가 떨떠름한 표정을 짓자 옆에서 사쿠타를 올려다보고 있는 마이의 표정이 어두웠다.

"본 촬영을 하기 전에 쓰러지고 말았어요."

"뭐?"

마이도 이 사태를 전혀 예상하지 못했는지 당황하고 말았다.

"그게 무슨 소리야. 몸 상태가 나빴던 거야?"

"아마 육체적으로는 건강했을 거예요."

"그럼 왜 쓰러진 건데?"

"마이 씨, 진짜 몰라요?"

"현장에 있지 않았던 내가 어떻게 알겠어."

마이는 어이없다는 듯이 양손을 허리에 댔다. 그녀는 러닝을 하느라 흐트러진 호흡을 천천히 고르고 있었다.

"통감한 거라고 생각해요."

"뭘?"

"『사쿠라지마 마이』를 향한 두터운 신뢰나, 거대한 기대 같은 걸요."

"……"

마이는 여전히 모르겠다는 표정을 짓고 있었다.

어쩌면 사쿠타가 제아무리 설명을 하더라도 마이는 이해하지 못할지도 모른다. 마이에게 있어서는 그 공간이 일상인 것이다. 현장에 있던 스태프들도 느닷없이 쓰러진 『사쿠라지마 마이』를 보고 눈을 동그랗게 떴다. 그녀가 왜 쓰러진 것인지 모르기에 그런 것이다. 아마 지금도 상상조차 하지 못할 게 틀림없다.

사쿠타는 외부인이기에 눈치챌 수 있었다. 느낄 수 있었던 것이다. 그들에게 있어서는 당연할, 『사쿠라지마 마이』를 중심으로 한 촬영 현장의 분위기에 담긴 절대적 신뢰와 압도적 기대를……. 마이인 척하고 있는 노도카는 당연한 듯이 존재하고 있는 그것들을 견뎌 내지 못한 것이리라.

"그런 것들이 그녀를 압박한 게 아닐까요. 뭐, 어디까지나 내 상상이지만요."

"……그랬구나."

마이는 짤막하게 대답했다. 그 목소리에는 실감이 어려 있지 않은 것 같았다. 전혀 갈피를 잡지 못하고 있는 듯한 인상마저 느껴졌다.

그 후, 마이는 집에 돌아갈 때까지 한 마디도 하지 않았다. 사쿠타 또한 아무 말도 하지 않았다. 마이가 뭔가를 생각하고 있는 것 같았기 때문이다.

사쿠타는 집에 돌아간 후, 자신과 카에데가 먹을 아침 식사를 준비했다. 참고로 마이는 이미 식사를 마쳤다고 했다. 그리고 그녀는 현재 샤워를 하고 있었다.

그래서 식탁에는 사쿠타와 카에데 두 사람만이 앉아 있었다. 오늘 아침 식단은 토스트와 햄에그다. 햄과 달걀을 따로 구웠으니, 정확하게 말하자면『햄과 에그』일 것이다.

사쿠타는 노릇하게 구운 토스트를 베어 물었다. 바삭, 하는 소리가 났다. 햄과 에그는 접어서 입에 욱여넣었다. 그리고 삼키고 나면 아침 식사는 끝이다.

카에데는 토스트에 바른 마가린이 빵에 스며들 때까지 기다린 후, 그제서야 식사를 시작했다.

마가린이 절묘하게 스며들었는지 카에데는 행복한 표정을 지었다.

"입 안에서 바삭함과 촉촉함의 향연이 펼쳐지고 있어요."

"잘됐네."

여동생이 행복해하니, 오빠로서 정말 기뻤다.

사쿠타가 소소한 기쁨에 젖어 있을 때, 복도 쪽에서 소리가 들렸다. 마이가 목욕을 마치고 나온 것 같았다. 곧 헤어드라이어 소리가 들려왔다. 그 소음이 멎은 후, 이번에는 슬리퍼 소리가 점점 가까워졌다.

"덕분에 잘 씻었어."

마이는 거실에 오더니 그렇게 말했다. 그녀는 맨다리가 훤히 드러나는 핫팬츠와 반소매 파카를 입고 있었다.

"다리 좀 쳐다보지 마."

마이는 사쿠타의 시선이 어디를 향하고 있는지 눈치채자마자 그렇게 말했다. 어조가 노도카와 똑같았다.

"카에데, 좋은 아침이야."

"좋은 아침이에요, 노도카 씨!"

카에데는 토스트를 삼킨 후 힘찬 목소리로 대답했다. 카에데에게 사실대로 말할 수도 없기에, 마이는 노도카로서 이 집에서 생활하고 있다.

처음에는 카에데도 금발 여고생의 위압감에 겁먹었지만, 함께 나스노에게 밥을 주거나 소설 이야기를 하다 보니 더는 경계하지 않게 되었다. 「실은 마이 씨의 동생이야」 하고 가르쳐준 것도, 카에데가 빨리 마음의 문을 열게 된 이유 중 하나라는 생각이 들었다.

실제로 「마이 씨의 동생분이라면 안심해도 되겠네요」 하고 카에데는 말했다. 그 말의 근거는 아직 모르겠지만, 카에데는 마이에게 마음의 문을 연 것은 틀림없어 보였기에 사쿠타는 기쁘기 그지없었다. 『가족』과 『애인』의 사이는 양호할수록 좋으니까 말이다.

"나, 옷 갈아입고 올게."

마이는 그렇게 말하더니 복도 쪽으로 사라졌다. 그리고 그녀는 사쿠타의 방에 들어갔다.

"잘 먹었습니다."

고개를 돌려보니 카에데는 어느새 접시를 깨끗하게 비웠다.

"잘 먹었어."

사쿠타가 빈 접시를 싱크대로 가져가자 카에데도 자신의 접시를 들었다. 재빨리 설거지를 마친 후 접시 걸이에 걸었다.

그 후, 사쿠타는 자신의 방으로 향했다. 마이가 나오기 전에 미리 말해 두고 싶은 것이 있었던 것이다.

사쿠타는 마이가 이미 옷을 다 갈아입었을 거라고 생각하며 문손잡이를 움켜잡았다. 게다가 이곳은 사쿠타의 방이었다.

"꺄앗."

사쿠타가 문을 연 순간, 낮은 비명 소리가 들려왔다.

금발 여자애가 깜짝 놀란 표정으로 사쿠타를 쳐다보고 있었다. 그녀는 치마의 훅을 채우고 있었다. 유감스럽게도 옷을 거의 다 입은 상태였다.

그런데도 마이는 아무 말 없이 베개를 잡더니, 사쿠타를 향해 힘껏 던졌다.

"푸핫."

베개가 사쿠타의 얼굴에 정통으로 꽂혔다. 그리고 문이 힘차게 닫혔다.

"바보야! 노크 좀 해!"

마이는 노도카 모드로 고함을 질렀다.

사쿠타는 그녀의 말에 따라 노크를 했다.

"지금 하라는 게 아니라!"

그 말에는 답하지 않았다.

사쿠타는 베개를 옆구리에 낀 채 방문에 기대섰다.

"저기, 마이 씨."

"화제를 바꾸기 전에 우선 사과부터 하고, 다시는 이런 짓을 하지 않겠다고 맹세해."

이번에는 마이의 어조로 화를 냈다.

"죄송해요. 다시는 안 할게요."

그 말에 대답은 깊은 한숨이었다.

"그래서, 무슨 일이야?"

"병원에는 안 가보나 싶어서요."

사쿠타는 단도직입적으로 말했다.

"사쿠타의 말이 사실이라면 정신적인 문제에서 비롯된 과다 호흡이니까, 아마 괜찮을 거야."

과다 호흡. 사쿠타도 들어본 적 있는 단어였다. 숨을 너무 들이마셔서 거꾸로 괴로워지는 상태다. 극도로 긴장했을 경우에 발생할 수도 있다고 방송에 나왔었다.

"게다가 어느 병원에 있는지 알기는 하는 거야?"

"그거야 본인에게 연락해서 물어보면 되잖아요."

"왜 그래야 하는데?"

"상대가 약해졌을 때야말로 화해할 찬스라고 생각하거든요."

"사고방식이 정말 야비하네."

말 자체는 신랄하지만, 마이의 목소리에서는 웃음기가 느껴졌다. 사쿠타가 진심으로 그런 말을 한 게 아니라는 사실을 마이도 알고 있는 것이다. 사쿠타로서는 다소 야비한 방식을 써서라도 두 사람이 화해한다면 그걸로 충분하다고 생각했지만…….

"들어와."

아무래도 마이는 옷을 다 갈아입은 것 같았다.

사쿠타는 문을 열고 드디어 자신의 방에 들어갔다.

"요즘 들어 여기가 내 방이 아닌 듯한 느낌이 든다니까요."

여름 방학 때는 리오의 방이 되었고, 지금은 마이의 방이 되었다.

"자업자득이야."

"예? 왜요?"

"여자애만 집에서 재워주고 있는 사람이 어디 사는 누구더라?"

마이는 즐거운 듯이 웃었다. 그녀는 사쿠타를 궁지에 몰아넣는 걸 즐기고 있을 때의 표정을 짓고 있었다. 겉모습은 노도카지만, 분위기는 마이일 때와 변함이 없었다.

하지만 마이는 그 점에 대해 더는 추궁하지 않았다. 그녀는 책상 위에 거울을 놓더니 화장을 하기 시작했다. 노도카가 평소 하는, 눈매가 시원시원해 보이는 고양이 스타일의 화장이다.

사쿠타가 잠시 동안 그 모습을 지켜보고 있을 때, 마이가 그에게 말을 걸었다.

"미안하다고는 생각해."

"응?"

"이 집에 쳐들어와서, 사쿠타를 휘말리게 한 것 말이야."

"그건 괜찮아요."

"그럼…… 뭐가 문제인데?"

"마이 씨와의 동거 생활이 여러모로 자극적이라, 내 이성이 슬슬 한계에 도달했어요."

"그러니까 빨리 노도카와 화해하라는 거네?"

"결과적으로는 그렇게 해석할 수도 있겠네요."

"뭐가 결과적이야. 처음부터 그 소리를 하는 게 목적이었잖아."

"마이 씨와 스킨십을 하고 싶다는 건 진심이에요."

"밟아주면 돼?"

마이는 색깔이 약간 들어 있는 립글로스를 입술에 바른 후, 자리에서 일어나며 사쿠타를 돌아보았다.

"부탁드릴게요."

"하아."

마이는 진심으로 어이없어하는 듯한 표정을 지었다. 하지만 그녀는 사쿠타의 눈앞에 서더니 그의 볼을 꼬집었다. 밟는 건 관둔 것 같았다.

"저기, 마이 씨."

"자극이 부족해?"

"이 별것 아닌 행동이 내 도화선에 불을 붙인 것 같아요."

"그래서?"

"확 덮치고 싶어요."

"그건 몸이 돌아간 후에도 안 돼."

"덮쳐지고 싶어요."

"침대를 쳐다보면서 그런 소리 하지 마."

"바닥이면 괜찮나요?"

"사쿠타가 머릿속으로 생각하는 것만은 용서해줄 수도 있어."

"……."

기왕이니 한번 망상을 해봤다. 의상은 바니걸로 하자. 그게 좋겠다.

"아, 맞다. 자, 받아."

마이는 한창 망상 중인 사쿠타에게 뭔가를 쥐어줬다. 손바닥에 쏙 들어오는 크기에, 약간 서늘한 느낌을 띠고 있으며, 매우 단단했다. 금속으로 된 물건이다.

보아하니 그것은 은색 광택을 지닌 열쇠였다.

"이건……."

"우리 집 열쇠야."

마이는 퉁명한 목소리로 그렇게 대답했다.

"나한테 집 열쇠를 주는 거예요?"

"아냐."

"아~, 사랑의 열쇠~."

사쿠타가 농담을 하자, 마이는 그의 발을 세게 밟았다.

"아야, 아얏!"

"일시적으로 맡겨 두는 거야."

"너무해~."

"그거 가지고 멋대로 여벌 열쇠를 만들면 용서 안 할 거야."

"……."

"이 타이밍에 입을 다물지 마."

"아, 그런 방법이 있단 걸 생각도 못 했거든요."

"하아……."

마이는 노골적으로 한숨을 내쉬었다. 여전히 사쿠타의 발을 밟은 채 말이다.

"줘도 괜찮겠다는 생각이 들면 내가 직접 줄게. 알았지?"

마이는 어이없다는 투로 그렇게 말했다. 약간 부끄러워하는 듯한 분위기를 자아내면서도, 고개만큼은 돌리지 않았다.

"그건 다음 주쯤인가요?"

"5년 후쯤."

"너무해~."

"열쇠 같은 걸 함부로 줄 수는 없잖아. 망측스럽게."

마이는 고개를 돌렸다. 드세어 보이는 겉모습으로 저렇게 부끄러워하니 정말 귀여웠다. 하지만 사쿠타가 그 말을 입에 담는다면 마이는 「노도카가?」 하고 말하면서 골치 아픈 상황이 벌어질 것 같았기에 그냥 입을 다물기로 했다.

"우리 집 열쇠도 줄까요?"

"됐어."

마이는 딱 잘라 거절했다. 이것도 이것대로 슬픈 일이었다.

"아무튼 3년 후쯤에 주면 안 돼요?"

"진지한 표정으로 무슨 소리를 하는 거야?"

"나는 하루라도 빨리 마이 씨한테서 열쇠를 받고 싶다고 요."

"하아. 알았어. 앞으로의 네 태도를 보고 결정할게."

"좋았어!"

사쿠타는 무심코 주먹을 말아 쥐었다. 하지만 그 정도는 양해해줬으면 좋겠다. 애인에게서 집 열쇠를 받는 이벤트는 그 자체만으로도 특별하니까 말이다.

"그럼 잘 부탁해."

『무엇을』이라는 부분을 듣지 못해도, 그 말의 의미는 이해가 됐다. 마이는 노도카가 걱정되기 때문에 사쿠타에게 열쇠를 맡긴 것이다. 즉, 사쿠타가 노도카를 찾아가서 돌봐줬으면 좋겠다는 의미다.

"그렇게 걱정되면 직접 가보면 되잖아요."

"……."

"뭐, 그랬다면 나한테 열쇠를 맡기지 않았겠지만요."

"……무슨 말을 해주면 좋을지 모르겠어."

마이는 고개를 살짝 숙이더니, 기운이 없는 표정을 지었다.

"나도 모르는 게 있단 말이야."

마이는 추궁한 사쿠타를 탓하듯 삐친 눈길로 노려보았다. 이런 말은 하고 싶지 않았다는 표정이었다.

"그 점도 전부 이야기해주면 되지 않을까요?"

"그건 싫어."

"왜요?"

"……."

마이는 대답하지 않았지만 얼추 상상이 되었다. 두 사람의 관계를 생각해보면 그 답은 간단히 나왔다.

"뭐, 그런 소리를 했다간 언니로서 면목이 서지 않겠죠."

"더 떠들어 대면 화낼 거야."

하지만 마이는 이미 화가 나 있었다. 이 대사를 입에 담을 때는 항상 화가 나 있었다. 그렇기에 사쿠타는 양손을 들면서 항복 포즈를 취했다.

"사쿠타는 정말 건방지다니깐."

마이는 사쿠타의 이마를 약간 세게 때렸다. 좀 아팠지만, 마이는 만족했는지 미소를 지었다. 마음속에 쌓여 있던 것을 조금은 토해 낸 것일지도 모른다.

"아, 시간이 이렇게 됐네. 먼저 가볼게."

마이는 가방을 들더니, 빠른 걸음으로 방을 나섰다.

사쿠타는 현관까지 배웅을 나갔다.

마이는 가죽 신발을 신으려다······.

"아, 맞다."

뭔가가 생각난 것처럼 사쿠타를 향해 고개를 돌렸다.

"왜 그래요?"

"다다미방의 서랍장은 절대로 열어보지 마."

이 집에는 다다미방이 없다. 그러니 마이의 집에 있는 다다미방을 말하는 것이리라.

"『절대로』 말인가요."

"응. 『절대로』 열어보지 마."

"알았어요."

"그럼 갔다 올게."

마이는 순식간에 노도카 모드로 되돌아갔다.

"딴 데 새지 마~."

"그딴 짓 안 해~!"

정말 끝내주는 연기력이었다. 태도에서 부자연스러운 느낌은 전혀 들지 않았기에, 눈곱만큼도 연기 같지 않았다. 무엇보다 무시무시한 점은 『토요하마 노도카』가 된 동안, 마이는 『사쿠라지마 마이』다운 표정을 전혀 짓지 않는다는 점이다.

"너도 지각하지 말고."

마이는 그렇게 말하더니 현관을 뛰쳐나갔다.

문이 닫혔다. 현관에 홀로 남겨진 사쿠타는······.

"절대로, 라."

현관문을 쳐다보며 혼잣말을 하듯 그렇게 중얼거렸다.

3

마이를 배웅하고 15분 후, 사쿠타도 학교로 향했다. 일단 마이의 맨션에 가볼까도 했지만, 노도카가 병원에서 돌아오지 않았다면 그 집에 가더라도 의미가 없을 거라 판단한 것이다.

학교 또한 평소와 별반 차이가 없었다. 이른 아침에 근처 역에서 CF 촬영이 있었다는 걸 아무도 알지 못했다. 게다가 그 CF에 이 학교에 다니는 마이가 출연한다는 이야기 또한 아무도 하지 않았다.

쉬는 시간이 되자 친구들끼리 삼삼오오 모여 이야기를 나누기 시작했다. 귀여운 여자 친구를 가지고 싶다든가, 멋진 남자 친구를 가지고 싶다든가, 배고프다든가, 뭔가 재미있는 일은 없나, 같은……. 어제와 별반 다르지 이야기를 나누고 있었다.

그런 학교의 분위기와 자신의 기분 사이에 깊디깊은 골이 존재하기 때문일까, 사쿠타는 평소보다 의욕이 없었다.

그런 감정은 사쿠타가 생각하는 것보다 더 심하게 겉으로 드러나고 있었는지, 점심시간에 멍하니 밖을 쳐다보고 있을 때…….

"기분이 안 좋아 보이네."

……하고 누군가가 그에게 말을 걸었다.

"안 좋아 보이는 게 아니라, 아마 진짜로 안 좋은걸?"

사쿠타는 정면을 쳐다보았다. 그의 앞자리에 쿠니미 유마가 앉아 있었다. 의자에 거꾸로 앉은 그는 다리를 크게 벌리고 있었다.

"무슨 일 있었어?"

"어이, 쿠니미."

사쿠타는 그 질문에 대답하지 않고 유마의 의식을 다른 곳으로 돌렸다. 한 여학생에게서 날아오는 강렬한 시선 때문에, 사쿠타는 그렇게 할 수밖에 없었다.

"응?"

"이 교실에서는 나한테 말 걸지 마."

"왜?"

"너의 귀여운 애인께서 살기가 깃든 눈빛으로 나를 쳐다본다고."

유마의 뒤편인 교탁 주위에는 화려한 여자애 그룹이 모여서 수다를 떨고 있었다.

그리고 그곳의 일부분에서 날카로운 시선이 날아오고 있었다.

카미사토 사키다.

사쿠타가 소속된 2학년 1반의 리더 격인 여학생이자, 유마의 애인이기도 했다.

"눈빛?"

유마는 느긋하게 그쪽을 돌아보았다. 그러자 사키의 표정이 일변했다. 방금까지의 살기는 어디에 간 것일까. 유마와 시선이 마주친 사키는 태연하게 손을 흔들었다.

"살기는 무슨."

유마는 사쿠타 쪽을 다시 쳐다보면서 말했다. 사쿠타가 한숨을 내쉬며 교탁 쪽을 쳐다보자, 사키는 불쾌하기 그지없는 표정을 지었다.

"너, 알면서 모르는 척하는 거지?"

"글쎄?"

사쿠타의 말에 유마는 시치미를 뗐다. 분명 알고 있는 게 분명하다. 아니라면 눈길이라는 말을 듣자마자 바로 사키를 쳐다봤을 리가 없다.

"난 저렇게 알기 쉬운 구석이 귀엽다고 생각하는데 말이야."

"나를 향한 살기를 애정 표현으로 여기지 마."

"그런데 사쿠타는 왜 그렇게 기분이 나쁜 거야?"

"뭐, 실은 딱히 기분이 나쁜 건 아냐. 그저, 별다른 이유 없이, 잘난 언니를 두면 어떤 기분이 들지 생각해봤을 뿐이라서."

"그건 또 무슨 말이야?"

"나는 자매와 비교당한 적이 없거든."

"사쿠타는 남자니 당연히 없지."

사쿠타가 대충 해준 설명만 듣고 무슨 일인지 알 수 있을 리가 없다. 하지만 유마는 뭔가를 생각하는 듯한 눈치였다.

"나도 외동아들이라 잘 모르겠어."

"알아. 쿠니미에게는 아무런 기대도 안 했어."

"너무하네."

유마는 그렇게 말하더니 큰 목소리로 웃었다.

사쿠타가 교탁 쪽을 힐끔 쳐다보니, 유마의 웃음소리를 듣고 그를 향해 고개를 돌린 사키와 눈이 마주쳤다. 그녀는 노골적으로 사쿠타를 노려보았다. 「내 유마와 즐거운 시간을 보내다니, 용서 못해」 하고 생각하고 있는 걸까. 정말 성가신 애다.

"그럼 잘난 언니를 둔 녀석에게 물어볼까?"

그게 누구인지 사쿠타가 묻기도 전에, 유마는 칠판 쪽을 향해 고개를 돌렸다. 그리고 사키를 향해 손짓하기 시작했다.

그러자 사키와 같이 있던 여자애들이 그녀를 신경 썼다. 하지만 그 친구들에게 떠밀리듯, 사키는 이쪽으로 걸어왔다.

"인마."

사쿠타는 불평을 한마디 해줄까 하고 생각했지만……

"나는 애인과 친구가 험악한 관계인 게 싫거든."

유마는 사쿠타의 말을 끊으며 그렇게 말했다.

"무슨 일이야?"

사키는 유마의 옆에 섰다.

"사쿠타가 물어보고 싶은 게 있대."

"……."

사키는 질색하는 듯한 눈길로 사쿠타를 노려보았다. 사쿠타 또한 여러모로 할 말이 있었지만, 일단 친구의 체면을 세워주기로 했다. 게다가 이런 문제에 있어서 사키는 꽤 괜찮은 의논 상대이기도 했다.

"카미사토는 언니가 있어?"

"있긴 한데…… 잠깐, 아즈사가와는 그것도 몰라?"

"내가 왜 네 가족 구성을 알아야만 하는 건데?"

인터넷으로 검색해보면 알 수 있는 걸까.

"우리 언니는 작년까지 이 학교에 다녔어."

"아, 그랬구나."

"학생회장이었으니 본 적 있을 텐데?"

"……기억 안 나."

사쿠타는 잠시 생각해봤지만 전혀 생각나지 않았다.

"뭐? 진짜 몰라?"

사키의 태도로 볼 때 그녀의 언니는 꽤 눈에 띄는 사람이었던 것 같다. 유마도 옆에서 「역시 사쿠타야」 하고 말하며 웃고 있었다. 하지만 진짜로 기억이 나지 않으니 할 말이 없었다.

"이런 식으로 나한테 시비를 걸지 않았으니 기억을 못하는 거겠지."

솔직히 사키 쪽이 훨씬 임팩트가 있을 것 같았다. 사쿠타는 아마 평생 그녀를 잊지 못하리라. 다른 사람 같으면 평생 한 번도 듣지 못할 말을 사키에게서 몇 개나 들었으니까 말이다.

"이제 가 봐도 돼?"

사키는 진심으로 짜증 난 듯한 표정을 지으며 유마에게 말했다.

"조금만 더 노력해봐."

정말 무례한 소리다. 웬만한 노력 없이는 사쿠타와 대화를 나눌 수 없는 것 같았다. 정말 너무했다. 친구라는 이유로 참는 것에도 한계가 있다.

"학생회장이었다면, 너희 언니는 꽤나 우수한 사람이었겠네."

"일본 제일의 국립 대학에 한 번에 합격했어."

사키는 별것 아니라는 듯이 그렇게 말했다. 그녀의 눈은 또다시 유마를 향했다. 진짜로 가도 되는지 물어보고 있는 것이다. 하지만 유마는 「잠시만 더 있어줘」 하고 말했다. 상황을 보아하니 질문할 수 있는 기회는 한 번밖에 없을 것 같았다. 그래서 가장 묻고 싶은 질문을 솔직하게 입에 담았다.

"카미사토 넌 언니를 좋아해?"

"딱히."

사키는 고개를 돌린 채 주저 없이 대답했다.

"그럼 싫어해?"

"딱히."

이번에도 똑같은 대답을 했다.

"그렇구나. 알았어."

"뭐어? 뭘 알았다는 거야?"

"좋아한다, 싫어한다 같은 말로 결론지을 수 있는 단순한 사이가 아닌 거구나."

"……."

좋아한다고 해서 언제 어느 때나 좋아하지도 않고, 싫어한다고 할지라도 집에 돌아가면 마주쳐야 한다. 가까이서 지내기에 그만큼 얽힐 일이 많으며, 서로의 다양한 면을 볼 기회도 많다. 좋은 점도 나쁜 점도 전부 눈에 들어오는 것이다. 그것을 통해 생겨난 감정은 짧은 말로 간결하게 표현할 수 없으리라. 여러 가지 요소가 뒤엉켜 있기 때문이다. 설령 그 근원이 전부 동일할지라도……. 스스로도 그게 뭔지 모를 만큼, 자신도 알지 못하는 사이에 감정이 뒤얽히는 경우도 있다.

"딱히 싫어하는 건 아냐."

사키는 혼잣말을 하는 듯한 어조로 중얼거렸다.

"엄마가「언니를 본받아서 공부하렴」이나「언니한테 공부 좀 가르쳐달라고 하지그래?」같은 말을 들을 때마다 짜증이

날 뿐이야."

사키는 일방적으로 그렇게 말한 후, 유마에게도 인사를 건네지 않은 채 동성 친구들이 있는 곳으로 돌아갔다.

"그렇다네. 이해했어?"

"참고는 됐어. 고맙다는 말 좀 전해줘."

"그건 남한테 할 부탁이 아니잖아."

"바른말을 들으니 짜증이 치솟네."

"뭐, 됐어. 그것보다 골은 좀 메워졌어?"

"메워진 것처럼 보인다면, 쿠니미는 안과에 가봐."

"그렇지?"

유마는 쓴웃음을 지었다. 난처하다기보다, 완전히 자기 상상대로 된 탓에 웃고 있는 것처럼 보였다.

"설령 골이 메워지더라도 사이좋게 지내는 건 아마 무리일 거야."

사쿠타는 고개를 돌리면서 그렇게 말했다. 리오의 얼굴이 떠올랐기 때문이다. 분명 본인에게 어떠냐고 물으면 「개의치 않는다」고 말할 것이다. 하지만 한편으로는 약간 마음에 걸려하지 않을까.

"뭐, 사쿠타는 원래 그런 녀석이지."

바로 그때, 점심시간이 끝난다는 사실을 알리는 벨이 들렸다.

"그럼 다음에 또 봐."

"그래."

다른 반인 유마는 대충 인사를 건넨 후 자리에서 일어났다. 그리고 사키에게 한마디 건넨 후 유마는 교실을 나섰다.

그와 동시에 사키는 아까보다 더욱 험악한 눈길로 사쿠타를 쳐다보았다.

"이래서야 사이좋게 지내는 건 무리지."

4

사쿠타는 오후 수업 시간 동안 계속 잠만 잤다. 역시 오전 다섯 시에 일어난 여파는 엄청났다.

학교를 나선 사쿠타는 곧장 집으로 향했다. 사실 촬영 현장에서 쓰러진 후, 노도카가 어떻게 되었는지 신경이 쓰였다.

맨션 앞에 도착해보니 눈에 익은 마이크로버스가 보였다. 오늘 아침촬영 현장에서 봤던 새하얀 마이크로버스다.

그 버스는 마이가 사는 맨션 앞에 세워져 있었다. 운전석과 조수석에 앉아 있는 사람들은 스마트폰으로 누군가와 연락을 취하고 있는 것 같았다.

그 모습을 쳐다보고 있자, 맨션의 자동문이 열리더니 20대 중반으로 보이는 양복 차림의 여성이 나왔다. 그녀는 운전석에 있는 남자에게 말을 건넸다. 그리고 버스의 문이 열리더니 그녀는 마이크로버스에 탔다. 그리고 버스는 그대로 대로 쪽을 향해 달려갔다.

그들이 돌아갔다는 것을 보면, 노도카는 이제 괜찮은 것일까.

"뭐, 가보면 알 수 있겠지."

사쿠타는 마이에게서 받은 열쇠를 주머니에서 꺼냈다.

"……아무 말도 하지 않고 쳐들어가는 건 좀 그렇겠지?"

사쿠타는 자동문 앞에 서더니 방 번호를 입력했다. 그리고 주저 없이 『콜』 버튼을 눌렀다.

"……누구시죠?"

답이 없을지도 모른다고 생각했지만, 스피커에서 목소리가 흘러나왔다. 그것은 마이의 목소리지만, 말한 사람은 노도카가 틀림없다.

"나야. 아즈사가와."

"무슨 일이야?"

"들어가도 돼? 안 된다고 해도, 마이 씨한테 받은 열쇠로 들어갈 거야."

"……."

노도카는 아무 말 없이 대화를 중단했다. 그 뒤를 이어 자동문이 천천히 열렸다.

일단 제1 관문은 돌파했다.

엘리베이터로 9층까지 논스톱으로 올라갔다. 이 층의 가장 안쪽…… 모퉁이에 있는 집이 바로 마이의 집이다.

사쿠타는 문 앞에 선 후 인터폰을 눌렀다.

잠시 기다리자, 문이 열렸다. 머리 하나만 겨우 내밀 정도의 틈으로 노도카가 얼굴을 내밀었다. 그녀의 눈은 우선 사쿠타를 쳐다보더니, 그 뒤를 이어 누군가를 찾듯 그의 뒤편으로 향했다.

"혼자야?"

"그래."

"……."

노도카는 약간 안도한 것처럼 작게 숨을 내쉬었다. 그리고 문을 활짝 열고서 사쿠타를 집 안으로 들였다.

사쿠타는 현관에서 신발을 벗은 후 노도카의 뒤를 따랐다.

"마이 씨는 아침 일찍 학교에 갔어. 지금쯤 일요일에 나고야의 쇼핑몰에서 열린다는 미니 라이브 리허설 중일걸?"

"그런 거 물어본 적 없거든?"

"화를 내지는 않았어."

"글쎄 물어본 적 없다구."

"나는 혼잣말을 하는 버릇이 있지."

"짜증 나네."

노도카는 낮은 목소리로 그렇게 말한 후 거실에 멈춰 섰다. 마치 이 집에서 자신이 있어야 할 곳이 정해지지 않은 듯한 느낌이었다.

사쿠타는 거실을 한번 둘러본 후…….

"……끔찍하네."

……하고 솔직한 감상을 입에 담았다.

사쿠타가 일전에 왔을 때는 깔끔하게 정리되어 있었지만, 지금은 그야말로 난장판이 되어 있었다. 벗어 둔 블라우스와 캐미솔이 소파 위에서 산맥을 이루고 있었고, 바닥에는 동그랗게 말아 둔 검은색 타이츠가 암초처럼 굴러다니고 있었다. 그리고 진로를 방해 당한 청소 로봇이 되돌아가고 있었다. 그 로봇의 뒷모습에서는 애수가 느껴졌다. 어느 쪽이 앞이고 어느 쪽이 뒤인지는 잘 모르겠지만…….

멋진 아일랜드 키친은 수많은 편의점 비닐봉지에 점거당한 상태였다. 비닐봉지가 새하얀 숲을 형성하고 있었다. 최근 며칠 동안 요리를 한 흔적은 보이지 않았다.

편의점 도시락 케이스로 가득 찬 쓰레기통이 마이와 싸운 후에 노도카가 어떤 식생활을 해 왔는지 이야기해주고 있었다.

"이 상황을 예상해서 나한테 열쇠를 준 건 아니겠지……."

사쿠타는 그렇게 생각하고 싶었지만, 딱 잘라 부정하는 건 어려웠다.

"우선 빨래부터 해야겠군."

사쿠타는 소파 위에 놓인 교복 블라우스를 안아 든 후, 바닥을 굴러다니던 검은색 타이츠를 하나씩 주웠다.

"뭐, 뭐, 뭐하는 거야?!"

노도카가 당황한 목소리로 말했지만 사쿠타는 무시했다.

그리고 세탁물을 들고 세면장으로 향했다.

　사쿠타는 우선 블라우스만 세탁기에 집어넣은 후 바로 물을 주입했다. 캐미솔 중에서도 세탁기에 돌려도 될 만한 것들은 같이 집어넣었다.

　문제는 타이츠다. 사쿠타도 이런 것은 빨아본 적이 없다. 일단 세탁기에 돌려야 하기는 하겠지만, 세탁망에 넣지 않는다면 전부 엉켜서 대참사를 일으킬 것이다.

　세면장을 둘러보니 구석에 새하얀 바구니가 놓여 있었다. 그 안에는 보물…… 아니, 속옷이 산더미처럼 들어 있었다. 흰색, 분홍색, 하늘색, 검은색…… 각양각색의 팬티와 브래지어였다.

　사쿠타가 찾던 세탁망은 바구니 옆에 걸려 있었다. 그 안에 연한 색깔의 팬티만 넣은 후, 이제 돌아가기 시작한 세탁기에 추가로 투입했다.

　남은 것들은 다른 세탁망에 나눠 넣어서 준비해 뒀다.

　"남은 건 손빨래 해야겠네."

　사쿠타는 검은색 브래지어의 어깨끈을 잡고 들어보면서 그렇게 말했다.

　"너, 너, 그건……!"

　세면장에 온 노도카는 속옷을 되찾기 위해 손을 뻗었다. 하지만 사쿠타가 피하자 그녀의 손은 허공을 갈랐다.

　"피하지 마!"

"빨래를 방해하지 마."

"엉큼한 손으로 언니 속옷을 만지지 마!"

"어디 사는 누구 씨가 빨래를 안 하니까 이렇게 된 거잖아."

"아, 알았어. 내가 할게! 내가 하면 되잖아!"

아까까지만 해도 침울해하던 노도카가 필사적으로 사쿠타에게 달려들었다. 결국 사쿠타는 노도카에게 브래지어를 빼앗기고 말았다.

"......."

사쿠타를 노려보는 노도카의 얼굴은 수치심 때문에 새빨개져 있었다. 하지만 빨래를 할 마음은 생겼는지 세면대에 미지근한 물을 받기 시작했다.

"양이 꽤 되니까 욕실에서 하는 편이 낫지 않아?"

"시, 시끄러워! 이쪽 쳐다보지 마! 나가라구!"

노도카는 불평을 늘어놓으면서도 사쿠타의 조언에 순순히 따랐다. 그녀는 뒤편에 있는 욕실 문을 열었다.

일단 빨래 쪽은 노도카에게 맡겨도 될 것 같았다.

"세탁 끝나면 저쪽에 있는 것들도 세탁기로 돌려."

사쿠타는 그렇게 말한 후 거실로 돌아갔다. 그의 눈은 주방을 가득 채운 편의점 비닐봉지를 향했다.

"너, 밥은 먹었어?"

사쿠타는 욕실을 향해 고개를 돌리면서 말했다.

"아침부터 아무것도 안 먹었어."

노도카는 바로 대답했다.

"그럼 내가 먹을 걸 만들어줄 테니까 먹어."

사쿠타는 우선 주방을 가득 채운 편의점 비닐봉지를 정리한 후, 전기밥솥을 준비했다.

빨래는 한 시간 만에 겨우 끝났다. 창가에는 햇빛에 말리는 다시마처럼 검은색 타이츠가 줄지어 널려 있었다. 속옷들은 노도카가 침실로 가져갔다.

"들어오면 죽여 버릴 거야."

사쿠타는 그런 무시무시한 소리를 몇 분 전에 들었다.

두 사람은 청소와 쓰레기 정리를 끝낸 후, 다이닝 테이블을 사이에 두고 앉았다. 넓은 집에 어울리지 않는 조그마한 테이블이었다. 마이가 혼자 식사를 하기 위해 산 것이리라. 둘이서 같이 쓰기에도 좀 좁은 느낌이었다.

그 위에는 밥, 된장국, 구운 연어와 순무장아찌가 놓여 있었다. 사쿠타는 냉장고 안에 있는 것들로 어찌어찌 상을 차렸다. 노도카는 직접 밥을 해 먹은 적이 한 번도 없는 것 같으니, 아마 마이가 사다 둔 것들이리라.

"완전 아침 식사 메뉴네."

"잘 먹겠습니다."

사쿠타는 노도카의 불평을 들은 척도 하지 않으면서 식사를 시작했다.

"……잘 먹겠습니다."

노도카는 우선 된장국을 향해 손을 뻗었다. 그녀는 그릇을 들더니 국물을 한 모금 마셨다.

"아, 맛있다."

"괜찮은 육수를 썼거든."

아일랜드 키친에는 마른 나뭇잎처럼 보이는 마쿠라자키 산(産) 가다랑어 포가 있었다. 일전에 촬영 때문에 가고시마에 갔다 왔던 마이가 선물로 준 가다랑어 포와 같은 것이었다. 아무래도 마이는 자신이 먹을 것도 샀던 것 같았다.

"그러고 보니……."

노도카는 연어의 뼈를 젓가락으로 떼어 내면서 시선만으로 「응?」 하고 말했다.

"너, 괜찮은 거야?"

"뭐?"

"몸말이야. 과다 호흡 같은 거였지?"

"……."

노도카는 갑자기 소리 없는 절규를 질렀다.

"어? 아니었어?"

"맞긴 한데, 그게 이 상황에서 할 말이야?"

"미안해. 좀 일렀나 보네."

"이미 늦었거든~."

노도카는 그렇게 말하면서 젓가락으로 사쿠타를 가리켰다.

"버릇없는 짓 좀 하지 마."

"이게 다 누구 때문인데."

노도카는 퉁명스러운 표정을 지으며 젓가락을 치웠다.

"그런데, 괜찮았어?"

"……병원에 가서 검사해봤는데, 아무 이상 없대."

"그거 다행이네."

"뭐가 다행이라는 거야……."

노도카는 젓가락질을 멈췄다. 그리고 고개를 숙이더니 테이블을 뚫어져라 쳐다보며 입을 열었다.

"나…… 엄청난 실수를 저질렀어……."

노도카의 젓가락이 떨렸다. 입술 또한 떨렸다. 노도카는 온몸을 떨고 있었다. 마치 뭔가를 두려워하듯…….

"아냐……. 아니라구. 언니라면 그런 실수를 하지 않아. 그딴 실수를 하는 사람은 『사쿠라지마 마이』가 아냐……."

"마이 씨도 컨디션이 나쁜 날은 있을 거야."

마이도 인간이다. 그러니 항상 완벽할 리가 없다.

"너는 아무것도 몰라! 언니만은 달라. 언니한테는 그런 날이 없어……."

"……."

"의식이 몽롱할 정도로 고열이 날 때도, 촬영이 시작되면 태연한 얼굴로 겨울 바다에 뛰어 들어가는 사람이 바로 『사쿠라지마 마이』야……. 언니는 그런 사람……인데, 나는 촬영을 망쳐서 스태프들에게 폐를 끼쳤어……. 정말, 싫어."

노도카는 떨림을 억누르려는 것처럼 자신의 몸을 꼭 끌어안았다. 하지만 그런다고 얼어붙은 마음이 녹을 리가 없다.

"이제 다, 싫어……. 무리야. 관두고 싶어……. 그런 압박감을, 내가 견딜 수 있을 리가 없어……."

"……."

"나, 전혀 몰랐어. 『사쿠라지마 마이』가 된다는 것의 의미를…… 전혀, 몰랐단 말이야……."

"……."

"언니에 대해, 하나도 알지 못했던 거야……."

노도카의 목소리는 울고 있었다. 마음도 울고 있으리라. 하지만 눈물은 흘리지 않았다. 몸이 우는 것을 거부하듯, 눈동자는 여전히 말라 있었다.

"남에 대해 그렇게 쉽게 알 수 있겠어?"

사쿠타는 혼잣말을 하듯 그렇게 중얼거렸다. 아니, 실제로도 혼잣말이었다. 자신의 마음을 털어놓는 것에 푹 빠져 있는 노도카에게 지금 무슨 말을 해본들 전해질 리가 없다.

"나는 애초에 동경하고…… 원하기만 했을 뿐이야……. 하지만 이럴 줄 알았다면, 언니를 원하지 말 걸 그랬어……."

노도카가 하고 있는 이야기의 초점이 점점 어긋나고 있는 듯한 느낌이 들었다. 어디에서 시작해, 어디로 향하고 있는지 알 수가 없었다.

하지만 사쿠타는 이대로 놔두는 편이 나을 거라고 생각했다.

노도카에게 있어서는 앞뒤가 맞는 이야기일지도 모르며, 설령 그렇지 않다고 해도 자기 입으로 이야기하는 과정에서 뭔가를 깨닫게 되는 경우도 있다. 마음이 진정될 수도 있는 것이다. 그러니 전부 토해 낼 때까지 이야기하게 두자. 그리고 사쿠타에게도 잠시 동안 아무 말 없이 앉아 있을 인내심 정도는 있었다.

"유치원에 다닐 때……."

"응?"

노도카의 들릴락 말락 하는 목소리에 사쿠타는 된장국을 마시면서 답했다.

"엄청 친한 친구에게, 언니가 있었어……."

"그랬구나."

"항상 반찬을 나눠 주는 자상한 언니……. 나는 그 애가 부러워서 집에 돌아가면 항상 언니를 가지고 싶다고 말했어. 지금도 생생하게 기억나……."

부모님은 그 말을 듣고 기분이 복잡했을 것이다. 원래 「노도카가 언니가 될 수는 있을지도 모르겠구나. 안 그래? 여보」 하고 말하면 끝날 일이다. 하지만 노도카의 경우는 달랐다. 그녀가 원하는 언니와는 조금 다르지만, 언니라고 부를 수 있는 사람이 존재하는 것이다.

"내가 하도 칭얼대니까 아빠도 가르쳐준 걸 거야."

"마이 씨 말이구나."

"응. 아침 연속 드라마에 출연한 언니를 가리키면서……「저 사람이 네 언니란다」하고 말했어."

"그거 깜짝 놀랐겠네."

"맞아. 하지만 기뻤어. 텔레비전에 나오는 사람이 언니라는 말을 듣고 엄청나다고 생각했어. 그리고 만나보고 싶어졌어."

노도카의 아버지는 매우 고민했을 것이다. 두 사람을 만나게 해주기 위해서는 마이의 어머니에게도 허락을 받아야 한다. 그리고 현재의 관계도 문제가 된다. 그러니 평범하게 날짜를 잡아서 만날 수는 없는 것이다. 그렇다면 평범하지 않은 방법을 쓸 수밖에 없다.

"……혹시 네가 극단에 들어간 건 언니를 만나기 위해서야?"

"너, 생긴 것보다 머리가 잘 돌아가는구나."

"의외성이 있어서 좋지?"

"아무튼…… 아버지는 『노도카가 극단에서 열심히 하면 언젠가 만날 수 있을지도 몰라』하고 말했어."

"실제로 만난 건 오디션에서였구나."

"아빠는 내가 그런 곳에 가게 될 거라고는 생각도 못했지만 말이야. 연기 공부는 재미있었어. 언니와 같은 걸 하고 있다고 생각하니 정말 즐거웠지……."

그런 모습이 어른들의 눈길을 끌었을 것이다. 배역을 따서 데뷔하지는 않았지만, 가능성은 지니고 있었던 것이다.

"그렇게 만나고 싶던 언니를 직접 보니 어땠어?"

"끝내주게 멋졌어……."

"그건 남자한테 할 말이잖아."

"정말 멋졌어……."

"뭐, 마이 씨는 지금도 멋지지만 말이야."

걱정거리가 있는 상황에서 원래 자신이 해야 할 일에 집중하는 것은…… 웬만해서는 할 수 없는 일이다.

원래는 마이도 노도카를 신경 쓰고 있다. 그래서 사쿠타에게 열쇠를 맡긴 것이다. 그녀를 살펴보러 가고 싶다는 마음 또한 존재할 것이다.

하지만 지금은『토요하마 노도카』로서『토요하마 노도카』가 당연히 해내야만 하는 일을 우선시하고 있다. 학교에 가고, 아이돌 활동에 힘쓰고 있는 것이다. 장기적인 안목으로 볼 때, 자신이 노도카로서의 생활에 전념하는 것이 노도카에게 도움이 될 것이라는 사실을 마이가 알고 있기 때문이다. 언제 몸이 원래대로 되돌아갈지도 모르니까…….

눈앞의 일에 얽매이지 않는 그 태도가 조금 멋지다는 생각이 들었다.

"하지만 지금 생각해보면 언니는 나 때문에 당황했던 것 같아……."

"보통 동생이라는 게 느닷없이 생기지는 않지."

게다가 이복동생 자신을 두고 떠난 아버지와 다른 여자 사이에서 생긴 가족이다. 자신은 혼란스러운데도, 노도카는 오랫동안 만나고 싶어 했던 언니를 만나 들떴을 테니 더 그 럴 것이다.

"당황했을 텐데도, 언니는 언니였어……."

"……."

"내 머리를 쓰다듬으면서 『나도 여동생이 가지고 싶었어』 하고 말했어."

"완전 짜증 나는 꼬맹이네."

너무 완벽했다.

"방금 그 말, 언니에게 일러바칠 거야."

"그럴 거면 화해부터 해."

"……이제 언니를 볼 면목이 없어."

"CF 촬영을 망쳤기 때문에?"

"그것도 이유 중 하나야. 그리고 다른 이유는……."

노도카는 말을 이으려다 주저하듯 입을 다물었다.

"너뿐만 아니라 마이 씨도 싫어한다고 했잖아."

"언니는 『싫다』고만 했어. 『정말 싫다』고는 안 했다구."

"너, 원래 겉모습은 날라리 금발 여자애니까 그렇게 사소 한 일은 신경 쓰지 마."

"진짜 큰일이야~."

"『정말 싫다』고 했으니까 말이야."

사쿠타는 그렇게 말하면서 자리에서 일어났다. 그리고 남아 있던 된장국을 자신의 그릇에 담았다.

"아, 나도 된장국 더 줘."

노도카가 그릇을 내밀었다. 사쿠타는 국자로 된장국을 퍼서 그 그릇에 담아줬다.

그릇을 돌려주자, 노도카는 잠시 동안 그릇 안에 든 것을 쳐다보았다. 된장이 뭉게구름처럼 움직이고 있었다.

"저기……."

노도카는 작은 목소리로 중얼거렸다.

"응?"

사쿠타는 된장국을 홀짝였다. 역시 육수가 좋아서 그런지 된장국 맛이 좋았다.

"언니……."

"……가 왜?"

"무슨 말 안 했어?"

노도카는 기어들어 가는 목소리로 말했다. 하지만 소음이 존재하지 않는 이 집에서는 작은 목소리도 잘 울려 퍼졌다.

"딱히 걱정하는 것 같지는 않았어."

"……그렇구나."

고개를 숙인 노도카에게서는 비장감이 느껴졌다. 사쿠타의 말을 듣고 충격을 받은 것일지도 모른다. 마이가 자신을 신경 쓰지 않는다고 생각한 나머지 풀이 죽은 것이다.

"너, 마이 씨 얼굴로 짜증 나는 표정 짓지 마. 확 끌어안아버린다."

"뭐!? 너, 너무해! 나는 진지하단 말이야!"

노도카는 얼굴을 새빨갛게 붉히면서 벌떡 일어섰다.

"식사 중에 일어서지 마. 그리고 방금 내가 한 말은 거짓말이야."

"뭐?"

노도카는 여전히 자리에서 일어선 채 미심쩍은 시선으로 사쿠타를 내려다보고 있었다. 사쿠타는 남은 밥을 입에 집어넣었다.

"마이 씨가 걱정하지 않는 건 CF 촬영 쪽이야."

"……뭐?"

노도카는 약간 늦게 반응을 보였다. 아직 사쿠타가 한 말의 의미를 이해하지 못한 것 같았다. 아니, 믿을 수가 없는 것일지도 모른다. 그녀는 어안이 벙벙한 표정을 짓고 있었다. 마이라면 절대 보여주지 않을, 무방비하면서 빈틈투성이인 얼굴이다.

"그게 무슨 소리야. 완전 모르겠는데."

"알잖아. 말 그대로의 의미야."

"……"

"몇 번 NG를 내기는 하겠지만, 그래도 너라면 감독에게서 오케이를 받을 수 있을 거라고 믿어 의심치 않았어."

"……정말?"

"내 말을 못 믿겠으면 마이 씨에게 직접 물어봐."

"그건 무리야……."

"그럼 믿어."

"그것도 무리야."

"정말 제멋대로네."

"시, 시끄러워! 하, 하지만…… 그럴 리가……."

부정적인 말을 늘어놓고 있는 노도카는 얼굴을 히죽거리기 시작했다.

"우와, 큰일 났어."

노도카는 히죽거리는 두 볼을 양손으로 눌렀다. 하지만 손을 떼면 또 볼이 히죽거렸다. 마음속에서 끓어오르는 기쁨 때문에 표정이 완전히 늘어졌다.

"야, 그런 식으로 웃으면 되는 거 아냐?"

"응?"

"CF 촬영 때 말이야. 연습 때는 억지로 마이 씨처럼 웃으려고 했지? 하지만 솔직히 말해 엄청 가식적이었어."

방금 그 미소가 훨씬 자연스러웠다. 그것이 노도카의 미소일 테니 당연하다면 당연한 것일지도 모른다.

문득, CF 촬영 전날에 마이가 패밀리 레스토랑에서 했던 말이 생각났다.

─극단에서 배웠던 걸 떠올린다면 충분히 해낼 수 있어.

마이가 「해낼 수 있다」고 단언했던 것은 방금 같은 표정 때문이 아니었을까. 왠지 그런 생각이 들었다.

"그, 그딴 건 진작에 알고 있었어."

"방금 그 말, 거짓말이지?"

"시, 시끄러워. 시끄러워, 시끄러워!"

노도카는 어린애처럼 양손으로 귀를 막더니 들리지 않는 척을 했다. 왠지 묘하게 밝아 보였다. 표정도, 목소리도, 몇 분 전과는 완전히 딴사람 같았다.

어쩌면 이게 노도카의 진짜 모습일지도 모른다.

그런 생각을 하고 있을 때, 테이블 위에 놓인 스마트폰이 울렸다. 원래라면 『마이』의 것인 스마트폰이다. 그 스마트폰의 디스플레이에는 『료코 씨』라는 글자가 표시되어 있었다. 마이의 매니저인 사람의 이름이다.

노도카는 스마트폰을 쥐더니…….

"예."

……하고 약간 긴장한 목소리로 전화를 받았다.

"스케줄, 잡혔나요?"

노도카는 마이의 말투로 대답했다.

"다음 주? 예, 금요일…… 오늘과 같은 시간에…… 예, 괜찮아요. 오늘은 폐를 끼쳐 정말 죄송합니다. 예. 잘 부탁드려요."

노도카는 스마트폰을 천천히 귀에서 떼더니 화면을 터치

해서 통화를 종료했다. 그리고 방금까지의 의연한 태도는 전부 신기루였던 것처럼…….

"어쩌지~!"

당혹스럽기 그지없는 목소리로 그렇게 말하면서 머리를 감싸 쥐더니, 그대로 몸을 웅크렸다.

"괜찮은 거 아니었어?"

방금 노도카는 매니저에게 태연한 목소리로 그렇게 말했다.

"너 바보지? 그렇게 대답할 수밖에 없잖아."

노도카는 사쿠타에게 화풀이 하듯 그렇게 말했다.

"뭐, 그건 그래."

"진짜로 어쩌지."

노도카는 초조함에 휩싸인 채 텔레비전 옆에 놓인 탁상 달력을 쳐다보았다. 12일인 오늘부터 딱 일주일 후인 다음 주 금요일까지의 기간을, 그녀의 시선은 몇 번이나 왕복하며 쳐다보고 있었다.

이 일주일 동안 뭘 할 수 있을지 생각하고 있는 것이리라. 아까만 해도 「관두고 싶다」고 말했으면서, 노도카는 다음 주로 결정된 촬영에 임할 생각인 것이다.

그러니 사쿠타는 어떻게든 될 것 같은 느낌이 들었다. 딱히 근거는 없었다. 하지만 이 세상이라는 것은 자신감과 명확한 근거에 입각해 성립되는 것이 아니다. 딱히 듣기 좋은 이야기는 아니지만, 보통은 허공에 대롱대롱 매달린 상태에서 어찌어찌, 혹은 어쩔 수 없이, 혹은 시간에 쫓기며……
확증 같은 건 없는 상태에서 앞으로 나아가고 있는 것이다.
노도카는 그런 상태에서도 자신이 할 수 있는 일을 최대한
할 생각이다. 그렇다면 그걸로 충분하지 않을까. 그 이상은
할 수 있는 게 없으니까 말이다.

"그럼 나는 돌아갈게."

"뭐?"

"돌아가겠다고."

"너, 타이밍 진짜 못 잡는다. 머리가 이상한 거 아냐?"

"응? 그게 무슨 소리야?"

"어떻게 이 상황에서 나를 두고 갈 생각을 하는데?"

"내가 조언 같은 걸 해줄 수 있을 리가 없으니까 말이야."

사쿠타는 사실을 있는 그대로 말했다.

"그건 그렇지만!"

"뭐, 일주일 동안 최선을 다해봐."

"네가 그런 소리 안 해도 그럴 거야~!"

"그럼 뭐야. 침울하거나 풀이 죽었으니까, 잠시 동안 내가
같이 있어줬으면 하는 거야?"

"윽?!"

사쿠타가 주저 없이 지적하자 노도카의 얼굴은 순식간에
새빨개졌다. 분노와 수치심이 반씩 섞인 것 같았다.

"도, 돌아가! 빨리 돌아가라구!"

노도카는 현관 쪽을 손가락으로 가리키며 외쳤다.

"네가 안 그래도 돌아갈…… 어이, 밀지 마!"

노도카가 사쿠타의 등을 손바닥으로 때렸다. 복도 쪽으로 쫓겨난 사쿠타는 그대로 현관에 도착했다.

그는 신발을 신고, 문손잡이를 향해 손을 뻗었다. 그리고 문을 열려고 한 순간…….

"아, 잠깐만."

노도카가 사쿠타를 불러 세웠다.

"응?"

사쿠타는 문손잡이를 움켜쥔 채 노도카를 향해 고개를 돌렸다.

"부탁이 있는데……."

노도카는 주저하면서 말했다.

"싫어."

"……."

사쿠타가 주저 없이 거부하자, 노도카는 노골적일 정도로 슬픈 표정을 지었다. 마이의 모습으로 저런 표정 좀 짓지 말아줬으면 좋겠다.

"기왕이면 나를 올려다보면서 귀여운 목소리로 「부탁이 있는데」 하고 말해줘."

"그럼 들어줄 거야?"

"마이 씨의 부탁이라면 말이야."

"내 부탁이라면?"

"겉모습은 마이 씨니까 검토는 해보겠어."

"잘난 척하지 마."

"그래서, 부탁이 뭔데?"

"밥 해주면 안 돼?"

노도카는 약간 부끄러운 듯이 사쿠타를 올려다보면서 말했다. 마이와는 분위기가 좀 달랐다. 앳된 느낌이 감도는 표정이었다.

"너, 더 먹을 거야?"

"그게 아니라, 앞으로 매일 말이야."

"미안하지만 나에게는 마이 씨라고 마음속으로 정해 둔 사람이 있어."

"뭐?"

"아니, 네가 느닷없이 프러포즈를 했잖아. 그래서 거절한 거야."

"그, 그런 거 아니니까 거절하지 마! 그리고! 너, 진짜 성가시다! 몸 관리를 철저하게 하고 싶다는 의미에서 밥을 해달라고 한 거야!"

아까 노도카가 한 말만 가지고 그런 의미인 줄 알라는 것은 무리라는 생각이 들었다. 하지만 매일같이 편의점 도시락만 먹다간 몸속 영양분의 균형이 깨질 것이다.

"체중이 늘면 큰일인 데다…… 제대로 된 식사를 하지 않으면 피부의 탄력이나 윤기가 영향을 받아."

"나는 약간 통통한 편이 좋은데 말이야."

"엉큼한 눈길로 언니를 쳐다보지 마, 이 바보야. 아무튼 부탁해."

노도카는 어색하기 그지없는 목소리로 『부탁해』하고 말했다. 표정은 뾰루퉁했고, 말투 또한 거칠었다. 어리광과 장난기, 여유도 부족하지만, 노도카에게 그런 것까지 요구하는 것은 잔혹할 것이다. 그녀는 마이가 아니기 때문이다.

"뭐, 밥 정도는 해줄게. 겸사겸사 빨래도 해줄까?"

"그건 내가 할 거야."

"사양하지 마. 바쁘잖아?"

"그리고 다음에 또 언니의 속옷을 만지면 죽여 버릴 거야."

"타이츠는 속옷에 포함되는 겁니까?"

"뭐? 그야 당연하지."

"오호라. 당연히 포함되지 않는 거구나."

"포함된다는 의미거든!"

"너무 흥분하지 마. 너 오늘 병원 신세를 졌잖아."

"너 때문이잖아! 너, 진짜 뭐야?! ……하아, 이제 됐어. 돌아가."

노도카는 손을 내저으면서 사쿠타를 쫓아냈다.

돌아가지 못한 건 누구 때문일까. 사쿠타의 기억이 올바르다면 노도카 때문이다. 그녀가 그런 소리를 하지 않아도 사쿠타는 돌아갈 생각이 차고 넘쳤다. 하지만 그 말을 입에 담았다간 또 말다툼이 벌어질 것 같았기에 사쿠타는 아무 말 없이 돌아가기로 했다.

"그럼 내일 봐."

"응."

사쿠타가 현관을 나서자, 노도카는 자연스럽게 손을 흔들었다. 하지만 노도카는 자신이 이러면 안 된다고 생각했는지 손을 내리더니 「흥」 하고 코웃음을 치면서 문을 힘차게 닫았다.

"이상한 녀석이네."

혼잣말을 중얼거리면서 걸음을 옮긴 사쿠타는 아무도 없는 엘리베이터에 탔다. 그리고 문득 어떤 사실을 떠올렸다.

—다다미방의 서랍장은 절대로 열어보지 마.

마이는 열쇠를 주면서 그렇게 말했다.

사쿠타는 청소 및 식사 준비로 바쁜 나머지 그 사실을 깜빡하고 말았다.

"뭐, 내일 확인해봐야지."

내일 해도 되는 일을 억지로 오늘 할 필요는 없다. 오늘은 오늘 해야 할 일을 하면 되는 것이다.

제3장

시스콤은 아니에요

　매주 월요일 아침에는 영원처럼 느껴지던 일주일이, 이번
에는 하루하루의 식단을 생각하다 보니 순식간에 지나갔다.

　두부 햄버그, 토마토를 토핑한 도미 카르파치오, 후로후키
다이콘#1, 고기 감자조림, 바질 파스타를 만들다 보니 어느
새 목요일이 되었다.

　이날도 방과 후에 슈퍼에 들러 장을 본 사쿠타는 노도카
의 저녁을 만들기 위해 마이의 집으로 향했다.

　고칼로리 음식을 피해 채소 중심으로 식사를 하는 노도
카의 오늘 저녁 메인 요리는 가지 그라탱이었다.

　지난 일요일, 쇼코가 하야테를 데리고 놀러 왔을 때도 만
들었는데, 그녀뿐만 아니라 카에데도 맛있어했다.

　"……."

　노도카도 불평하지 않으며 먹고 있으니, 진짜로 맛있는
것 같았다.

　"그라탱을 만들 줄 아는 남자는 좀 문제 있는 거 아냐?"

　노도카는 음식을 다 먹은 후 그런 소리를 했다.

　"만들지 못하는 여자보다는 낫지 않을까?"

　사쿠타는 빈 접시를 치운 후 설거지를 끝냈다.

#1 후로후키다이콘(風呂吹き大根) 익혀서 부드러워진 무에 된장 및 여러 가지 소스를 얹
어서 먹는 요리

그리고 거실 소파에서 DVD를 감상하고 있는 노도카의 옆에 앉았다. 사쿠타의 체중 때문에 소파가 가라앉자 노도카의 몸이 약간 기울었다.

"……."

노도카는 아무 말 없이 자세를 바로 하더니, 소파 구석에 딱 달라붙으면서 사쿠타와 최대한 거리를 벌렸다.

"딱히 덮칠 생각은 없어."

"못 믿어."

"뭐, 남자로서는 그렇게 경계해주니 기쁘긴 한데."

여자에게 무해한 존재라고 여겨지는 게 더 슬프다.

"그런 의미로 한 말 아니거든? 죽어."

노도카는 담담한 목소리로 그렇게 말했다. 얼굴과 시선은 여전히 정면을 향하고 있었다. 그녀가 보고 있는 것은 텔레비전 화면이다. 그 화면에 나오고 있는 것은 마이가 주연을 맡은 영화다. 연예계 활동을 일시적으로 중단하기 전…… 마이가 중학생이었던 시절의 작품이다.

노도카는 영상 안에서 움직이는 마이의 모습에 집중하고 있었다. 눈을 깜빡이는 모습과 그 타이밍, 그리고 눈빛의 자잘한 사용법 하나하나까지 놓치지 않으려 하고 있었다.

이렇게 식사를 끝낸 후에 마이의 출연작을 보는 것이 패턴이 되어 가고 있었다. 그리고 감상 작품은 영화일 때도 있고, 텔레비전 드라마일 때도 있다.

참고로 오늘 보고 있는 작품은 대히트했던 공포 영화다. 어떤 SNS에 이름이 적힌 인간이 차례차례 정체불명의 죽음을 맞이하는 내용이다.

마이가 연기한 것은 시체가 발견된 현장에 반드시 나타나는 불길한 소녀다. 그 존재감은 압권이었으며, 그저 서 있을 뿐인데도 화면에 나오기만 하면 눈을 뗄 수 없었다. 화면 속의 마이의 입가가 희미하게 움직였을 뿐인데도 등골이 서늘해졌다.

특히 세 번째 피해자가 목욕을 하고 있는 장면이 정말 무서웠다. 20대 중반인 여성이 샤워를 하고 있을 때, 정면에 있는 거울에 느닷없이 마이의 모습이 비친 것이다.

"윽?!"

노도카는 억눌린 비명을 질렀다. 사쿠타 또한 심장이 튀어나올 뻔했다.

노도카는 공포 영화를 좋아하지 않는지 영화가 시작되고 5분 후에는 자신의 몸을 지키려는 것처럼 쿠션을 꼭 끌어안았다. 첫 희생자가 발생한 다음부터는 그 쿠션에 얼굴을 반쯤 묻은 채 훔쳐보듯 텔레비전을 쳐다보고 있었다.

그런데도 끝까지 계속 본 것은 연기의 힌트 같은 것을 얻을 수 있을지도 모른다는 희망을 품고 있기 때문이었다.

엔딩 크레디트가 흐르기 시작한 후, 출연자 리스트 가장 윗줄에 적힌 『사쿠라지마 마이』의 이름이 화면에 나왔다. 그리고 그것이 사라진 후······.

"아~, 정말~. 어떡하지~!"

노도카는 그렇게 말하면서 머리를 감싸 쥐었다.

"뭘 말이야?"

"CF 재촬영이 내일이란 말이야."

"그건 나도 알아."

"결국 아무런 힌트도 찾아내지 못했어."

"하아."

사쿠타는 한숨을 내쉬었다.

"뭐야. 한숨을 쉬고 싶은 사람은 바로 나거든?"

"너, 진짜로 모르겠어?"

"뭘 모르냐는 건데?"

"결론은 이미 나왔잖아. 그런데 고민해서 뭘 어떻게 하냔 말이야."

아까 노도카가 말한 대로다. 그것이 전부인 것이다. 아무런 힌트도, 자신감도 얻지 못한 채, 이렇게 촬영 전날을 맞이했다······ 그게 결론이었다.

"일주일이라는 유예 기간을 가지더라도, 『사쿠라지마 마이』는 될 수 없다는 거야."

"그건······."

당사자인 노도카가 사쿠타보다 그걸 더 실감하고 있으리라. 10년 이상의 경력 차이를 그렇게 쉽게 메울 수 있을 리가 없다. 영상을 열심히 연구해본들, 알 수 있는 것은『사쿠라지마 마이』라는 존재의 대단함뿐이다.

애초에 눈으로 보고 훔칠 수 있다면, 배우가 꿈인 인간은 전부 마이가 되었을 것이다. 이 세상은『사쿠라지마 마이』천지가 되었으리라.

"어차피 내일이 되어 봤자 그건 바뀌지 않아. 이대로 내일이 된다고 해도 말이야."

"그, 그런 소리를 딱 잘라서 하지 마!"

"촬영이 시작되더라도, 너는 너야."

"그러니까 말하지 말란 말이야……. 대체 신경이 어떻게 생겨 먹은 거야?"

"그걸 어떻게 알아. 내 신경 같은 건 본 적이 없어."

"물리적인 이야기를 하는 게 아니라!"

노도카는 벌떡 일어서더니 콧김을 뿜었다. 몸이 원래대로 되돌아온다면 두 번 다시 보지 못할 표정이다.

"뭐, 그러니까 불가능한 걸 억지로 할 필요는 없지 않아?"

완벽하게『사쿠라지마 마이』를 연기하려고 한다면, 노도카는 또 지난번처럼 자기 자신을 궁지에 몰아넣을 것이다. 그 말로가 일주일 전…… 과다 호흡에 의한 촬영 연기다.

"그러니까 대충 하면 돼. 너는 욕심이 너무 많아."

"……."

노도카는 진의를 알아내려는 것처럼 사쿠타를 지그시 쳐

다보았다.

"왜 갑자기 입을 다무는 거야?"

"이제 좀 알 것 같아."

"뭐?"

"너에 대해서 말이야."

"지금은 나 같은 녀석에 대해 생각할 때가 아니잖아."

"말도 안 되는 소리를 하고 있기는 하지만, 나를 격려하고 있는 거지?"

노도카는 의기양양한 미소를 지었다.

"뭐, 원래는 마이 씨의 일이니까 잘됐으면 하는 것뿐이야."

"흐음, 그런 걸로 해 둘게."

"아니, 진짜거든."

"그럼 짜증 날 거 같아."

"그럼 열심히 짜증내셔."

사쿠타는 그렇게 말하면서 소파에서 일어났다.

"어? 돌아갈 거야?"

"그래. 너무 늦게 돌아가면 마이 씨가 기분 나빠하거든."

직접 열쇠를 줬으니 사쿠타가 노도카를 돌보는 것 자체는 허락한 것 같지만, 그의 귀가 시간이 늦어지면 가시가 잔뜩 돋친 목소리로 「늦었네」 하고 말했다. 어제는 「오후 여덟 시가 되면 돌아와」 하고 통금 시간까지 지정했다.

"마이 씨의 영화나 드라마를 같이 보는 것뿐이라고요."

사쿠타가 이유를 밝히자…….

"딱히 사쿠타를 믿지 않는 건 아냐."

마이는 고개를 휙 돌렸다.

"그럼 왜 이러는 건데요?"

"노도카가 사쿠타를 원하기라도 했다간 여러모로 곤란하잖아."

마이는 입술을 삐죽 내밀면서 뜻밖의 말을 했다.

"혹시 성적인 의미로요?"

"……"

"죄송해요. 농담이에요."

마이가 얼음장 같은 시선으로 쳐다보자 사쿠타는 바로 사과했다.

"줘도 되는 거라면 주겠지만, 아직 사쿠타를 줄 생각은 없어."

부끄러움을 억누른 마이의 눈은 「농담하지 마」 하고 말하며 화를 내고 있었다. 아마 사쿠타가 히죽거리고 있기 때문이리라. 하지만 그 정도는 이해해줬으면 한다. 마이가 엄청 귀여운 소리를 했으니까 말이다. 녹음해 뒀다가 매일같이 듣고 싶을 지경이다.

"아직은 미움받고 있어요."

항상 식사를 만들어주는데도 노도카는 고마움을 모르는 것처럼 매일같이 「언니의 몸을 엉큼한 눈길로 쳐다보지 마」,

「다가오지 말라구」 같은 소리를 해 댔다.

"설령 그런 감정이 생겨나더라도, 어차피 언니가 가지고 있는 게 탐나는 것뿐이에요."

"그럼 좋겠지만……."

마이는 더 이상 아무 말도 하지 않았지만, 전혀 납득하지 못한 것 같았다.

어제 그런 일이 있었으니, 오늘은 일찍 돌아가는 편이 좋을 것이다. 만약 늦게 돌아갔다간 무슨 말을 들을지 모른다. 이번에는 벌을 받게 될지도 몰랐다.

"뭐, 오늘은 느긋하게 목욕이라도 하고 일찍 자."

사쿠타는 현관을 향해 걸으면서 노도카에게 그렇게 말했다.

내일 촬영은 이른 아침에 시작된다. 매니저는 오전 네 시 반에 데리러 오기로 했다고 들었다.

"네가 그런 소리 안 해도 그럴 거야."

"그럼 잘 있어."

"아, 잠깐만."

사쿠타가 거실을 나서려 한 순간 노도카가 그를 불렀다.

"마이 씨에게 전할 말이라도 있어? 그럼 직접 말해."

"그런 거 아냐."

노도카의 어조로 볼 때 진짜 아닌 것 같았다.

"그럼 뭔데?"

"저, 저기…… 느긋하게 목욕하고 싶으니까, 내가 나올 때까지 이 집에 있어주면 안 될까?"

노도카는 불안 섞인 눈빛으로 사쿠타를 올려다보았다.

"뭐?"

완전히 뜻밖의 발언이었기에 사쿠타는 입을 쩍 벌렸다.

"느긋하게 목욕하고 일찍 자라고 말한 건 바로 너잖아."

"내가 이 집에 있어야 하는 이유를 모르겠어. 진짜로 모르 겠다고."

"호, 혼자서 목욕하다 보면…… 때때로 누군가가 집에 들 어온 것 같은 기척이 느껴질 때가 있다고 할까……."

노도카는 낮은 목소리로 이유를 늘어놓았다.

"아~. 샤워하고 있을 때 누군가가 등 뒤에 서 있는 듯한 느낌이 들 때가 있기는 해."

"……"

노도카는 아까 본 영화의 장면을 떠올렸는지 입을 꾹 다 물었다.

"요컨대 무서운 거지?"

"너도 그 장면 보면서 움찔했잖아……."

허세를 부리는 것도 깜빡한 듯한 노도카는 울 것 같은 표 정을 지었다.

"같이 목욕하게 해준다면 좋아."

"……"

노도카는 진지한 표정으로 생각에 잠겼다.

"어, 언니가, 된다고 한다면……."

그리고 진지한 표정으로 당치도 않은 소리를 했다.

"야, 농담이니까 진지하게 받아들이지 마."

노도카는 때때로 이럴 때가 있었다. 농담이 통하지 않는 것이다. 마음속 깊은 곳이 순진하다는 증거다.

"윽! 진짜로 죽어! 두 번 죽어!"

"사회적으로 죽은 후에 육체적으로도 죽으라는 소리냐."

사쿠타는 될 대로 되라는 투로 혼잣말 하듯 말했다.

"절대 언니의 알몸은 보여주지 않을 거야."

"나도 어차피 볼 거면 마이 씨가 안에 들어 있을 때 보고 싶다."

"잠깐만, 지금은 이런 이야기를 할 때가 아니잖아!"

노도카는 이야기가 미묘하게 이상한 방향으로 유도되는 게 마음에 들지 않는지 사쿠타를 노려보았다.

"……."

사쿠타가 하품을 하자 노도카는 입술을 삐죽 내밀었다.

"알았어. 네가 목욕을 끝낼 때까지 이 집에 있으면 되는 거지? 정말 성가신 애네."

"너는 항상 사족을 덧붙이더라."

노도카는 불평을 늘어놓으면서 아까 사쿠타가 개어 둔 잠옷을 들고 침실에 들어갔다. 아마 갈아입을 속옷을 가지러 간 것이리라.

노도카는 금세 나오더니 탈의실로 향했다. 그리고 도중에 멈춰 서서 고개를 돌리더니…….

"훔쳐보지 마."

……하고 사쿠타를 향해 말했다.

그것은 훔쳐봐도 된다는 의미일까. 사쿠타의 귀에는 그렇게 들렸다.

하지만 그 직후 탈의실의 문이 닫히더니 철컥 하고 문이 잠기는 소리가 들려왔다.

"……."

이래서야 훔쳐볼 수가 없다.

사쿠타는 다시 소파에 앉았다. 문득 눈에 들어온 것은 거실과 다다미방 사이에 존재하는 문 두 개 사이즈의 칸막이였다.

—다다미방의 서랍장은 절대로 열어보지 마.

사쿠타는 마이가 했던 말을 떠올렸다. 그것은 열쇠를 받은 날 들었던 말이다.

"……."

오늘까지 확인해볼 기회가 없었지만, 지금은 노도카도 목욕 중이니 찬스일지도 모른다.

사쿠타는 자리에서 일어나더니 거실 옆에 있는 다다미방의 칸막이를 열었다.

평소에는 그다지 사용하지 않는지, 물건이 거의 놓여 있지 않았다. 다다미 특유의 냄새도 가시지 않았으며, 깨끗한 상태를 유지하고 있었다.

이 방의 가장 안쪽에 서랍장이라고 부를 만한 것이 놓여 있었다. 이 방에 있는 유일한 가구였다.

가장 위쪽 서랍을 열어봤다. 텅 빈 공간에 뭔가가 놓여 있었다.

과자 캔.

비둘기 사블레를 포장할 때 쓰는 노란색 캔이다. 그것도 서른여섯 개나 들어가는 커다란 캔이었다.

사쿠타는 그 캔을 서랍장에서 꺼낸 후 다다미 위에 놓았다. 그리고 그것을 천천히 열어보았다.

"……."

그 안에는 편지 다발이 들어 있었다. 받는 사람 항목에는 전부 같은 글씨체로 『사쿠라지마 마이 님』이라고 적혀 있었다. 우체국 도장에 들어 있는 접수 날짜가 오래될수록 편지의 받는 사람 항목의 글씨가 서툴렀다.

보낸 사람 항목은 확인해볼 필요도 없었다.

사쿠타는 편지 다발을 캔 안에 넣은 후, 소중한 물건을 다루듯 조심조심 서랍장 안에 집어넣었고 서랍을 닫았다.

그리고 그는 바로 다다미방에서 나왔다. 그리고 칸막이를 닫으며…….

"아아~."

……하고 지금 마음을 일부러 말로 표현했다.

마이의 마음은 서랍장 안에 담겨 있었다. 그리고 노도카의 본심 또한 이미 들통 난 상태였다.

"하아, 빨리 화해했으면 좋겠는데 말이야."

사쿠타는 이 솔직하지 못한 자매에 대해 진심으로 그렇게 생각했다.

2

결론부터 말하자면, 촬영 당일이 되었는데도 노도카의 준비는 끝나지 않았다. 현장에 모습을 드러낸 노도카는 표정이 어두웠으며, 테스트 촬영 때도 표정이 딱딱해 보였다.

일주일이라는 짧은 시간 만에 인간은 그렇게 쉽게 변하지 않는다. 변할 수 있을 리가 없는 것이다.

하지만 어떻게든 해보려고 시행착오를 반복하며 발버둥친 시간은 결코 부질없지 않았다고 생각한다.

깨달은 것이 있으리라. 눈치챈 것도 있으리라. 노도카의 곁에서 지켜본 사쿠타 또한 여러모로 생각하는 바가 있었으니 말이다.

분명 현실이란 그런 것이리라.

촬영뿐만 아니라 어떤 일에 있어서든 준비가 완벽하게 되는 경우는 그렇게 많지 않다. 준비 기간을 얼마나 준들, 역시 불안은 사라지지 않기 때문이다. 그런 불안을 안은 채, 눈앞에 있는 현실과 마주할 수밖에 없다. 뛰어넘을 수밖에 없다.

이 일주일은 그 사실을 깨닫기 위한 일주일이었다고 생각한다. 그 사실을 증명하듯, 촬영 시작 후 한 시간 동안 열두 번의 촬영을 끝으로⋯⋯.

"자아, 오케이! 수고했어요!"

감독의 힘찬 목소리가 이른 아침의 역에 울려 퍼졌다.

촬영 스태프들은 철수 준비를 시작했다. 일곱 시 반이 지나자 역의 이용객도 늘어나기 시작했다. 강아지를 산책시키던 근처 아주머니는 멈춰 서서 촬영을 견학하고 있었다.

노도카는 정리를 하고 있는 스태프들 한 명 한 명을 찾아가 인사를 건네고 있었다. 카메라맨은 미소로 답했고, 곁에 있던 어시스턴트는 황송해했다.

촬영 스태프가 아닌 사쿠타는 몰래 이 자리를 벗어나기로 했다. 지난주 촬영 때도 얼굴을 비춰서 그런지 사쿠타를 알아본 스태프가 미심쩍은 눈초리로 그를 쳐다보고 있었다. 『사쿠라지마 마이』를 쫓아다니는 열렬한 팬이라고 생각하는 건 괜찮지만, 그 스태프의 눈길에는 수상한 사람을 쳐다보는 것처럼 경계심이 어려 있었다.

사쿠타는 건널목의 신호가 파란색이 될 때까지 기다린 후 바닷가로 향했다. 집에 돌아가기에는 너무 늦었고, 학교에 가기에는 이른 시간대였다. 이럴 때는 바다라도 쳐다보면서 시간을 보내는 게 최고다.

　아직 이른 시간대라 그런지 바다에는 인적이 거의 없었다. 먼 곳에 사람들이 드문드문 있었으며, 목소리가 닿을 만한 거리에는 아무도 없었다. 사실상 사쿠타가 전세를 낸 상태였다.
　들려오는 것은 자연의 소리뿐이었다. 가을이 다가오는 것을 느끼게 해주는 시원한 바닷바람과 밀려왔다 밀려 나가는 파도 소리만이 세상을 가득 채우고 있었다.
　며칠 전까지는 아직 여름이 계속되고 있는 느낌이었지만, 이렇게 바람을 쐬고 있으니 가을이 찾아온 것을 실감할 수 있었다.
　이미 9월도 중순에 접어들었다. 아직도 여름이 계속되면 곤란했다.
　아침 햇살을 받은 바다 또한 여름 특유의 푸른 선명함을 잃었으며, 가을의 깊이가 느껴지는 색깔로 변해 가고 있는 느낌이 들었다.
　평온하면서도 시원한 경치다.
　시야를 가로막는 것은 존재하지 않았다.
　바다와 하늘과 수평선만이 존재했다.
　그것을 독점한 사쿠타는 크게 하품을 했다.

"하암~."

역시 다섯 시에 일어났더니 영 힘들었다. 졸렸다. 태양의 눈부신 빛 때문에 눈이 사르르 감겼다.

"네가 멋진 경치를 다 망치고 있네."

그 목소리는 바다와 마주 보고 있는 사쿠타의 옆에서 들려왔다.

사쿠타는 고개만 그쪽으로 돌렸다. 물가에 노도카가 서 있었다. 겉모습은 마이인 노도카가 바다 위에 떠 있는 에노시마를 배경 삼으며 서 있었다. 영화의 한 장면 같은 광경이었다.

멍하니 있었던 사쿠타는 노도카의 기척을 전혀 느끼지 못했다.

"학교까지 차로 데려다주겠다는데, 아직 좀 이른 것 같아서 여기서 시간 좀 죽이고 갈 생각이야."

노도카는 사쿠타가 물어보기도 전에 그렇게 말했다. 옷도 CF 촬영 때 입은 교복에서 미네가하라 고교의 교복으로 갈아입었다. 여름 교복인데도 검은색 타이츠를 신고 있었다. 평소와 다름없는 옷차림이었다.

노도카는 바다를 보면서 다가오더니, 사쿠타에게서 세 걸음 떨어진 곳에서 멈춰 섰다. 그리고 바다를 향해 돌아섰다.

"와아~! 기분 좋다~!"

그녀는 양손을 치켜들면서 기지개를 켰다.

"촬영하느라 수고했어."

"응."

"무사히 끝난 것 같아 다행이야."

"전혀 괜찮지 않아. 열두 번이나 촬영했다구. 진짜 말도 안 되다니깐."

"본 촬영 전에 쓰러진 지난번에 비하면 훨씬 나아."

"그 일은 잊고 싶으니까 입에 담지도 마."

그 후, 대화가 잠시 끊겼다.

두 사람은 잠시 동안 파도와 바람 소리에 귀를 기울이고 있었다.

"내가 언니처럼 되는 건 역시 무리야."

노도카는 느닷없이 바다를 향해 자신의 마음을 밝혔다.

"오늘은 오케이를 받아 냈잖아."

"그런 의미로 한 말이 아냐."

"뭐?"

"몸이 돌아간 후의 이야기야."

"아, 그거구나."

"스위트 불릿의 『토요하마 노도카』로서 엄청난 인기를 얻게 되더라도…… 언니처럼 엄청난 유명인이 되더라도…… 매일같이 이런 엄청난 중압감 속에서 사는 건 상상도 못하겠어. 절대 무리야."

"그런 걱정은 인기를 얻은 후에 나 해."

"……."

옆에서 날카롭기 그지없는 시선이 느껴졌다. 고개를 돌려 보니 노도카가 언짢은 표정으로 사쿠타를 쳐다보고 있었다. 아니, 노려보고 있었다.

"나는 인기를 얻을 수 없다고 생각해?"

"그야 뭐……."

"「그야 뭐」 같은 소리 하지 마!"

"아니, 아이돌은 그야말로 잔뜩 있잖아."

요즘 들어 마이가 다양한 아이돌 그룹의 라이브 영상을 자주 보기 때문에, 사쿠타도 수많은 아이돌 그룹이 존재한다는 것은 알고 있었다.

그런 마이에게서 들은 이야기에 따르면, 일정 규모 이상의 사무소에 소속되어 있는 아이돌만 해도 2천 명이 넘는 것 같았다. 지방과 아마추어 아이돌까지 합친다면 몇 명이나 될지 알 수 없다고 한다. 엄청난 과열 경쟁이 벌어지고 있는 상태인 것이다.

그 안에서 빈번하게 텔레비전에 출연하는 이는 극히 일부에 지나지 않았다. 화려한 무대 뒤편에서는 무수한 아이돌 그룹들이 스포트라이트를 받을 날을 꿈꾸면서 격렬한 경쟁을 벌이고 있었다.

"잔뜩 있는 건 사실이지만 말이야."

"너보다 귀여운 애도 잔뜩 있잖아."

"그, 그것도 맞지만!"

노도카는 그런 소리를 하지 말라는 듯이 눈으로 화를 내고 있었다. 아니, 얼굴 전체로 퉁명한 표정을 짓고 있었다.

하지만 사쿠타는 개의치 않으면서 말을 이었다.

"노래나 댄스도……."

"내 라이브 본 적 없잖아!"

"있어. 네가 마이 씨의 영화나 드라마를 잔뜩 보는 것처럼, 마이 씨도 우리 집에서 라이브 영상이나 PV, MV라고 하나? 아무튼 그런 걸 열심히 보고 있거든."

"그런 걸 봤으면서, 본인 앞에서 그런 말을 용케 하네."

"본인이 없는 데서 그런 소리를 할 만큼 성격이 더럽지는 않거든."

"아무튼, 섬세함 같은 건 눈곱만큼도 없다니깐."

"무리라는 걸 알면서도 「분명 대박 칠 거야」라든가 「열심히 하면 잘될 거야」 같은 뻔뻔한 소리를 해 대는 게 섬세함이라면, 그딴 건 옛날 옛적에 화장실에서 볼일 보면서 다 배출했어. 물과 함께 시원하게 내려가더라고."

"……."

노도카는 입을 벌린 채 딱딱하게 굳어버렸다.

"내 이야기에 감명 받고 있을 때 이런 말을 해서 미안하지만, 마이 씨의 얼굴로 얼간이 같은 표정 짓지 마."

"진심으로 어이없어하는 거야. 넌 대체 뭐야?"

"아즈사가와 사쿠타라고 하는뎁쇼."

"우와~, 진짜 짜증 나."

사쿠타가 천연덕스러운 목소리로 그렇게 말하자, 노도카는 모래사장 위를 걷기 시작했다. 파도에 의해 약간 젖어 있는 부분을 골라서 걷고 있었다. 메마른 부분에 비해 걸음이 안정적이었다.

그녀는 동쪽으로 향하고 있었다. 가마쿠라 방면이며, 학교 또한 저쪽에 있다. 전철 한 구역 정도의 거리를 걸어가면 시치리가하마 역 근처에 도착할 것이다.

사쿠타는 멀어져 가는 노도카를 그녀와 같은 페이스로 쫓아갔다.

"아아~, 어쩌지?"

"타고난 얼굴과 몸은 어떻게 할 수가 없으니까 포기해."

"아무도 그런 소리 안 했거든?!"

"그럼 뭔데. 너희 어머니는 네가 사쿠라지마 마이 같은 인기 연예인이 되어주었으면 하는데, 그게 죽어도 안 되는 걸 깨닫고 난감해하고 있는 거야?"

사쿠타는 별일 아니라는 듯이 노도카의 등을 향해 그렇게 말했다.

"......"

노도카는 아무 말 없이 멈춰 섰다. 사쿠타도 걸음을 멈췄다. 두 사람은 3미터 정도 떨어져 있었다.

"맞아. 그럼 안 돼?"

노도카는 뒤도 돌아보지 않은 채 대답했다.

"그래도 되는지 안 되는지는 내가 결정할 수 있는 게 아냐."

"……."

"너는 어떤데?"

"뭐?"

"너도 마이 씨처럼 되고 싶은 건지를 묻는 거야."

"……."

노도카는 사쿠타에게 등을 보이면서 선 채 가만히 있었다. 그녀는 고개를 숙인 채 생각에 잠겨 있었다. 파도가 두 번, 세 번, 밀려왔다가 되돌아갔다.

"잘 모르겠어."

노도카는 단호한 어조로 애매한 말을 입에 담았다.

"전에는 되고 싶었다고 생각했어. 현실을 직시하지 못한 데다…… 역시, 동경했거든."

노도카는 고개를 들더니 하늘을 올려다보며 말했다.

"지금은?"

"글쎄 잘 모르겠다니까."

노도카는 바보라도 쳐다보는 듯한 눈길로 사쿠타를 돌아보았다.

"이번 일로 눈치챘어. 나한테는 절대 무리야. 그런 중압감 속에서 지내다간 스트레스로 죽을 거야. 솔직히 말하자면,

더는 언니처럼 되고 싶지 않아."

사쿠타는 그게 솔직한 대답이라고 생각했다. 공포를 느꼈다는 사실을 솔직하게 인정하고 있는 것이다.

"그러니까 마이 씨와는 다른 방식으로 엄마를 납득시킬 수밖에 없다는 거네."

"그런 애매모호한 목표를 간단히 입에 담지 마!"

"입에 담는 건 간단하니까, 간단히 입에 담는 것뿐이야~."

"……."

노도카는 눈을 가늘게 뜨더니 언짢은 기색을 여지없이 드러냈다.

"계속할 이유가 없다면 관둬도 괜찮잖아."

"뭐?"

"아이돌 말이야. 억지로 계속한다면 너를 응원해주는 팬도 슬퍼할걸?"

사쿠타는 그렇게 말하면서 걸음을 내딛더니 노도카의 옆을 지났다.

"그리고 마이 씨에게 빨리 몸을 돌려준 후 집으로 돌아가. 우리는 동거 상태인데도 마이 씨가 노래와 댄스 연습에 전념하며 나를 전혀 신경 써주지 않는 바람에 괴로운 나날을 보내고 있단 말이야."

이야기나 나눌까 싶어서 말을 걸면「미안하지만 댄스 연습 후에 하자」하고 말하고, 그게 끝난 후에 말을 걸면「이제 잘 거니까 내일 아침에 해」하고 말하며, 다음 날 아침이 되면 조깅을 하러 가버린 바람에 집에 없었다. 게다가 마이는 조깅을 하고 돌아오면 샤워를 한 후 바로 학교에 가버렸다.

주말에는 매주 나고야, 오사카, 후쿠오카 같은 곳에 가서 이벤트장이나 쇼핑몰에서 미니 라이브를 했다.

엇갈리고 엇갈린 나머지 관계가 붕괴 직전인 커플 같은 생활이다. 마이에게 악의도, 자각도 없다는 것 또한 문제였다. 현재 상황에 불만이 있는 사람은 사쿠타뿐인 것이다.

"그럼 내가 신경 써줄까?"

"뭐?"

사쿠타가 어깨 너머로 뒤돌아보니, 노도카가 즐거운 듯한 표정을 짓고 있었다. 나쁜 짓을 꾸미고 있는 것 같은 심술궂은 미소였다. 아마 마이의 외모를 이용해서 사쿠타를 놀릴 속셈인 것이리라. 하지만 그 계획은 표정에서 훤히 드러나고 있었다.

하지만 거절할 이유도 없었기에 호의를 순수하게 받아들이기로 했다. 이렇게 됐으니 안에 있는 사람이 노도카라도 참기로 했다. 사쿠타도 오늘까지 금욕 생활을 해 왔으니, 마이도 어느 정도는 이해해줄 것이다.

"구체적으로 뭘 해줄 건데?"

"언니가 허락한 것까지는 나도 해줄게."

노도카는 여유 넘치는 표정을 지으며 다가왔다. 일전에

사쿠타가 했던 「손만 잡아봤다」는 거짓말을 믿고 있는 것 같았다. 이제 그만 진실을 가르쳐줘야겠다.

"참, 아직 딥까지는 하지 않았으니까 걱정 마."

"무슨 소리야?"

"그야 물론 키스 얘기지."

"뭐?"

노도카는 아직 이해하지 못한 것 같았다.

"어? 거짓말, 잠깐?! 그럼 딥이 아닌 건……?!"

노도카는 우물쭈물하면서 자신의 의문을 입에 담았다.

"이미 했어."

"읔?!"

노도카는 깜짝 놀랐는지 모래에 발이 걸렸다. 완전이 균형을 잃은 노도카는 사쿠타 쪽을 향해 쓰러졌다.

"앗, 바보야!"

사쿠타는 반사적으로 노도카를 부축하려고 했지만, 버텨내지 못한 나머지 그대로 모래 위에 쓰러지고 말았다.

바로 그때, 오른쪽 볼에서 부드러운 감촉이 느껴졌다. 전에 느껴본 적이 있는 감촉이었다. 전에 똑같은 곳에 마이가 똑같은 일을 해준 적이 있었다.

사쿠타의 예측이 적중했다는 것은 직후에 노도카가 보인 반응을 통해 알 수 있었다.

"읔?!"

노도카는 허둥지둥 몸을 일으키더니 양손으로 입술을 가렸다. 얼굴은 이미 새빨갰다. 사쿠타와 시선이 마주치자 볼을 더욱 붉히면서 바로 돌아섰다. 그녀는 교복 치마에 묻은 흙을 터는 시늉을 하면서 태연을 가장하고 있었다. 이미 손쓰기에는 늦었는데…….

"마이 씨, 손 좀 빌려줘요~."

사쿠타는 일으켜달라는 듯이 양손을 내밀었다.

"……."

노도카는 한순간 주저하는 듯한 기색을 보였지만, 자신이 부끄러워하고 있다는 걸 알려주기 싫은 것인지 묵묵히 다가왔다. 그리고 입을 꾹 다문 채 뭔가를 참는 것 같은 표정을 지으며 사쿠타를 일으켜줬다.

"솔직히 말해 이런 짓까지 해줄 거라고는 생각도 못했어."

"그, 그렇지…… 그래. 이 정도는 아무것도 아니야……."

노도카는 그렇게 말하면서도 여전히 고개를 돌리고 있었다.

"고, 고교생이니까 키, 키, 키스 정도는 아무것도 아니지."

"아이돌이 그런 발언을 하면 안 되는 거 아냐?"

"나, 나는 한 적 없어!"

완전히 당황했는지 하는 소리가 엉망진창이었다. 게다가 자기 무덤을 팠다는 걸 눈치챘는지…….

"거짓말이야! 한 적 있어!"

……하고 방금 자기 입으로 한 말을 정정했다.

"아니, 글쎄 아이돌이 그런 소리를 하면 안 되잖아."

"멤버랑 한 거니까 괜찮아!"

가벼운 마음으로 노도카를 찔러봤더니, 당치도 않은 커밍 아웃을 듣고 말았다.

"……."

여자들 간의 키스를 상상했더니 말로 형용하기 힘든 감정이 샘솟았다.

"너, 그런 쪽이었어? 하긴 그러고 보니 너는 언니를 엄청 좋아하지."

"그런 쪽 아냐! 나는 남자를 좋아한다구!"

슬슬 이 화제를 끝내는 편이 좋을 것 같은 느낌이 들었다. 동요한 노도카의 입에서 더욱 충격적인 커밍아웃이 터져 나올지도 몰랐기 때문이다. 그것도 그럴 것이, 사쿠타의 말을 부정하는 것도 깜빡했을 지경이다. 아무래도 언니를 엄청 좋아하는 것은 사실인 것 같았다.

"기운도 난 것 같으니 학교에 가자."

아직 시간적으로 여유가 있지만 노도카와 시시덕거리다가 지각……하고 싶지는 않다. 일부러 다섯 시에 일어나기까지 했으니까 말이다.

"자, 잠깐만!"

노도카는 걸음을 옮기던 사쿠타를 향해 고함을 질렀다.

"아, 변명이라면 안 해도 돼."

"그게 아니라……"

사쿠타가 고개를 돌려보니, 노도카는 아까와는 다른 표정을 짓고 있었다. 멋쩍은 듯한 분위기가 사라진 것이다.

"나는 언니처럼 될 수 없지만, 그래도 아이돌은 계속할 거야."

노도카의 표정은 밝았다. 그녀는 개운한 미소를 지으며 사쿠타를 쳐다보고 있었다.

"엄마가 멋대로 오디션에 응모해서 우연히 된 거지만, 라이브는 즐겁고, 응원해주는 팬도 있어."

"그렇구나."

"응. 그러니까 우선 내가 메인인 곡을 받을 수 있도록 노력할 거야. 그렇게 되면 엄마도 이해해줄지도 모르잖아."

"흐음."

"저기……"

노도카의 목소리 톤이 갑자기 낮아졌다. 표정 또한 불쾌함으로 가득 차 있었다.

"왜 그래?"

"너, 왜 그렇게 지겹다는 표정을 짓고 있는 거야?"

"그야 지겨우니까."

"뭐? 내가 이렇게 진지한 이야기를 하고 있는데?"

"진지한 이야기라는 건 대부분 지겹거든."

"진짜 네 머릿속은 어떻게 되어먹은 거야?"

"아마 마이 씨로 가득 차 있을걸?"

"……."

"……."

"결심했어. 반드시 유명해져서, 너를 후회하게 만들어주겠어."

"만약 그렇게 된다면 땅을 치며 후회해줄게."

"그 말, 잊지 마."

"잊기 전에 유명해지기나 하시지."

사쿠타는 그렇게 말하면서 학교를 향해 걸음을 내디뎠다. 노도카도 따라오더니 그와 나란히 섰다. 그리고 한동안 사쿠타에 대한 불만을 늘어놓았다.

두 사람을 해수욕장 한편에 있는 계단을 올라간 후, 학교로 이어지는 길에 들어섰다.

건널목에서 신호가 바뀌기를 기다리고 있을 때, 노도카가 뭔가를 눈치챈 듯한 반응을 보이면서 가방 안에 있던 스마트폰을 꺼내 들었다. 노도카는 화면을 보더니 몸을 부르르 떨었다.

"받아."

노도카는 그렇게 말하면서 스마트폰을 내밀었다. 사쿠타를 향해 내민 그 스마트폰의 화면은 전화가 왔다는 사실을 알려주고 있었다. 화면에는 『노도카』라는 글자가 표시되어 있었다. 즉, 마이에게서 걸려온 전화였다.

사쿠타는 「직접 받아」 하고 말할까도 싶기도 했다. 하지만 그런 소리를 하는 사이에 전화가 끊길지도 모른다는 생각이 들었기에, 그는 아무 말 없이 스마트폰을 넘겨받았다. 그리고 화면을 터치하면서 전화를 받았다.

　"예."

　"왜 사쿠타가 전화를 받는 거야?"

　"아, 마이 씨와 이야기를 나누기 싫대서요."

　"그, 그런 말 한 적 없어!"

　노도카는 화난 듯한 표정으로 사쿠타가 입은 교복의 짧은 소매를 잡아당겼다.

　"뭐, 어차피 사쿠타에게 볼일이 있어서 전화한 거니까 괜찮아."

　"나한테요?"

　"응. 집을 나서기 전에 사쿠타의 집 전화가 울렸는데……모르는 번호라서 받지 않았어. 그랬더니 부재중 전화로 이어졌어."

　사쿠타의 집 전화는 메시지를 남기는 상대방의 목소리를 들을 수 있도록 되어 있었다.

　"누구한테서 온 전화였어요?"

　"너희 아버지."

　마이의 목소리에서는 희미한 긴장감이 느껴졌다. 마이는 사쿠타가 부모님과 떨어져서 사는 이유를 알고 있다. 그래서 배려해주는 것이다.

"카에데는요?"

"방에서 얼굴만 내밀고 듣고 있었던 것 같아. 괜찮다고 하기는 하던데…… 조금 놀란 것 같았어."

"그랬군요."

오늘은 빨리 돌아가서 카에데가 좋아하는 음식을 만들어줘야겠다고 사쿠타는 생각했다.

"카에데부터 먼저 걱정하는 점이 사쿠타답네."

마이는 혼잣말 하듯 그렇게 말했다.

"메시지의 내용은 뭔가요?"

"일요일, 그러니까 모레 만나고 싶대."

"알았어요. 일부러 전화로 알려줘서 고마워요."

"응."

"아, CF 촬영도 무사히 끝났어요. 열세 번이나 찍기는 했지만요."

"열두 번이야!"

노도카는 즉시 그렇게 외쳤다. 아마 마이에게도 들렸을 것이다.

"그랬구나. 노도카에게 수고했다고 전해줘."

사쿠타가 노골적으로 화제를 바꿨는데도, 마이는 아무 말도 하지 않았다. 사쿠타가 하고 싶은 대로 하게 됐다. 아마 묻고 싶은 게 있을 테고 걱정도 하고 있겠지만, 그런 감정이 태도에 드러나지 않았다. 드러냈다간 대답을 강요하게 될 것이라는 사실을 마이는 알고 있는 것이다.

부모님 일에 관해서는 마이의 그런 배려가 감사하게 느껴졌다. 딱히 사이가 나쁜 것도 아니고, 만나거나 전화 통화를 하는 것에 거부감을 느끼고 있는 것도 아니다. 하지만 지금은 떨어져서 생활하고 있는 것이다. 지금 사쿠타의 마음속에 존재하는 부모님에 대한 생각을 마이에게 오해 없이 잘 전달하는 것은 쉽지 않았다.

"그럼 나는 슬슬 학교에 가볼게."

"예."

사쿠타는 통화를 끝낸 후 노도카에게 스마트폰을 돌려줬다. 노도카는 사쿠타를 향해 뭔가를 묻고 싶은 듯한 눈길을 보내고 있었다. 분명 안에 있는 사람이 마이였더라도 같은 표정을 지었을 것이다. 실제로 이때 노도카가 짓고 있는 표정은 마이를 쏙 빼닮았다.

3

그날 방과 후에는 기묘한 인내심 대회가 개최되었다.

계기는 한 통의 전화였다. 오늘 아침, 아버지에게서 연락이 왔다는 사실을 마이가 알려준 것에서 이 일이 비롯되었다.

"······."

노도카는 뭔가를 묻고 싶은 듯한 시선을 사쿠타에게 보내고 있었다.

"······."

하지만 사쿠타는 그것을 눈치채지 못한 척했다.

시치리가하마 역의 조그마한 플랫폼에서 열차를 기다리고 있을 때도, 네 칸으로 편성된 짧은 열차에 탄 후에도, 그리고 후지사와 역에서 내리고 나서도, 이 인내심 대결은 계속되었다.

노도카는 사쿠타를 배려하고 있는 것 같았다. 의문이 얼굴에 드러나지 않도록 표정을 관리하고 있었다. 하지만 그 의도적인 태도가 노도카의 본심을 드러내고 있었다. 전부터 어렴풋이 눈치는 챘지만, 노도카는 거짓말을 잘 못했다. 얼굴과 행동거지에서 본심이 드러나는 것이다.

사쿠타가 편의점에서 약간 비싼 푸딩을 살 때도, 가게에서 나온 후에도, 시선이 마주치면 노골적으로 고개를 돌렸다.

그런 노도카의 태도를 눈치채지 못한 척하기 위해서는 상당한 연기력이 필요했다.

"내 가정사에 대해 묻고 싶은 거야?"

사쿠타는 편의점에서 조금 멀어진 후, 귀찮다는 어조로 그렇게 말했다. 확실히 고교생이 중학생인 여동생과 단둘이서 생활하는 것은 부자연스러웠다. 누구든 그 사실을 알면 의문을 느낄 것이다.

"……."

노도카는 약간 놀란 듯한 표정을 지으며 사쿠타를 쳐다보았다. 하지만 곧 표정을 관리하더니…….

"그 이야기는 언니한테서 얼추 들었어."

……하고 작은 목소리로 말했다.

"몸이 바뀐 날에 들었어."

그 말 안에 변명 같은 뉘앙스가 담겨 있는 것은 다른 사람의 사정을 멋대로 알고 말았다는 사실 때문에 죄책감을 느끼고 있기 때문이리라.

마이는 말해줄 필요가 있다고 판단해서 노도카에게 이야기해준 것일 테니, 사쿠타는 아무렇지도 않았다. 물론 노도카가 죄책감을 느낄 필요도 없었다.

"그럼 왜 그러는데?"

"너는 부모님을 어떻게 생각해?"

두 사람은 빨간 신호를 보고 멈춰 섰다.

"부모님이라고 생각해."

"뭐?"

"아 글쎄 부모님이라고 생각한다고."

"그게 무슨 소리야. 그런 당연한 거 말고도 있잖아?"

"예를 들자면?"

"좋아한다든가, 싫어한다든가, 짜증 난다든가, 성가시다든가……."

"그럼 그거 전부 다."

사쿠타는 주저 없이 그렇게 말했다.

"……."

노도카의 눈동자는 불만으로 가득 찼다. 사쿠타가 본심을 감추고 있다고 생각하는 것 같았다.

"방금 네가 말한 거, 아마 한 번씩은 다 생각해본 적이 있을 거야."

"아마, 라니……."

"그럼 뭐라고 말해줬으면 하는데?"

신호가 빨간색으로 바뀌자, 사쿠타는 생각에 잠긴 노도카를 내버려 두고 걸음을 내디뎠다. 그러자 노도카도 허둥지둥 사쿠타의 뒤를 따랐다.

사쿠타와 나란히 선 노도카의 입가는 불만으로 가득 찬 채 삐쭉 나와 있었다. 하지만 그것은 사쿠타의 대답에 대한 불만은 아닌 것 같았다. 주도권을 제대로 쥐지 못하고 있다는 사실에 대해 약간의 짜증을 드러내고 있었다.

"원망하지 않아?"

노도카는 건널목을 건넌 후, 또다시 사쿠타에게 물었다.

"안 해."

그것은 사쿠타의 진심에서 우러난 대답이었다.

카에데가 집단 괴롭힘을 당한 끝에, 가족들은 현재 뿔뿔이 흩어져서 생활하고 있다. 그렇게 된 직후에는 사쿠타의 마음속에도 온화하지 않은 감정이 분명 존재했다. 부모님을 원망했다고 생각한다. 하지만 지금 돌이켜 보면 그것은 어디까지나 일시적인 일이었다. 어느 정도 시간이 지난 후, 마음은 안정되었다. 그것은 당시의 사쿠타에게 버팀목이 되어 준 인물…… 마키노하라 쇼코 덕분이기도 하지만…….

"왜?"

"아마 부모님이기 때문이겠지."

사쿠타는 이번에도 가벼운 어조로 대답했다. 어렵게 생각하면 어려워지는 일도, 간단하게 생각하면 의외로 간단하기도 한 것이다.

"……"

노도카는 또 입을 다물더니 생각에 잠겼다. 아마 자신과 어머니의 관계에 대해 생각하고 있는 것이리라.

어머니와 싸우고 가출을 한 노도카에게 있어 모친이라는 존재는 분명 혐오의 대상이 틀림없을 것이다. 얼굴도 보고 싶지 않다. 목소리도 듣고 싶지 않다. 간섭받고 싶지 않다.

하지만 이대로는 안 된다는 사실을 노도카는 마음속 한편으로 알고 있다. 이대로는 싫다고 본인도 생각하고 있는 것이다.

그래서 사쿠타가 방금 한 말 속에서 해답을 찾으려 했지만 그 안에는 노도카가 갈구하는 해답은 존재하지 않는다. 그 안에 존재하는 것은 사쿠타가 찾아낸 해답뿐이다.

"우리는 우리, 남은 남, 이라는 말을 부모님에게 자주 듣지 않았어?"

"우리 집에서는「마이 양처럼」이라는 말을 더 많이 들었어."

노도카는 저주라도 읊조리는 듯한 어조로 그렇게 중얼거렸다.

"그거 정말 힘들었겠네."

"응. 진짜로 힘들었어."

노도카는 그것으로 대화를 끝내더니, 더는 질문을 하지 않았다. 아무 말도 하지 않았다. 하지만 그 침묵은 오래가지 않았다.

맨션 앞에 도착하자…….

"저 차……."

노도카는 그렇게 말하면서 눈썹을 찌푸렸다.

노도카는 맨션 앞에 서 있는 흰색 미니밴을 쳐다보고 있었다. 번호판에 시나가와 지역 번호가 찍힌 차였다. 적어도 이 주변에 사는 주민의 차는 아닌 것 같았다.

사쿠타가 그런 생각을 하면서 차를 쳐다보고 있을 때, 운전석의 문이 열렸다. 그리고 차에서는 40대 전후로 보이는 기품 있는 여성이 내렸다. 그녀의 시선은 노도카를 향했다. 사쿠타는 안중에 없다는 듯이 또각또각 하고 구두 소리를 내면서 다가왔다.

노도카의 무의식적으로「엄마」하고 말하는 입모양을 취

했지만 소리는 들리지 않았다.

"마이 양."

그와는 대조적으로, 노도카의 어머니는 단호한 어조로 말했다. 그 목소리에는 가시가 돋쳐 있었다. 『마이』를 보는 시선 또한 날이 서 있었다.

"노도카는 어디 있죠?"

험악한 표정을 지은 노도카의 어머니가 『마이』를 추궁했다. 눈앞에 있는 이가 노도카라는 사실을 알 리가 없다. 몸이 뒤바뀌었다는 사실을 알 리가 없는 데다, 사실대로 말한들 믿어주지 않을 것이다. 그러니 노도카의 어머니는 눈앞에 있는 소녀를 『마이』라고 생각하며 행동하고 있었다.

"이제 그만 노도카를 돌려주세요."

그 여성은 마이를 완전히 악당 취급하는 듯한 태도를 취하고 있었다.

"그 애는 지금 중요한 시기를 맞이했어요. 방해하지 마세요."

"저기, 무슨 말씀이신지 모르겠는데요……."

노도카는 마이 같은 어조로 말을 이었다. 하지만 그녀의 입술은 희미하게 떨리고 있었다.

"당신 집에 있을 텐데요?"

"아뇨. 없어요."

"거짓말하지 마세요!"

실제로도 거짓말은 아니다. 현재 노도카의 몸을 지닌 마이는 사쿠타의 집에서 지내고 있으니까 말이다.

"진짜로 저희 집에 없어요. 못 믿겠다면 집에 들어와서 직접 확인해보시겠어요?"

"……."

노도카의 어머니는 입을 다물었다. 집에 들어가 봤는데 노도카가 진짜로 없다면 자신이 무례를 범했다는 사실을 인정해야만 하기에 주저하고 있는 것이다. 그런 생각을 할 수 있을 정도의 이성은 아직 남아 있는 것 같았다.

"아뇨, 됐어요."

노도카의 어머니는 잠시 동안 생각에 잠긴 후 그렇게 말했다.

"노도카한테서 연락이 온다면 빨리 집에 오라고 말해 주세요."

"알았어요."

노도카는 여전히 마이다운 표정을 지은 채 당당하게 행동했다.

"……."

노도카의 어머니는 그 어른스러운 태도를 보고 무슨 말이 하고 싶었던 것 같았지만, 결국 아무 말 없이 차로 돌아갔다. 그리고 엔진 음이 들리더니 곧 차가 출발했다. 그 차의 후등이 시야에서 완전히 사라졌을 즈음…….

"우리 엄마, 완전 밥맛없지?"

노도카는 그렇게 말했다. 그녀는 슬퍼 보이는 눈길을 띠고 있었다. 누구든 부모님의 험담을 하면서 즐거울 리가 없었다.

　"자식을 위해 필사적으로 행동할 수 있다는 점은 대단하다고 생각하는데 말이야."

　"우리 엄마는 자기 자존심을 지키고 싶은 것뿐이야."

　물론 그런 마음도 있을 것이다. 전에 마이도 말했었다. 마이와 노도카는 두 모친을 대신해 전쟁을 치르는 장기말에 불과하다고 말이다. 마이의 어머니가 압도적일 정도로 차이를 내며 승리를 거뒀으니 대항 의식은 생기지 않을 것 같지만…… 노도카의 어머니는 아직 전쟁을 끝낼 생각이 없는 것 같았다. 방금 보인 태도가 그렇게 말하고 있었다.

　그리고 체면 따위는 차리지 않는 듯한 저 태도를 통해, 노도카의 어머니가 자신의 자식을 향해 품고 있는 마음을 알 수 있었다.

　인간은 자신을 위한 것이라고 생각하는 일에 있어서는 이성이 작용하기 때문에 주저하고 만다. 주위의 시선이 신경 쓰여서 무모한 짓을 할 수가 없다. 하지만 다른 누군가를 위해서일 경우에는 「어쩔 수 없다」는 변명을 자기 자신에게 할 수 있기 때문에 필사적이 될 수도 있는 것이다.

　적어도 사쿠타는 자신을 위해 창피를 감수할 용기가 없다. 전교생 앞에서 마이에게 고백할 수 있었던 것은 그에 걸

맞은 이유가 있었기 때문이다. 그럴 수밖에 없는 이유가 있었기 때문에 그렇게 할 수 있었던 것이다.

"……."

노도카는 이미 보이지 않는 흰색 밴을 여전히 눈으로 좇고 있었다. 그 쓸쓸한 얼굴을 보니 노도카가 사쿠타에게서 찾던 해답이 무엇인지 알 것 같은 느낌이 들었다.

"괜찮지 않을까?"

"……."

노도카는 눈으로 「뭐가?」 하고 물었다.

"어머니를 좋아하더라도 말이야."

"윽?!"

"싸우든, 짜증 나든, 가출하든, 역시 너는 어머니를 좋아하지?"

"……."

노도카는 아무 말도 하지 않았다. 그녀는 어금니를 악문 채 사쿠타를 지그시 쳐다보고 있었다. 노려보고 있었다. 사쿠타의 진의를 알아내려는 것처럼 눈조차 깜빡이지 않으며…….

"……저렇게 짜증 나는 엄마인데도?"

노도카는 잠시 후, 자신감이 없어 보이는 목소리로 그렇게 물었다.

사쿠타는 그것이 노도카의 본심이라고 느꼈다. 「마이처럼」이라는 말을 귀에 못이 박히도록 듣고, 짜증이 나서, 크게 싸운 결과…… 지금은 집을 뛰쳐나왔다.

어머니의 나쁜 점은 잔뜩 봤다. 잔소리도 실컷 들었다. 그런데도, 노도카는 어머니를 미워할 수가 없었다. 그게 이상하다고 생각하는 한편으로, 계속 좋아하고 싶다는 마음 또한 그에 버금가게 존재했다.

노도카는 그 상반된 감정과 결판을 낼 수가 없었다. 그래서 그녀는 사쿠타에게서 해답을 찾으려고 한 것이다.

―원망하지 않아?

그 짤막한 질문에 모든 마음을 담아서…….

"짜증 나는 엄마라고 누가 그랬는데?"

적어도 사쿠타는 그런 말을 한 적이 없다.

"내가 그렇게 생각해. 그리고 매번 라이브를 보러 와주니까 그룹 멤버들도 엄마를 알아보고…… 「도카 양네 엄마는 좀 대단하시네」 하고 말하는 것도 알아."

"그래서 좋아해선 안 된다고 생각한 거야?"

"……."

"바보 같네."

"그렇지만!"

"어머니가 나쁜 사람 취급을 당해서 기분이 나쁘다면, 이미 답이 나온 거나 마찬가지잖아. 어머니와 다투고 기분이 좋지 않다면, 답이 나온 거나 다름없다고."

"……."

노도카는 괴로운지 가슴 앞섶을 움켜쥐며 입을 열었다.

"왜……."

"응?"

"왜 네가 내가 가장 듣고 싶은 말을 하는 거야?"

노도카는 눈물을 참으면서 사쿠타를 노려보았다. 하지만 그것은 오래가지 못했다. 북받쳐 오른 감정에 진 노도카는 기쁨과 분함이 뒤섞인 앳된 표정을 지었다. 마치 울면서도 안 운다고 주장하고 있는 어린애 같았다.

"야, 마이 씨 얼굴로 그런 표정 짓지 마. 너무 귀여워서 덮칠 것 같잖아."

"덮치지 마, 바보야."

노도카는 눈가에 맺힌 눈물을 손가락으로 훔쳤다.

"너 말이야……. 내가 방금 한 말 못 들었어?"

방금 그 동작 또한 파괴력이 끝내줬다.

"그럼 호칭 좀 조심해."

"뭐?"

"그쪽한테 『너』라고 불리는 것도 전부터 굴욕적이었다구."

노도카는 자신이 울었다는 사실을 얼버무리려는 것처럼 그런 소리를 했다.

"그럼 『그쪽』이라고도 부르지 마."

"응?"

"뭐, 나는 『너』라고 불려도 아무렇지 않지만 말이야."

"변태네."

"마이 씨의 모습으로 험한 말을 입에 담지 마."

"방금은 진심 같네. 진짜로 언니를 좋아하는구나."

"그래."

"……"

"왜 그래?"

"사쿠타는 수치심이 없어?"

노도카는 주저 없이 사쿠타를 이름으로 불렀다.

"성(姓)인 아즈사가와는 좀 길잖아."

사쿠타가 묻지 않는데도 노도카는 허둥지둥 이유를 말했다. 사쿠타에게서 돌아선 노도카는 얼굴을 약간 붉혔다.

"뭐, 토요하마가 하고 싶은 데로 해."

"……"

"이름과 성은 한 글자밖에 차이 안 나잖아."

"나는 아무 말도 안 했어."

"아니면『도카 양』이라고 불러줄까?"

그것은 아이돌『토요하마 노도카』의 별명이다.

"바보 취급하지 마."

"그럼 마음속으로만 그렇게 부를게."

"너 진짜……"

"나중에 봐, 도카 양."

"역시 사쿠타 같은 건『너』로 충분해~!"

노도카는 그렇게 말하더니, 불같이 화내면서 맨션에 들어갔다.

　"한 걸음 전진한 후, 한 걸음 후퇴한 격이네."

　사쿠타는 그것도 괜찮을 것 같다고 생각하며 자신의 집으로 향했다.

　"다녀왔어~."

　사쿠타가 현관문을 열면서 자신이 귀가했다는 사실을 알리자……

　"오, 오빠, 다녀오셨어요!"

　카에데가 활기찬 목소리로 그를 마중했다. 하지만 아무리 기다려도 카에데는 현관에 오지 않았다. 평소 같으면 애완고양이인 나스노와 함께 종종걸음으로 뛰어왔을 텐데…….

　어찌 된 영문인지 카에데는 세면장 문틈으로 얼굴만 빼꼼 내민 채 돌아온 사쿠타를 쳐다보고 있었다.

　"빠, 빨리 돌아오셨네요. 오빠."

　목소리는 딱딱했고, 표정에서도 초조함이 묻어났다.

　"그래? 그건 그렇고, 그건 새로운 놀이야?"

　사쿠타는 신발을 벗고 집 안으로 들어갔다. 이곳은 사쿠타의 집이기도 하기에 거리낌이 없었다.

　"카, 카에데가 항상 놀기만 한다고 생각한다면 그건 큰 착각이에요."

카에데는 뜻밖에 울컥한 듯한 표정을 지었다.

"푸딩 사 왔어."

사쿠타가 편의점 비닐봉지를 들어 올리면서 어필하자…….

"와아~."

카에데는 한한 미소를 지었다.

그리고 그녀는 세면장에서 나오려 했다. 하지만…….

"앗!"

화들짝 놀란 듯한 반응을 보이면서 또 농성 태세에 들어갔다.

일단 카에데는 나중에 상대하기로 한 사쿠타는 푸딩을 냉장고에 집어넣었다. 그리고 세면장으로 다시 향했지만 카에데는 여전히 굳건한 수비를 펼치고 있었다.

"양치질 좀 하고 싶은데 말이야."

"손 씻기와 양치질은 정말 중요해요!"

카에데는 힘차게 고개를 끄덕였다.

"……."

"……."

하지만 카에데는 문을 열어주지 않았다. 난공불락으로 유명한 오다와라 성(城)에 버금갈 만큼 방어 태세가 견고했다. 아니, 방금 그건 거짓말이다. 아마 사쿠타가 마음만 먹으면 힘으로 간단히 열 수 있을 것이다.

"샤워하고 아직 옷 안 입었어?"

"그런 거라면 문을 닫지 않았을 거예요."

"그럴 때야말로 문을 꼭 닫아야 할 것 같은데 말이야."

남매 사이에서도 최소한의 조신함은 필요하다.

"그런데 대체 무슨 일이야?"

사쿠타는 영문을 모르겠어서 지금 느끼고 있는 감정을 말로 표현했다.

진짜로 뭐가 어떻게 된 것인지 모르겠다. 사춘기 여동생이 느닷없이 세면장에 틀어박히는 날이 찾아오다니 말이다. 사쿠타가 아직 모를 뿐, 『여자애의 날』 같은 것들이 아직 잔뜩 존재하는 걸지도 모른다.

"카에데도 여러모로 생각하는 바가 있다고요."

"대체 무슨 생각을 했기에 이런 짓을 벌이는 건데?"

슬슬 얼굴만 내민 여동생과 대화를 나누는 것에도 질렸다.

"오빠, 안 웃을 거죠?"

"가능하면 웃으면서 살고 싶긴 해."

"……."

"알았어. 안 웃을게."

진짜로 무슨 일일까. 정말 모르겠다.

"잠시만 기다려 주세요."

카에데는 머리를 다시 집어넣더니 세면장의 문을 완전히 닫았다.

"……."

문 너머에서는 카에데가 꿈틀거리는 소리만이 들려왔다.

문은 좀처럼 열리지 않았다.

그렇게 3분 정도 기다렸을 즈음…… 사쿠타가 그냥 문을 열어버리자고 생각하고 있을 때, 드디어 문이 열렸다.

모습을 드러낸 카에데는 옷을 입고 있었다.

하지만 그녀는 눈에 익지 않은 복장을 하고 있었다. 흰색 블라우스와 감색 조끼, 그리고 조끼와 같은 색깔의 치마를 입고 있었다. 언뜻 봤을 때는 위화감만 잔뜩 느껴졌지만, 유심히 보니 그것은 중학교 교복이었다. 이 마을에 이사 온 후, 전학 수속만 밟아 놓고 카에데가 한 번도 등교하지 않았던 중학교의 여름 교복이다.

교복에서는 새것 느낌이 물씬 났다. 당연했다. 입은 적이 없으니까. 치맛자락도 줄이지 않았기에 왠지 길게 느껴졌다.

"어, 어때요?"

"벽장 냄새가 나네."

계속 벽장 안에 넣어 뒀으니 어쩔 수 없을 것이다.

"그, 그게 다예요?"

"치마도 길고, 호박 같네."

"호, 호박은 맛있잖아요."

"그리고 왠지 중학생 같아."

"카, 카에데는 진짜배기 중학생이란 말이에요!"

사쿠타는 화가 난 듯한 카에데를 옆으로 밀어내면서 세면

장에 들어갔다. 그리고 비누로 손을 씻은 후 양치질을 했다.

노도카의 모습이 된 마이는 이 집에서 머물게 된 첫날에 「감기에 걸려 나한테 옮기기라도 하면 절대 용서하지 않을 거야」 하고 진지한 표정으로 말했다.

사쿠타는 혹시 모르니 양치질을 한 번 더 했다. 그리고 얼굴도 씻었다.

"카에데도 슬슬 때가 되었다고 생각해요."

사쿠타가 수건으로 얼굴을 닦고 있을 때, 카에데가 그렇게 말했다.

"슬슬 노력해야 할 때라고 생각해요."

"무리하지 않는 선에서 노력해."

사쿠타는 카에데의 머리에 손을 얹었다. 그러자 카에데는 간지러워하면서 웃음을 터뜨렸다.

아마 오늘 아침에 걸려온 전화가 계기일 것이다. 아버지에게서 온 전화 말이다……

카에데는 이대로는 안 된다고 매일같이 생각해 왔고, 계기가 될 만한 일이 우연히 오늘 아침에 일어났다.

아마 그렇게 된 것이리라.

"요즘 들어 오빠가 새로운 여자를 계속 데리고 오니까, 카에데도 슬슬 정신을 바짝 차려야겠다는 생각이 들었어요."

"……."

카에데는 의욕을 불태우면서 사쿠타가 예상했던 것과 전

혀 다른 이유를 입에 담았다.

"그게 이유였냐."

"예?"

카에데는 영문을 모르겠다는 표정을 지으며 고개를 갸웃거렸다. 그것도 꽤 지나칠 정도로 말이다.

"아무것도 아냐."

이유 같은 것은 아무래도 상관없다. 카에데가 중학교 교복을 입으려는 생각을 했다는 것 자체에 의미가 있는 것이다. 그리고 진짜로 혼자서 입었다는 것에도 의미가 있었다.

사쿠타가 달라진 여동생을 보며 몰래 감동에 젖어 있을 때……

"다녀왔어."

마이가 집에 돌아왔다. 매번 인터폰으로 문을 열어주는 것도 귀찮고, 사쿠타가 아르바이트하러 가서 집에 없을 때는 여러모로 곤란할 수도 있기 때문에 그녀에게도 이 집의 예비 열쇠를 줬다.

"어서 오세요, 노도카 씨."

"어? 교복이네?"

마이는 노도카의 어조로 놀란 듯한 반응을 보였다.

"좋네. 귀여워."

그리고 마이는 카에데를 칭찬했다.

"오빠는 호박 같다고 했어요."

"치맛자락은 좀 줄여야겠네."

"아하!"

카에데는 마이의 조언을 듣더니 진지한 표정으로 고개를 끄덕였다. 노도카의 겉모습에서는 요즘 젊은 애 같은 느낌이 물씬 나서 그런지, 그 말에서도 설득력이 느껴졌다.

"아, 이건 선물이야."

마이는 편의점 비닐봉지를 카에데에게 건넸다.

카에데는 안을 살펴보았다.

"아, 약간 비싼 푸딩이네요! 오늘은 푸딩으로 파티를 할 수 있겠어요!"

"파티?"

마이는 영문을 모르겠다는 표정을 지으며 의문을 표시했다.

"오빠도 푸딩을 사 왔거든요."

카에데는 자랑이라도 하는 듯한 목소리로 그렇게 말했다.

"아, 그랬구나."

"예, 그랬어요!"

카에데는 활기찬 목소리로 푸딩을 냉장고에 집어넣으러 갔다. 바로 그때, 사쿠타와 마이의 눈이 마주쳤다.

"마이 씨, 노래 연습은요?"

방과 후에 레슨이 없는 날이면 마이는 꼭 노래방에 들렀다. 사쿠타는 마이가 오늘도 그럴 줄 알았지만 노래방에 갔다 온 것치고는 시간이 꽤 일렀다.

"목 상태를 고려해서 오늘은 쉬기로 했어."

아마 그것은 거짓말일 것이다.

카에데가 걱정되어서 빨리 돌아온 게 틀림없다. 약간 비싼 푸딩을 사 가지고 온 것이 그 증거다.

"히죽거리지 좀 마시지~."

마이는 노도카의 말투로 사쿠타의 다리를 걷어찼다. 이런 짓을 당하니 더 히죽거리게 됐다. 입가도 씰룩거렸다. 참는 것조차 아까웠다. 그래서 사쿠타는 히죽거리면서 이 행복한 시간을 마음껏 즐기기로 했다.

4

이틀 후인 일요일. 일찌감치 점심 식사를 마친 사쿠타는 자신이 아르바이트를 하는 패밀리 레스토랑으로 향했다. 도중에 한 시간 정도 휴식 시간을 가지면서 밤 아홉 시까지 일하기로 되어 있었던 것이다.

점심시간이라 손님이 몰릴 때는 홀에 나가서 손님을 받던 사쿠타는 오후 두 시가 지나서 손님들의 발길이 서서히 뜸해지자, 저녁 시간에 대비해 포크와 나이프, 스푼 등을 닦는 작업을 시작했다.

"선배."

"……."

누군가가 자신을 부른 듯한 느낌이 들었지만, 사쿠타는 개의치 않으면서 묵묵히 일을 계속했다. 사쿠타가 닦은 식기는 하나같이 반짝거리고 있었다.

"선배, 도와줘~."

"……."

"무시하는 거야? 너무해!"

기분 탓인 줄 알았는데, 아무래도 그렇지 않은 것 같았다. 사쿠타는 작업을 계속하면서 방금 그 말을 한 사람을 쳐다보았다.

볼을 한껏 부풀린 채 맥주 서버 앞에 서 있는 사람은 바로 코가 토모에였다. 그녀는 해바라기 씨앗을 입 안에 잔뜩 집어넣은 다람쥐 같은 얼굴을 하고 있었다.

"코가, 무슨 일이야?"

"글쎄 맥주 탱크 드는 것 좀 도와달라구."

토모에의 발치에는 손수레에 실린 20리터짜리 탱크가 놓여 있었다. 업소용 은색 탱크다. 설치 장소는 허리 높이 정도 되는 선반 위라서, 토모에가 혼자서 들어 올리는 것은 힘들 뿐만 아니라 약간 위험했다.

손수레에 실으면서도 꽤나 고생했을 것이다.

"말하지 그랬어. 그럼 내가 가져왔을 텐데."

"뭐? 선배가 나보고 알아서 하라고 했잖아."

토모에는 입술을 삐죽 내밀었다.

"내가 그런 소리를 했어?"

그런 기억은 없지만, 일단 회상을 해보기로 했다.

"……."

왠지 그런 말을 한 것 같은 느낌이 들었다. 스푼을 닦기 시작했을 즈음 「선배, 맥주가 다 떨어졌어」 하고 토모에가 말하자, 반사적으로 「알아서 해」 하고 말한 듯한…… 딴생각을 하고 있었던 탓인지 10분 전 일인데도 사쿠타는 잘 생각이 나지 않았다.

"그건 그렇고, 진짜로 혼자서 여기까지 옮긴 거야?"

"손수레에 실을 때, 팔이 떨어져 나가는 줄 알았다니깐."

"그로테스크하네."

"선배가 나한테 시켰잖아!"

"그랬지. 미안해."

"……."

사쿠타가 순순히 사과하자, 토모에는 의아하다는 듯이 그의 얼굴을 쳐다보았다. 그녀는 마치 이상한 거라도 본 듯한 눈빛이었다. 바꿔 말하자면, 무례하기 그지없는 눈빛이었다.

"역시 선배 오늘 좀 이상해!"

"이상하면 이상한 거지, 『역시』는 또 뭐야."

"주문받는 걸 실수하지를 않나, 요리를 옮겨야 하는 테이블을 헷갈리지를 않나, 접시도 떨어뜨렸잖아."

"코가 너, 혹시 내 스토커냐?"

"평소에 실수를 전혀 안 하던 선배가 실수하니까 눈에 확 띈다구!"

또 볼을 부풀린 토모에는 「따, 딱히 선배만 쳐다보는 건 아니란 말이야」 하고 투덜댔다.

"뭐, 나는 잘난 남자라서."

토모에는 그 말을 무시하기로 작정했는지 아무런 반응도 보이지 않았다. 감상도, 의견도, 불평도, 투정도 입에 담지 않았다. 그것도 나름대로 쓸쓸했다.

"사쿠라지마 선배랑 싸웠지?"

"너는 왜 기뻐하는 건데?"

사쿠타는 토모에의 두 볼을 꼬집으면서 잡아당겼다.

"아야, 아야얏!"

토모에는 도망치듯 뒤쪽으로 몸을 뺐다.

"얼굴 늘어나겠다!"

"혹시나 해서 말해 두겠는데, 마이 씨와는 상관없어. 오늘 휴식 시간에 아버지와 만나기로 했을 뿐이야."

아르바이트 시간을 변경할 수는 없었기에, 사쿠타는 한 시간가량의 휴식 시간을 이용해 아버지와 만나기로 약속했다. 사쿠타는 타임 리미트가 있어서 솔직히 다행이라고 생각했다.

"뭐?! 사쿠라지마 선배의 아버지를?!"

"마이 씨와는 상관없다고 방금 말했잖아. 우리 아버지야."

"아, 그렇구나."

토모에는 이해했는지 애매하게 말끝을 흐렸다. 순식간에 분위기를 파악한 그녀는 사쿠타의 상황을 이해한 것 같았다. 토모에는 사쿠타가 여동생인 카에데와 단둘이 살고 있다는 것을 알고 있다. 카에데가 집단 괴롭힘을 당했다는 것과 어머니가 아프시다는 것도 대략적으로나마 이야기한 적 있었다.

"선배, 미안해……."

토모에는 풀이 죽은 목소리로 그렇게 말했다.

"왜 코가가 사과하는 건데?"

"그야……."

"아까까지 화낸 사람은 코가잖아."

"아, 맞다. 맥주 탱크!"

"자."

사쿠타가 맥주 서버 옆으로 이동하더니, 탱크의 손잡이를 한 손으로 잡았다. 그리고 토모에도 자신의 조그마한 손으로 또 하나의 손잡이를 움켜잡았다.

"선배, 그럼 든다?"

"그래."

"산노~가~하이#2!"

"뭐?"

#2 산노~가~하이 일본 하카타 지방의 방언. 여러 명이 일제히 행동할 때 외치는 구령이다.

"우왓!"

토모에는 혼자서 탱크를 들어 올리려다 휘청거렸다.

"선배, 제대로 들라구~."

토모에는 사쿠타를 올려다보면서 화를 냈다.

"페인트 동작 같은 걸 할 필요는 없단 말이야."

"아, 코가가 이상한 주문 같은 걸 외워서 그런 거잖아."

"선배, 무슨 소리야?"

토모에는 진짜로 무슨 소리를 하는 것인지 모르겠다는 표정을 짓고 있었다. 하지만 분명 사쿠타의 귀에는 들렸다.

"산노~가 뭐라고 했었잖아."

"산노~가~하이, 라고 했어."

토모에는 그게 뭐 어쨌냐는 듯한 눈길로 사쿠타를 쳐다보았다.

"그러니까, 그게 뭔데?"

"뭐?"

토모에는 그제야 뭐가 어떻게 된 것인지 이해한 것 같았다.

아마 의미상으로는 「하나~ 둘~」이나 「하나~ 둘~ 셋~」 같은 말인 것 같았다.

"어, 어라? 혹시 도쿄에서는 이 말 안 써?"

"카나가와에서도 안 써."

아마 사이타마, 치바, 이바라키, 도치기, 군마에서도 쓰지 않을 것이다.

"거짓말, 어쩌지?! 나, 얼마 전에 나나랑 같이 청소할 때도 그 말을 했을지도 몰라! 아, 아냐! 분명 했어!"

토모에는 어쩌지, 어쩌지 하고 말하면서 머리를 감싸 쥐었다. 토모에는 학교 친구들에게 자신이 후쿠오카 출신이라는 것을 숨기고 있었다.

"너는 때때로 티를 왕창 내니까, 그『나나』라는 이름의 친구는 네가 후쿠오카 출신인 걸 눈치챘을걸?"

"진짜로 그렇다면 엄청 문제라구!"

"알면서도 코가를 존중해서 아무 말도 하지 않다니, 정말 좋은 친구네."

"그렇게 말하니 내가 불쌍한 애 같잖아! 윽, 내일부터 학교에서 무슨 표정을 해야 하지……."

"그 귀여운 표정을 지으면 되겠네."

"선배, 시끄러워!"

"자, 코가. 그쪽 잡아."

"아, 응."

사쿠타는 다시 탱크의 손잡이를 잡았다. 토모에도 순순히 사쿠타의 말에 따랐다.

"그럼 들자. 산노~가~하이."

"선배는 진짜 짜증 나는 사람이야!"

이번에야말로 탱크를 무사히 들어 올린 후 맥주 서버에 연결했다. 한밤의 연회도 이제 무사히 개최될 것이다.

"그런데 코가와 이야기를 하니 기운이 나네."

"교과서 읽는 듯한 말투로 그런 소리 하지 마~. 선배는 진짜 짜증 나는 사람이대이~."

사실 토모에 덕분에 기운이 난 것은 사실이었다.

휴식 시간이 될 때까지 쓸데없는 생각을 하지 않으면서 아르바이트를 할 수 있었고, 휴식 시간이 됐는데도 안절부절못하지 않았다.

사쿠타는 휴식 시간이 시작되는 세 시 반에 딱 맞춰 타임 카드를 찍었다.

그리고 휴게실에 가서 옷을 갈아입은 후, 서둘러 패밀리 레스토랑에서 나왔다.

사쿠타가 아버지와 만나기로 한 장소는 역 근처에 있는 카페였다.

사쿠타가 가게 안에 들어가자, 이미 자리에 앉아 있던 아버지와 시선이 마주쳤다. 아버지는 손을 가볍게 들어보였다. 그리고 사쿠타를 위해 종업원을 불렀다.

사쿠타는 테이블을 사이에 두고 아버지와 마주 앉은 후, 여성 종업원에게 아이스커피를 주문했다.

"밥은?"

"아르바이트하는 곳에 가서 뭐라도 먹으면 돼."

"그래?"

사쿠타는 메뉴를 종업원에게 건넨 후, 물을 마시면서 자신의 아버지를 쳐다보았다. 나이는 올해로 45세. 안경을 쓴 기술자 느낌의 용모를 지녔으며, 일요일인데도 불구하고 출근할 때와 마찬가지로 와이셔츠와 넥타이 차림이었다. 흰머리가 꽤 늘어난 것처럼 보였다.

"오래간만이구나."

"응."

사쿠타가 주문한 아이스커피가 나왔다. 여성 종업원은 컵 받침을 테이블에 놓더니, 그 위에 와인 잔처럼 생긴 유리잔을 놓았다.

그 사이, 아버지와 아들의 대화는 중단되었다.

"그럼 즐거운 시간 보내세요."

여성 종업원이 그렇게 말하면서 돌아간 후에도 두 사람은 잠시 동안 입을 열지 않았다.

사쿠타는 빨대로 아이스커피를 마셨다. 아버지는 커피 잔을 입에 댔다.

"어머니는 좀 어때?"

아버지가 커피 잔을 내려놓을 때까지 기다린 후, 사쿠타는 입을 열었다.

"좋아졌단다."

"그렇구나. 다행이다."

사쿠타는 아버지와 만날 때마다 항상 이런 대화를 나눴

다. 아버지는 구체적으로 어디가 어떻게 좋아졌는지는 말하지 않았고, 사쿠타도 세세한 부분까지는 묻지 않았다. 그것이 두 사람 사이에 존재하는 암묵의 룰인 것이다.

"카에데는 좀 어떠니?"

"이틀 전에 내가 집에 돌아가 보니 교복을 입고 있었어."

"……."

아버지는 놀랐는지 눈을 치켜떴다.

"집 밖에 나가는 건 아직 힘들어 보이지만…… 카에데도 이대로는 안 된다는 걸 자각하고 있는 것 같아."

"그래."

"요즘 들어서는 달력을 뚫어져라 쳐다볼 때도 있어."

9월도 끝을 향해 달려가고 있다. 2학기가 시작되고 벌써한 달이 경과된 것이다. 카에데는 그 점을 신경 쓰고 있는 거라고 생각한다.

"그렇구나."

분명 듣고 기분 좋을 내용은 아닐 것이다. 하지만 아버지가 약간 자상한 표정을 지은 건 카에데 이야기를 듣는 것자체가 기쁘기 때문이다.

떨어져서 지내기 시작하고 2년이 흘렀다. 사쿠타는 그동안 아버지와 정기적으로 만났고, 어머니와도 몇 번 얼굴을 마주한 적이 있다. 하지만 카에데는 그렇지 않았다. 한 번도 만나지 않은 것이다.

“…….”

“…….”

한 번 대화가 끊기자, 다음 화제가 금방 생각나지는 않았다. 이 침묵을 메우려는 것처럼 두 사람은 커피를 마셨다.

계속 서로를 쳐다볼 수만은 없기에, 사쿠타는 은근슬쩍 카페 안을 둘러보았다.

차분한 어른스러운 분위기가 감도는 카페다. 사쿠타 혼자였다면 절대로 들어가지 않을 가게다. 실제로 손님의 연령층은 높으며, 아저씨나 아주머니가 많았다. 사쿠타를 제외하면 전부 어른이었다.

가장 젊은 사람도 옆 테이블에 앉아 있는 20대 중반 정도의 커플이었다. 쇼트헤어 여성 쪽은 어른스러우면서도 권태로운 분위기를 지녔고 커다란 헤드폰을 목에 걸고 있었다. 귀엽다기보다는 아름답다는 표현이 어울릴 듯한, 약간 늠름한 느낌의 미인이었다.

맞은편에 앉은 남성은 머리 모양과 안경도 깔끔하게 소화하고 있으며, 성실함이 옷을 입고 걸어 다니는 듯한 분위기가 감돌았다. 실제로는 앉아 있지만 말이다. 셔츠의 끝자락 또한 바지 안에 집어넣고 있었다.

수족관에 다녀온 모양인 그 두 사람은 돌고래 쇼가 좋았다는 이야기를 나누고 있었다.

“이제 어쩔 거야?”

남성은 시계를 보면서 그렇게 말했다. 아직 시간이 있다는 말이 하고 싶은 것이리라.

"동생이 말이야…… 얼마 전에 애인을 집에 데리고 왔었대."

여성은 메뉴판을 보는 척하면서 그런 말을 했다. 그것이 완곡적인 재촉이라는 건 옆 테이블에 있는 사쿠타도 알 수 있었다.

"아, 저기, 그러니까……."

"……."

"그런 건 아직 이르다고나 할까……."

"우리는 고교생 때부터 사귀었는데……?"

"그러니까, 부모님에게 인사를 드릴 거라면, 나는 그 전에 너에게 해야만 하는 말이 있다고나 할까……."

남성은 거북한 듯이 안경을 고쳐 꼈다.

"그 말은……."

"다른 장소에서 말할 생각이었지만…… 나와 결혼해줬으면 해."

"윽!"

헤드폰을 쓴 여성은 얼굴을 새빨갛게 붉히면서 고개를 숙였다. 그녀는 메뉴판으로 얼굴을 숨겼다. 하지만 거의 뜸을 들이지 않고…….

"좋아."

……하고 작은 목소리로 대답했다.

그리고 곧 자리에서 일어난 그 커플은 계산을 마친 후 가게를 나섰다. 아마 마주 보면서 앉아 있을 수가 없었던 것이리라. 확실히 버티기 힘들 것이다.

"……."

그건 그렇고, 당치도 않은 장면을 목격하고 말았다. 타인이 프러포즈를 하는 모습을 본 것은 태어나서 처음이다.

카페 안의 시계를 보니 3시 50분이었다. 사쿠타가 이 가게에 도착하고 겨우 15분이 흐른 것이다.

"저기 말이야."

사쿠타는 가게 밖을 걷고 있는 사람들을 쳐다보면서 머뭇머뭇 아버지에게 말을 걸었다.

"왜?"

"부모가 된다는 건 어떤 기분이야?"

아버지는 진지한 표정으로 사쿠타를 쳐다보았다.

"혹시 남의 집 아가씨에게 이상한 짓이라도 했니?"

"아, 아냐! 아직 그런 짓을 하지는 않았어!"

이상한 오해를 당한 탓에 당황한 사쿠타는 무심코 고함을 질렀다. 가게 안에 있던 다른 손님들과 점원들이 무슨 일인가 싶어 사쿠타를 쳐다보았다.

"애인은 생겼나 보구나."

사쿠타는 그 말을 듣고 자신이 무덤을 팠다는 사실을 눈치챘다. 방금 그 말은 그런 상대가 있다는 의미처럼 들리기도 했기 때문이다.

"……아니, 뭐……."

부모님과 이런 이야기를 하는 것은 사양하고 싶었다. 솔직히 말해 죽고 싶은 심정이었다.

"다음에 한번 데리고 오너라. 네 엄마가 기뻐할 거야."

"왜?"

"네가 태어났을 때, 아들의 애인과 인사를 나누는 게 꿈이라고 했거든."

"골치 아픈 꿈이네……."

아들로서는 가능하면 피하고 싶은 이벤트다. 아까까지 옆 테이블에 앉아 있던 남성처럼 되려면 아직 멀었으니까 말이다.

게다가 마이를 데리고 가면 여러모로 문제가 생길 것 같은 느낌이 들었다. 일단 믿어주기나 할까. 텔레비전 기획 같은 거라고 생각할 것 같았다. 설령 믿어주더라도 충격을 받고 쓰러질지도 모른다.

아니, 지금은 그런 생각을 할 때가 아니다.

"내가 묻고 싶은 건 그런 게 아냐."

"안다. 하지만 그건 사쿠타가 부모가 됐을 때 알면 되지 않겠니."

"……나도 언젠가 될 수 있을까?"

전혀 상상이 안 된다. 눈곱만큼도 말이다. 적어도 지금까지 사쿠타가 살아온 인생에서 자신이 부모가 될지도 모른다고 생각한 적은 단 한 번도 없었다. 상상조차 한 적이 없는 것이다.

"솔직하게 말하자면, 사쿠타가 태어나고 아빠와 엄마는 정말 야단법석을 떨었단다."

쓴웃음을 짓고 있는 아버지를 쳐다보니, 그 얼굴에는 복잡한 의미가 담겨 있는 것처럼 보였다.

"기저귀를 갈아주는 것조차도 큰일이었지. 전부 처음 해 보는 거니까 말이야."

"어차피 이야기할 거면 좀 더 적당한 에피소드로 해줘."

사쿠타는 쓴웃음을 지으며 말했다.

하지만 다 그렇고 그런 것일지도 모른다. 원해서 아버지와 어머니가 된 사람들조차, 아이를 기른다는 경험은 그 상황에 처음으로 직면할 때까지 해볼 수가 없으니까 말이다.

어른이 되어, 직접 돈을 벌며, 어엿한 생활을 하더라도, 해본 적 없는 일을 간단히 해낼 수 있을 리가 없다.

게다가 한 생명을 기르는 일이니, 제아무리 준비 해 두더라도, 불안을 떨쳐 내지 못한 채 부모가 되어, 난리법석을 떨면서 살아갈 수밖에 없는 걸지도 모른다. 무엇이 정답인지 모른 채, 아이와 함께 부모 또한 서서히 성장해 나가는 걸지도 모른다.

인간은 그렇게 간단히 변하지 않으니까 말이다.

사쿠타는 아버지가 한 짧막한 말 속에서 그것을 느꼈다.

그 후, 두 사람은 사쿠타의 학교생활이나 진로에 관해 이야기했다. 일단 대학 수험을 쳐볼 생각이라고 말하자 「학비 걱정은 하지 말거라」 하고 아버지가 말했다. 그리고 사쿠타는 「내 학력이 더 걱정돼」 하고 웃으면서 말했다. 그러자 아버지도 덩달아 웃었다.

시계 바늘은 천천히 지나가고 있었다. 덩달아 휴식 시간이 끝나는 순간도 서서히 다가오고 있었다.

"슬슬 일어날까."

아버지는 먼저 자리에서 일어났다. 그리고 사쿠타의 대답도 듣지 않은 채 계산서를 들고 카운터로 향했다. 그리고 가게를 나서자마자 작별했다.

사쿠타는 역을 향해 걸어가는 아버지의 등을 쳐다보면서……

"따라잡으려면 30년은 걸리겠네."

……하고 중얼거렸다.

사쿠타는 아버지와 헤어진 후 패밀리 레스토랑으로 돌아왔다. 그리고 웨이터복을 입은 후, 예정대로 오후 아홉 시까지 아르바이트에 힘썼다.

점심때부터 계속 일을 해서 그런지 피로가 쌓였다. 하지만 자신과 마찬가지로 점심때부터 일한 토모에를 놀리면서 기분 전환을 한 덕분일까. 「먼저 실례하겠습니다」 하고 말하면서 가게를 나섰을 때는 불가사의하게도 몸이 가벼웠다.

하늘은 이미 어둡지만 후지사와 역 주변은 훤했다. 역을 이용하는 사람도 아직 많았으며, 그들은 휴일이 끝나 가는 것을 아쉬워하고 있는 것 같았다.

사쿠타가 빨리 돌아가자고 생각하면서 걸음을 내디딘 순간……

"사쿠타."

……하는 목소리가 들려왔다.

눈앞에 있는 가로등 밑에 누군가가 서 있었다. 그곳에 서 있는 사람은 바로 마이였다. 노도카의 모습을 한 마이인 것이다. 데님 핫팬츠와 어깨가 드러난 블라우스를 입었으며, 안에 입은 물방울무늬 탱크톱의 어깨끈이 언뜻 보였다. 허리에는 두꺼운 벨트를 비스듬하게 차서 『토요하마 노도카』의 가는 허리를 더욱 강조하고 있었다.

"마이 씨, 지금 돌아가는 길이에요?"

오늘은 카나가와의 텔레비전 방송국에서 방송 촬영이 있다고 들었다. 그래서 사쿠타가 집을 나서기 전에 나갔던 것이다.

"역에는 10분 전쯤에 도착했는데, 슬슬 사쿠타가 일 끝내고 나올 때가 된 것 같지 뭐야."

즉, 일부러 기다려주고 있었던 것이다. 오늘 그녀가 이런 행동을 취한 이유는 명백했다. 평소처럼 행동하려고 조심했지만, 그 전화가 온 이후로 아버지와 만나기로 약속한 것이 태도에 계속 영향을 끼치고 있었던 것이리라. 그래서 마이는 사쿠타를 만나러 온 것이다.

"아르바이트하느라 수고 많았어."

"마이 씨도 방송 촬영하느라 수고 많았어요."

두 사람은 집을 향해 나란히 걸었다. 사쿠타는 토트백을 들려고 손을 뻗었지만, 마이는 「오늘은 노도카니까 괜찮아」라는 알쏭달쏭한 이유를 대면서 거절했다.

"방송국에서 노래하고 춤췄어요?"

"아니. 버라이어티 방송 촬영했어."

"어떤 건데요?"

"스튜디오 안에서 코스프레 장애물 경기를 했어."

"그게 뭐예요?"

"신호에 맞춰 출발한 후에 도중에 제비뽑기를 해. 그리고 의상이 지정되어 있으니까 그걸로 갈아입은 후, 그 다음에는 평균대나 뜀틀을 클리어한 후에 골로 향하는 경기야."

아이돌도 정말 고생이 많은 것 같았다.

"그게 재미있어요?"

"꽤 즐거웠어. 1위는 리더한테 빼앗겼지만 말이야."

마이의 표정을 보아하니 거짓말을 하는 것 같지는 않았다. 진짜로 즐거웠던 것 같았다.

"운동회에 참가해본 적이 없어서 꽤 신선했어."

초등학생 때는 아역 배우로 활동하느라 너무 바빠서 운동회에 참가할 겨를이 없었다. 설령 스케줄상 문제가 없었다고 해도, 학교에 친구가 없었다고 했으니 참가하더라도 좋은 추억은 되지 못했을 것 같은 느낌이 들었다.

"마이 씨는 어떤 코스프레를 했어요?"

사쿠타가 가장 신경 쓰이는 점은 바로 그것이었다.

"바니걸."

"익숙하니까 금방 입었겠네요."

실제로 마이는 2위를 한 것 같으니 꽤 영향이 있었을지도 모른다.

"딱히 익숙하지는 않아."

마이는 손을 뻗어서 사쿠타의 이마를 살짝 때렸다. 그녀는 장난꾸러기를 꾸짖는 누나 같은 표정을 짓고 있었다. 하지만 그녀는 곧 납득이 되지 않는다는 표정을 지었다.

"왠지 느낌이 좀 이상하네."

"남의 이마를 때려 놓고 그런 소리를 해야겠어요?"

"노도카의 키로는 사쿠타가 크게 느껴져. 이것만은 어떻게 할 수가 없네."

오랫동안 자연스럽게 느껴 왔던 감각이라는 것은 그렇게 간단히 변하지 않는 것 같았다.

"아~, 그러고 보니 마이 씨는 몸집이 컸죠."

"……."

마이는 그 말이 마음에 들지 않는지 입을 꾹 다물었다.

"마이 씨는 키가 크고 늘씬한 미인이죠."

"능글맞긴."

사쿠타가 말을 정정하자, 마이는 한 번 더 그의 이마를 때렸다. 그래도 그녀는 기분이 꽤 좋아진 것 같았다.

"아아~, 나도 오래간만에 마이 씨의 바니걸 차림을 보고 싶네."

"방송은 2주 후에 된다니까 그때까지 참아."

"바니걸 의상은 집에 있는데요?"

"노도카의 몸으로 그걸 입을 수 있을 리가 없잖아."

"에이, 방송에서는 입었으면서요? 텔레비전에도 나오는데요?"

"그것보다 노출도가 낮은 의상이었어. 상의는 조끼로 되어 있었다구."

평균 연령이 16, 17세인 아이돌 그룹인 점을 고려하면 그게 당연한 것일지도 모른다. 실제로 노도카의 몸으로 바니걸 복장을 입으면 여러모로 문제가 발생할 것 같았다. 어쩌면 가슴이 훤히 드러날지도 모른다.

"이상한 상상 하지 마."

"마이 씨에 대해 생각한 건데요?"

"그런 것치고는 시선이 『노도카』의 가슴을 향하고 있던걸?"

"잘못했습니다."

사쿠타는 진실이 탄로 나자 순순히 사과했다.

"몸이 원래대로 돌아가면 입어줄게."

"정말요?"

"이번에 너한테 폐를 많이 끼쳤으니까 그 정도는 입어줄 수도 있어."

"아~. 하지만 기왕 소원을 들어줄 거면 다른 소원을 들어주면 좋겠는데 말이죠."

"그것보다 더한 일은 안 할 거야."

마이는 주저 없이 사쿠타를 견제했다.

"평범한 부탁이에요."

"정말?"

"당연하죠."

"그럼 일단 들어만 볼게."

아무래도 마이는 사쿠타를 전혀 신용하지 않는 것 같았다. 그 사실을 느낀 사쿠타는 쓴웃음을 흘리면서…….

"마이 씨와 평범하게 데이트를 하고 싶어요."

……하고 마이에게 말했다. 연예계 활동으로 바쁜 데다, 데이트 금지령까지 내려진 사쿠타와 마이는 평범한 연인다운 데이트를 한 적이 없었다.

마이는 약간 놀란 듯한 표정을 지으며 사쿠타를 쳐다본 후…….

"바~보."

……하고 멋쩍은 듯한 목소리로 중얼거렸다. 그녀는 볼을

약간 붉혔다. 입가에는 기쁨과 즐거움이 반반씩 섞인 미소가 어려 있었다.

"아, 맞다."

마이는 뭔가가 생각난 것처럼 입을 열었다.

"응?"

마이는 사쿠타의 말을 무시하면서 토트백 안을 들여다보았다. 그리고 손을 집어넣더니 흰색 봉투를 꺼냈다.

"받아."

마이는 그렇게 말하면서 그것을 사쿠타에게 내밀었다.

"고마워요."

사쿠타는 일단 순순히 받았다. 마이가 주는 것이라면 뭐든 다 받을 각오가 되어 있었다.

"그런데 이게 뭐죠?"

사쿠타는 그렇게 말하면서 봉투를 열었다. 안에는 티켓이 두 장 들어 있었다. 라이브 티켓이었다. 물론 『스위트 불릿』의 단독 라이브다. 다음 주 일요일로 예정되어 있는 단독 라이브의 티켓인 것이다.

"노도카에게 전해줘."

"직접 전해주면 되잖아요."

"그리고 노도카네 어머니에게도 평소처럼 보내 뒀다고 전해줘."

마이는 사쿠타의 말을 완전히 무시했다. 마이도 그렇고

노도카도 그렇고, 사쿠타가 화해를 권하면 들은 척도 하지 않았다. 정말 이상한 구석에서 닮은 자매였다.

"노래와 댄스는 다 외웠어요?"

사쿠타는 어쩔 수 없이 화제를 바꿨다.

"볼래?"

마이는 뜻밖의 제안을 했다.

"내가 나 자신을 평가하는 건 힘들잖아."

마이는 그렇게 말하더니 길옆에 있는 공원에 들어갔다.

그리고 가장 가까운 곳에 있는 가로등 밑으로 가더니 토트백을 내려놓았다. 그리고 가방에 달린 주머니에서 스마트폰을 꺼내서 연결되어 있던 이어폰을 뺐다.

그러자 낮은 볼륨의 음악이 들려왔다. 마이는 그 곡조에 맞춰 온몸으로 리듬을 새기기 시작했다. 도입부가 끝나자, 마이의 노랫소리가 한밤중의 공원에 울려 퍼졌다. 마이는 가로등의 스포트라이트를 받으면서 사쿠타만을 위한 무대를 선보였다.

순식간에 한 곡이 끝났다.

사쿠타는 그 모습을 보더니…….

"큰일 났네."

무의식적으로 감상을 말했다.

라이브는 일주일 후에 열린다.

제4장

콤플렉스 콩그레츄레이션

1

"엄청나네……."

라이브 회장에 들어서자마자 그 자리에 모인 팬들의 열기를 느낀 사쿠타는 무심코 그렇게 중얼거렸다.

전부 입석인 이곳은 라이브가 시작되기 15분 전인데도 불구하고 이미 손님들로 가득 차 있었다. 최대 200명을 수용할 수 있는 이 라이브 하우스는 무대가 시작되기만을 기다리는 팬들의 술렁거림으로 가득 차 있었다.

이곳은 젊은이의 거리 시부야. 사쿠타와는 전혀 인연이 없던 거리. 그는 지금까지 전혀 인연이 없었던 아이돌의 단독 라이브를 보기 위해 이곳에 왔다.

라이브 하우스의 가장 뒤편에 있는 벽 쪽에 선 사쿠타는…….

"꽤 인기 있는걸."

……자신의 옆에 서 있는 노도카를 향해 그렇게 말했다. 마이의 모습을 한 노도카다. 『사쿠라지마 마이』라는 사실이 들키면 곤란하기에 지금은 모자를 깊이 눌러썼으며, 마스크도 하고 있었다.

"지금은 이 정도 공간을 가득 채우는 게 한계야."

노도카는 왠지 기분이 나빠 보이는 목소리로 그렇게 말했다. 넓이로 따지자면 교실 두 개 정도는 될 것 같았다. 물리 실험실과 비슷하거나 약간 좁아 보였다. 하지만 그만큼 무대에 손이 닿을 만큼 가까웠다.

이 정도라면 가장 뒤편에서도 아이돌 한 명 한 명의 얼굴을 선명하게 볼 수 있을 것 같았다.

"참고로 비꼰 건 아냐."

사쿠타는 이 라이브 하우스를 가득 채운 기대감을 느끼고 그렇게 말한 것이다. 인원이 문제가 아니다. 게다가 사쿠타는 인원이 적다고 생각하지 않았다. ……팬들로 만원을 이루고 있으니 그 박력이 정말 엄청났다.

"토요하마네 어머니도 저 안에 계셔?"

노도카는 자신의 어머니가 매번 라이브를 보러 온다고 일전에 말했었다.

"아마 앞쪽에 있을 거야."

"맙소사."

사쿠타는 사람들로 가득 찬 앞쪽으로 향할 용기가 없었다.

"그리고 우리가 지금 왼편에 있으니까……."

노도카는 자신의 어머니가 어디쯤 있을지 가르쳐줬다. 사쿠타는 그곳을 응시했지만 사람이 너무 많아서 노도카의 어머니를 찾을 수가 없었다.

그 대신 드문드문 있는 다른 여성들이 눈에 들어왔다. 정확하게는 여자애들이었다. 나이는 사쿠타와 비슷해 보였다. 중학생으로 보이는 여자애도 몇 명 있었다.

"의외로 여자애도 꽤 있네."

물론 숫자로 보면 남자가 압도적으로 많다. 하지만 전체의 2할 정도는 여성이었다.

"즛키가 있거든."

"그게 누군데?"

"히로카와 우즈키. 우리 그룹의 리더야. 모델도 하는데, 여자 팬은 대부분 즛키를 응원하러 온 거야."

"흐음~."

"다들 파란색 티셔츠를 입었지?"

노도카의 말대로 여성 팬 중 약 절반은 파란색 티셔츠를 입고 파란색 수건을 목에 걸고 있었다.

"그러네. 그게 왜?"

"색깔로 누구의 팬인지 알 수 있어."

사쿠타는 그 말을 듣고 고개를 숙였다. 딱히 풀이 죽은 것은 아니었다. 자신이 입고 있는 옷을 확인해보려는 것이다.

사쿠타가 입고 있는 것은 노란색 티셔츠다. 스위트 불릿의 로고가 새겨진 티셔츠로, 마찬가지로 로고가 들어간 수건도 들고 있었다.

디자인은 비교적 심플하며, 모르는 사람이 보면 로고가 새겨진 평범한 티셔츠처럼 보일 것이다. 하지만 평소에는 절대 입지 않는 색상의 티셔츠라서 그런지 거부감을 느꼈다.

"안 입으면 거꾸로 눈에 띌 거야."

노도카에게 협박을 당한 끝에 결국 투덜거리면서 입기는 했지만 말이다.

　그리고 라이브 하우스에 들어온 사쿠타는 노도카가 한 말이 사실이라는 사실을 눈치챘다. 색상은 다르지만, 이곳에 모인 팬들은 다들 똑같은 복장을 하고 있었다.

　노도카 또한 얇은 파카 안에 사쿠타와 마찬가지로 노란색 티셔츠를 입고 있었다.

　"즉, 노란색은 토요하마의 컬러구나."

　"왜 불만스러운 표정인데? 사쿠타는 언니 응원 안 할 거야?"

　"뭐, 하긴 할 거야."

　"한번 경험해보고 나면 푹 빠질지도 몰라."

　"그럴까?"

　사쿠타는 대충 대답한 후 다시 팬들을 쳐다보았다. 색깔로 누구를 응원하는지 알 수 있다는 것은 알기 쉬울 뿐만 아니라, 멤버의 인기 순위를 바로 알 수 있기 때문에 잔혹해 보이기도 했다. 언뜻 보기에는 파란색이 가장 많아 보였다. 그 다음은 핑크에 가까운 붉은색이 많았고, 노란색과 녹색은 거의 비슷해 보였다. 즉, 이 자리에서 노도카의 인기는 서너 번째 정도 됐다.

　"언니는……."

　"응?"

"좀, 어때?"

"그걸 라이브 시작 몇 분 전에 물어?"

이제 무대가 시작될 때까지 5분도 채 남지 않았다.

"……."

노도카는 대답하지 않았지만, 그녀는 납득이 되지 않는다는 표정을 짓고 있었다.

"노래와 댄스는 완벽하게 익힌 것 같아."

사쿠타는 앞을 바라보면서 그렇게 대답했다.

"언니라면 그 정도는 식은 죽 먹기일 테니까, 그런 건 걱정 안 해."

"그럼 묻지를 마."

"시끄러워."

"그리고 나는 조금 걱정돼."

"뭐?"

노도카의 말을 막듯, 키잉 하는 마이크 소리가 들렸다. 그와 동시에 라이브 하우스의 조명이 꺼졌다. 발밑에 있는 일부 간접 조명 이외에는 전부 꺼지고 주위는 어둠에 뒤덮였다.

하지만 이곳에서는 「오오!」 하고 기대에 찬 목소리가 들려왔다.

잠시 후…….

──이곳을 찾아주신 여러분에게 부탁드립니다.

차분한 목소리가 스피커에서 흘러나왔다.

"즛키~!"

라이브 하우스 곳곳에서 환성이 터져 나왔다.

아무래도 스위트 불릿의 멤버가 직접 안내 방송을 하고 있는 것 같았다. 그 멤버는 시끄러운 팬들에게 「지금 안내 방송 중이니까 조용히 해!」 하고 말한 후, 라이브 중의 주의 사항을 이야기했다. 동영상 및 사진 촬영은 금지이며, 너무 흥분한 나머지 주위에 있는 사람들에게 폐를 끼치지 말 것, 물건을 던지지 말 것 같은 문구를 이곳에 온 팬들과 대화를 나누면서 전했다.

아마 이것은 라이브 때마다 치르는 정례 행사일 것이다. 그래서 그런지 팬과 아이돌의 호흡이 딱 맞아 들어갔다.

——그럼 마지막 부탁을 드리겠습니다.

팬들은 그 말을 듣더니 일제히 입을 다물었다.

정적이 이 공간을 지배한 직후…….

——다 같이 마음껏 즐기자!

멤버들이 한목소리로 그렇게 외쳤다. 그와 거의 동시에 조명이 무대를 비추더니 대포 같은 거대한 폭죽이 발사됐다. 특수 효과인 캐넌포다.

그 커다란 소리에 놀랐다가 정신을 차렸을 즈음에는, 어두컴컴하던 무대 위에 어느새 일곱 명의 멤버가 서 있었다. 그리고 첫 곡의 도입부가 흥겨운 리듬을 자아냈다.

기타와 드럼이 가미된 록 느낌의 곡조였다. 스위트 불릿의 악곡에서 쉽게 찾아볼 수 있는 특징이다. 마이가 매일같이 라이브 영상을 보고 있었기 때문에 사쿠타도 그녀들의 노래가 꽤 귀에 익었다.

본격적인 밴드 연주와 여자애 느낌이 물씬 묻어나는 노랫소리가 합쳐졌다. 가사 내용은 꿈을 좇는 이를 향한 응원가다. 긍정적인 가사가 이 곡을 아이돌 송다운 느낌으로 완성시키고 있었다.

그리고 두 번째, 세 번째 곡도 록 느낌이 물씬 나는 빠른 템포의 노래였다.

그렇게 세 곡을 노래한 후, 멤버들은 어깨를 들썩이며 무대 위에서 한 줄로 나란히 섰다.

"안녕하세요~! 스위트 불릿이에요!"

일곱 명 전원의 목소리가 아름답게 하모니를 이뤘다.

팬들은 「즛키~!」, 「양양!」, 「도카 양~!」 하고 고함을 질렀다. 그러자 무대 위에 있는 아이돌들은 손을 흔들며 화답했다.

"나도 하는 편이 좋을까?"

"안 해도 돼."

사쿠타가 옆에서 미동도 하지 않는 노도카에게 묻자, 어찌 된 영문인지 그녀는 그를 노려보았다. 아무래도 놀림을 당했다고 생각하는 것 같았다. 하지만 사쿠타는 그저 이곳에서의 예의범절에 따르려고 했을 뿐이다. 기왕 『토요하마 노도카』의 팬을 가리키는 노란색 티셔츠로 무장했으니까 말이다.

"이야~. 오늘 무대도 시작됐네."

멤버 중에서 가장 키가 큰 소녀가 한가운데에서 마이크를 통해 그렇게 말했다. 노래를 할 때도 그녀가 메인 보컬을 담당했다.

"저 애가 즛키야."

노도카는 귓속말로 사쿠타에게 가르쳐줬다. 스위트 불릿의 리더이자, 따로 모델 활동도 하고 있다는 여자애다. 확실히 모델답게 늘씬한 체형을 지녔다.

"언니가 더 귀엽다고 생각했지?"

"내 마음을 읽지 마."

확실히 마이는 저 소녀보다 더 키가 크며, 몸매 또한 아름다웠다.

"그런데 즛키는 땀을 너무 많이 흘리는 거 아냐?"

무대 위에서는 리더 옆에 있던 쇼트헤어 여자애가 태클을 걸고 있었다.

"아이돌은 땀 안 흘리거든?!"

노골적으로 동요한 우즈키가 이상한 식으로 부정을 했다. 땀을 지적당한 게 부끄러운 것 같았다. 노래와 댄스 때문에 얼굴이 새빨개진 게 아니었나 보다.

"에이, 이미 엄청 흘렸잖아."

사실 히로카와 우즈키는 땀을 비처럼 흘리고 있었다. 앞머리는 땀방울에 젖은 채 이마에 찰싹 달라붙어 있었다. 하지만 그건 다른 멤버도 마찬가지였으며, 전원의 이마에 땀방울이 송골송골 맺혀 있었다. 처음부터 전심전력을 다해 퍼포먼스를 펼친 것이리라.

　"즛키~. 라이브 끝나면 항상 팬티까지 땀에 흠뻑 젖는다고 했잖아."

　그 말을 한 사람은 스테이지 왼편에 있는 금발 소녀……『토요하마 노도카』였지만, 현재 저 안에 있는 사람은 마이다.

　"아이돌은 팬티 안 입거든?!"

　갑작스러운 폭로 때문에 당황한 듯한 우즈키는 또 이상한 소리를 했다. 늘씬한 모델 체형을 지녔으며 표정도 어른스럽지만, 성격은 그렇게 차분한 편이 아닌 것 같았다.

　"나는 입었거든~."

　마이는 노도카 같은 말투로 바로 반론했다. 다른 멤버도「나도 입었어」,「당연히 입었지」하고 말하며 리더를 배신했다.

　"조, 좋아! 다음 곡 부르자!"

　우즈키는 억지로 이 이야기를 끝내려 했다.

　"에이, 그 전에 즛키는 노팬티 의혹을 부정해야 할 것 같은데?"

　쇼트헤어인 애는 웃음을 참느라 정신이 없는 것 같았다.

　"입기는 했지만, 아이돌은 땀을 흘리지 않아!"

"그럼 그건 뭔데?"

멤버 중 한 명이 우즈키의 이마와 일체화된 앞머리를 손가락으로 가리켰다.

"이, 이건 그러니까, 노, 농축액 같은 거야."

우즈키는 진지한 표정으로 대답했다.

"더 놀렸다간 아이돌에게 있어 치명적인 발언을 할 것 같네."

마이가 마이크를 향해 그렇게 말하자, 라이브 하우스 안은 폭소로 가득 찼다.

"좋아, 다음!"

서브 리더 포지션인 듯한 쇼트헤어 여자애가 그렇게 말했다.

멤버들은 웃음을 흘리면서 자기 위치에 섰다. 다음 곡의 준비에 들어간 것이다. 그녀들은 팬에게 등을 보이며 선 채 미동도 하지 않았다.

곧 노래가 시작되었다. 그것은 밝고 귀여운 음색을 지닌 곡이었다. 사쿠타가 생각하는 전형적인 아이돌 송 그 자체라고 해도 과언이 아니었다. 록 느낌의 스타일리시했던 아까 세 곡과는 분위기가 완전히 달랐다.

"GO!"

그 목소리에 맞춰 멤버 전원이 뒤돌아서더니 미소를 지으며 점프했다.

그 노래의 가사 또한 독특했다. 꿈을 좇는 노래도 아니거니와, 우정을 노래하지도 않았다. 안타까운 짝사랑에 관한 노래도 아니었다.

일곱 명의 멤버를 순서대로 소개하는 노래다. 「겉보기엔 미인이지만 입만 벌리면 유감천만! 누~구~게?」 하고 아이돌들이 물으면 「즛키~!」 하고 팬들이 한목소리로 외쳤다. 「날라리 화장을 했지만, 실은 엄청 성실한 애는~?」 하는 가사에는 「도카 양~!」 하고 팬들이 한목소리로 외쳤다.

팬들은 가사로 소개되는 멤버들에 맞춰 형광봉의 색깔을 바꿔 가며 흥분하고 있었다.

아무래도 라이브라는 것은 보러 가는 것이 아니라 이렇게 참가하는 것 같았다.

노래 도중에 멤버들이 한 명씩 무대 뒤편으로 사라졌다. 그리고 팬의 콜에 맞춰 새로운 의상으로 갈아입은 그녀들이 무대 위에 올라오는 연출 또한 노래와 절묘하게 매치되고 있었다.

아이돌과 팬의 그런 일체감에 사쿠타는 솔직히 압도당했다. 일상 속에서는 맛볼 수 없는 엄청난 에너지가 느껴졌다.

노래가 클라이맥스에 접어들기 전에 전원의 소개가 끝났고, 의상 또한 다들 갈아입었다. 마지막은 아이돌 그룹 『스위트 불릿』에 관한 가사였다.

——목표는 홍백가합전! 무도관 공연!

그녀들과 팬들은 한목소리로 그렇게 외쳤다. 마치 피날레를 연상케 할 만큼 열광적인 분위기였다. 하지만 라이브는 이제 막 시작되었다.

"특이한 곡도 다 있네."

"아이돌 그룹이라면 다들 비슷한 테마곡을 하나씩 가지고 있어."

노도카는 그런 것도 모르냐는 듯이 사쿠타를 쳐다보았다. 아이돌 세계에는 사쿠타가 모르는 상식이 잔뜩 존재하는 것 같았다.

무대 위에서는 다음 노래를 선보이고 있었다. 멤버 전원이 바통을 들고 있었다. 바통을 빙글빙글 돌리면서 펼치는 포메이션 댄스는 취주악단의 연주 같은 분위기를 지니고 있었다.

아까 부른 노래와 분위기가 완전히 달랐기에 보고 있어도 질리지 않았다.

그 노래가 2절에 접어들었을 즈음, 라이브 하우스에서는 어떤 분위기가 만들어지고 있었다. 팬들의 시선이 서서히 한 멤버에게 집중되고 있었던 것이다.

그 사람은 바로 스테이지 왼편에 있는 금발 소녀, 『토요하마 노도카』로서 무대에 선 마이였다.

다른 멤버들이 바통을 다루는 데 주의를 기울이고 있는 가운데, 마이만은 바통을 거의 쳐다보지 않았다. 팬들이 가득 서 있는 홀을 향해 미소를 흩뿌리고 있었다.

움직임도 경쾌하며, 안정감과 안도감이 느껴졌다. 댄스도 절도가 있었다. 멈춰야 할 부분에서 딱 멈추고, 움직여야

하는 부분에서는 온몸을 사용해 악곡의 이미지를 표현하고 있었다. 쭉 뻗은 손발은 탄력적으로 움직이고 있었으며, 아이돌다운 귀여움 또한 느껴졌다.

지금 하고 있는 것은 멤버 전원이 움직임을 맞춰서 펼치는 포메이션 댄스다. 그렇기에 마이만 극단적으로 눈에 띄는 것은 아니었다. 하지만 계속 신경이 쓰였다. 그녀의 매력이 서서히 느껴지고 있었던 것이다.

——뭔가가 다르다.

사쿠타만이 아니라 팬도 같은 생각을 하고 있으리라. 그렇기 때문에 마이에게서 눈을 떼지 못하는 것이다.

그리고 클라이맥스 직전의 파트에서 그 위화감을 확연하게 드러내는 일이 벌어졌다.

메인 보컬을 담당하고 있는 히로카와 우즈키가 바통을 놓치고 만 것이다.

동요한 우즈키는 마이크를 입에서 떼고 말았다. 솔로 파트였기 때문에 보컬에 공백이 생길 뻔했다.

하지만 바로 그때, 마이가 떨어지는 공을 건져 올리듯 절묘한 타이밍에 노래를 이어 불렀다.

멤버들은 놀란 표정을 지었지만, 아직 곡이 끝나지 않았기에 미소를 지으며 노래를 계속 불렀다. 팬이 일제히 함성을 터뜨리자 라이브 하우스는 더욱 뜨거운 열기로 가득 찼다.

마이는 다시 정신을 차린 리더에게 눈짓을 보낸 후 우즈키에게 보컬을 넘겼다. 해프닝에서 비롯된 이 파인 플레이는 라이브 하우스를 흥분과 환희로 가득 채웠다.

사쿠타의 옆에 있는 진짜 노도카는 황홀한 표정으로 무대 위의 마이를 쳐다보고 있었다. 마스크에 가려진 입이 움직였다. 주위가 시끌벅적한 탓에 그녀의 말을 들을 수는 없었지만, 무슨 말을 했는지 알 수 있었다.

"언니, 대단해……."

노도카는 무의식적으로 그렇게 말한 것이다. 순수한 동경이 깃든 노도카의 눈동자는 그렇게 말하고 있었다

촉촉한 느낌의 발라드, 밴드곡, 테크노 팝 등, 장르를 가리지 않으며 선보이는 악곡과 그에 맞춘 퍼포먼스 덕분에 이 라이브는 마지막 순간까지 성황을 이뤘다.

순식간에 두 시간이 지나간 후, 라이브는 피날레를 맞이했다.

무대 위의 멤버들은 자신이 지닌 모든 것을 쏟아 냈는지 땀으로 범벅이 되어 있었다. 호흡도 극심하게 흐트러져 있었지만 그래도 여전히 미소를 지으면서 한 줄로 서더니, 옆에 있는 멤버들끼리 손을 잡았다.

"감사합니다!"

그리고 그녀들은 팬들을 향해 깊이 고개를 숙였다.

고개를 든 그녀들은 환한 표정을 짓고 있었다. 만족감을

드러내는 기분 좋은 미소였다.

"어때?"

노도카는 짤막하게 감상을 물었다.

"뭐, 아이돌에 열광하는 사람이 있는 것도 이해가 될 것 같아."

사쿠타는 진심으로 그렇게 생각하고 있었다. 아이돌들이 라이브에서 이렇게 최선을 다하는 줄 몰랐다. 모든 것을 불태우며 최선을 다한 듯한 인상이었다.

"그건 좀 의외네."

"뭐가?"

"사쿠타는 매사에 무기력하잖아."

어처구니없는 소리지만, 딱 잘라 부정할 수가 없었다.

"쓸데없이 열심히 하네 라든가, 꼴사납네 하고 생각할 줄 알았어."

"다른 사람의 노력을 비웃는 건 인간 말종이나 할 짓이야."

"방금 그 말도 의외야."

노도카는 기분이 좋은지 눈으로 웃고 있었다.

"하지만 그런 마음이 있다면 뭐라도 하면 되잖아."

"뭘 말이야?"

"운동부에 들어가서 전국 대회를 목표로 삼는다던가 말이야. 그러면 그 졸린 듯한 얼굴도 조금은 봐줄 만해지지 않을까?"

"2학년 2학기에 부 활동을 시작하려면 심장이 무지막지하게 강해야 할 걸."

　이미 완성된 커뮤니티에 비집고 들어가는 건 죽어도 싫다. 상대방도 폐라고 생각할 게 뻔하다. 게다가 사쿠타는 자신이 졸린 듯한 표정을 짓고 있더라도 딱히 문제될 것이 없었다.

　"그런 걸 거북해할 만큼 신경이 굵지도 않잖아."

　"굵거든? 게다가 나도 열심히 하고 있는 게 있다고."

　"거짓말하지 마."

　"식사 준비라든가, 방, 욕실, 화장실 청소, 쓰레기 버리기, 그리고 빨래 등등, 여러모로 많아."

　"내 말은 그런 뜻이 아니거든."

　노도카는 약간 어이없다는 눈길로 사쿠타를 쳐다보았다. 하지만 그는 개의치 않으면서 말을 이었다.

　"뭐야. 팬이 응원해주는 것도 아닌데 매일같이 집안일에 힘쓰고 있잖아. 그런 나는 열심히 살고 있는 게 아니라는 거야?"

　"하지만 그래서야 영락없는 주부잖아."

　"맞아. 난 지금 이 세상 주부들이 정말 대단한 존재라는 이야기를 하고 있는 거라고."

　"내 말은 그런 게 아니라구~! 하아…… 이제 됐어."

　노도카는 화가 났는지 코웃음을 치면서 정면을 쳐다보았다.

　무대 위에서는 멤버들이 손을 흔들면서 무대 뒤편으로 향하고 있었다.

결국 최후의 순간까지 사쿠타는 마이와 눈이 마주치지 않았다. 아마 마이는 사쿠타와 노도카가 왔다는 사실을 알고 있을 것이다. 티켓을 준 사람은 마이이며, 뒤편 벽 앞에는 약간의 공간이 존재하기 때문에 무대 위에서 본다면 사쿠타와 노도카는 꽤 눈에 띌 것이다.

　그런데도 시선을 마주치지 않은 것은 마이가 노도카로서 행동하고 있기 때문이다. 그것도 철저하게 말이다. 『완벽하게 토요하마 노도카가 된다』고 하는 『사쿠라지마 마이의 연기』에는 그야말로 빈틈이 없었다. 완벽했다.

　딱 하나만 제외하고⋯⋯.

　어제 사쿠타가 걱정했던 것처럼, 마이는 『토요하마 노도카』를 능가하는 퍼포먼스를 발휘하고 있었다.

　무대에서 멤버들이 완전히 사라지자, 팬들은 주저 없이 「앙코르」를 외치기 시작했다. 200명이나 되는 사람들이 한목소리로 그렇게 외쳐 대니 꽤나 박력이 있었다.

　1분 정도 「앙코르」 합창이 계속되었을 즈음, 평범한 티셔츠로 갈아입은 멤버들이 힘차게 무대에 올라왔다.

　그녀들은 마이크를 쥐고 있었다. 하지만 노래를 하려는 분위기는 아니었다.

　"미안하지만 오늘은 앙코르를 할 수 없어!"

　한가운데에 선 우즈키가 딱 잘라 그렇게 말했다. 원래 이러는 게 정상인지는 모르겠지만, 팬들의 입에서 불만의 목소리가 흘러나왔다. 그 말을 듣고 빙긋 웃은 후…….

"왜냐하면~!"

멤버 전원이 한목소리로 팬들을 향해 말했다.

"오오!"

팬들이 술렁거리기 시작했다. 기대에 찬 술렁거림이었다.

"오늘은 스위트 불릿의 정례 행사인! 다음 싱글 곡에서 센터 포지션을 차지할 멤버를 발표해야 하기 때문이야~!"

우즈키가 힘찬 목소리로 그렇게 말하자, 라이브 하우스 안의 열기가 더욱 상승했다. 환성과 박수의 폭풍이 불었다. 그리고 팬들은 자신이 응원하는 멤버들의 이름을 외쳐 댔다.

그런 와중에 포커페이스의 여성이 무대 위에 올라왔다. 스태프용 점퍼를 걸친 것을 보면 아마 관계자일 것이다. 그녀는 우즈키에게 흰색 봉투를 건넨 후, 무대에서 내려갔다.

"나한테 발표를 맡긴 걸 보면, 나는 아니라는 거네."

우즈키는 고개를 푹 숙이면서 그렇게 말했다.

"어쩌면 직접 발표하라는 걸지도 모르잖아. 포기하지 마, 즛키~!"

쇼트헤어의 여자애가 우즈키를 격려하듯 그녀의 머리를 쓰다듬었다. 그녀는 그룹의 정신적 지주인 것 같았다.

"그럼 발표해볼까~."

다시 기운을 낸 우즈키는 그렇게 말했다. 그리고 옆에 있는 멤버에게 마이크를 넘긴 후, 봉투에서 두 번 접힌 종이

한 장을 꺼냈다. 그리고 그것을 자신의 손바닥 위에 올려놓고 살며시 펼치더니, 남들에게 보이지 않게 조심조심 내용을 확인했다.

"응?"

우즈키는 고개를 갸웃거리면서 생각에 잠겼다. 그리고 또 종이를 들여다보더니, 이번에는 「오우!」 하고 과장스럽게 놀란 반응을 보였다.

"어~. 왜 그래? 네가 그러니까 엄청 무섭잖아."

"아~. 즛키~. 빨리 알려줘!"

"「오우!」가 어떤 의미야~?"

멤버들은 불안과 기대에 찬 목소리로 그렇게 말했다.

"발표할게!"

우즈키가 그렇게 말하자, 멤버들 전원이 등을 꼿꼿이 세웠다. 눈을 감은 그녀들 중에는 기도를 하는 사람도 있었다. 마이 또한 깍지 낀 손을 이마에 댄 채 기도하고 있었다. 라이브 영상에서 노도카가 취했던 것과 같은 포즈였다.

"다음 싱글 곡의 센터 포지션은~!"

우즈키는 잠시 말을 끊은 후, 숨을 크게 들이마셨다.

"도카 양이야~!"

정적이 흐르는 라이브 하우스 안에서 그 목소리가 조용히 울려 퍼졌다.

한순간, 정적이 흘렀다.

멤버도, 팬도, 바로 반응하지 못했다. 처음 있는 일이라 어떤 반응을 보이면 좋을지 감이 오지 않는 것 같았다.

　하지만 곧 「오옷!」 하는 소리와 함께 술렁거림이 들려오더니, 말로 표현할 수 없는 환성, 그리고 축복의 박수가 이곳을 지배했다. 노도카를 응원하는 팬들이 노란색 형광봉을 치켜들자, 다른 팬들도 그에 동조했다. 어느새 노란색 형광봉이 라이브 하우스 안을 가득 채웠다.

　무대 위에서는 처음으로 센터 포지션을 차지한 『토요하마 노도카』가 다른 멤버들에게 포옹과 축하 인사를 받고 있었다.

　"이번에는 다들 납득했을 거야. 도카 양 오늘 대단했잖아. 바통을 놓쳤을 때 도와줘서 고마워. 땡큐~."

　"확실히 도카 양은 요즘 엄청나다니깐."

　다른 멤버들도 「맞아」, 「정말 대단해」 하고 말했다.

　그런 말들이 오고간 후, 다음 싱글 곡에서 센터 포지션을 맡게 된 『토요하마 노도카』가 「열심히 할게요!」라는 취지의 포부를 밝혔다. 그리고 이번에야말로 진짜 작별의 시간이 찾아왔다.

　"그럼 오늘 와주셔서 감사합니다!"

　또 한 줄로 선 일곱 명의 멤버가 깊이 고개를 숙였다. 그리고 힘차게 장막이 내려오면서 라이브가 끝났다.

　하지만 라이브 하우스에는 여전히 뜨거운 열기가 남아 있었다.

팬들은 직원의 안내에 따라 차례차례 출구로 향했다. 로비로 나가 보니 기나긴 행렬이 존재했다. 스위트 불릿의 팬들이 만든 줄이다.

"왜 저렇게 줄을 서 있는 거야?"

사쿠타가 의문을 입에 담자…….

"저쪽을 봐."

노도카는 출구로 이어지는 통로를 손가락으로 가리켰다.

기다란 테이블 너머에서 스위트 불릿의 멤버가 돌아가는 팬들을 배웅하고 있었다. 한 손을 들고 연속으로 하이파이브를 하고 있었다.

"사쿠타도 저쪽에 가보지그래?"

"마이 씨가 모르는 척할 게 뻔한데 뭐하러."

그 어떤 속사정이 있든 간에 그것은 꽤나 슬픈 일이다. 상상하는 것조차도 싫었다.

팬들은 그 짧은 찬스를 이용해 멤버들에게 말을 걸었다. 「힘내세요」, 「응원할게요」, 「좋아해요」 같은 말을 말이다.

사쿠타는 그 팬들 사이에서 아는 인물을 발견했다. 스위트 불릿의 팬들에 비해 꽤 나이가 많은 여성이었다. 바로 노도카의 어머니였다.

"잘됐어, 정말 잘됐어."

그녀는 딸의 손을 잡은 채 몇 번이나 고개를 끄덕이고 있었다. 눈가에는 맺힌 뭔가가 빛을 받더니 반짝이고 있었다.

"정말 잘됐구나. 노력 많이 했지?"

그녀의 얼굴에는 기쁨보다는 안도가 어려 있었다.

직원이 말을 걸자, 노도카의 어머니는 주위의 팬과 스태프에서 「미안해요」 하고 사과한 후 출구를 향해 걸음을 옮겼다. 그리고 그녀의 모습은 곧 사라졌다.

그런 어머니와 달리, 노도카는 걸음을 완전히 멈췄다.

그리고 어머니가 사라진 방향을 지그시 쳐다보며 딱딱하게 굳어 있었다.

"엄마가…… 웃고 있었어……."

희미하게 떨리는 입술은 메마른 목소리를 자아냈다.

"그야 웃으실 때도 있겠지."

"……없어."

그 부정의 말은 너무나도 차갑고 담담했다. 노도카의 얼굴에서는 순식간에 표정이 사라졌다.

"내 앞에서는 저런 표정을 지은 적이 없어."

노도카가 말아 쥔 주먹이 희미하게 떨리고 있었다.

하지만 그 떨림은 곧 멎었다. 사쿠타가 무슨 말을 할지 생각하는 사이에 멎은 것이다. 마치 뭔가를 체념한 것처럼, 노도카의 몸에서 힘이 빠졌다.

"결국……."

노도카의 입에서 흘러나온 목소리는 어떤 소리와 흡사했다.

"엄마는, 그랬던 거야……."

그것은 바로 얇디얇은 얼음에 금이 가는 소리였다.

"언니야……."

그 소리는 점점 커졌다.

"역시, 엄마는, 언니를 원했던 거야……."

노도카의 결정적인 그 한마디가 마음속의 수면에 존재하던 얇디얇은 얼음을 간단히 산산조각 냈다. 눈동자에서 빛이 사라졌다. 그리고 노도카라는 존재는 마음속의 어둠을 향해 가라앉았다.

라이브가 끝난 후에도 식지 않는 흥분 속에서, 노도카만이 어둑어둑한 마음속 밑바닥에 가라앉아 있었다.

2

라이브를 보고 집으로 향하는 길은 방금까지의 흥분이 꿈이었던 것이 아닐까 하는 생각이 들 정도로 정적이 흘렀다. 흥분과 열기가 완전히 식은 탓에, 몸 어디에서도 희미한 열기조차 찾을 수 없었다.

노도카는 마치 애초에 아무 일도 없었다는 듯이 마음을 텅 비운 채 열차 문 쪽에 서 있었다. 쳐다만 봐도 그녀의 말라버린 마음이 전해져 오는 것 같았다. 노도카의 눈동자는 그 어떤 것도 비추지 않았다. 진정한 무표정이란 저런 것이리라.

혼잡한 열차 안은 침묵을 지키기 좋았다. 그리고 사쿠타는 시선조차 마주치려 하지 않는 노도카의 태도를 존중했다.

시부야에서 후지사와로 이동하는 데 걸린 약 45분 동안, 결국 노도카는 단 한 마디도 하지 않았다.

"토요하마."

후지사와 역에 도착하자, 사쿠타는 노도카의 팔을 살며시 잡아당기면서 열차에서 내렸다. 내버려 뒀다간 이대로 정처 없이 열차를 타고 계속 갈 것 같은 느낌이었다.

두 사람은 인파에 휩쓸린 채 개찰구를 통과했다.

사쿠타의 발은 자연스럽게 역의 북쪽 출구로 향했다. 집으로 갈 거라면 가전제품 양판점이 보이는 쪽으로 나가는 편이 빠르기 때문이다.

하지만 사쿠타는 걸음을 옮기려다 멈춰 섰다. 뒤편에 있던 노도카의 기척이 사라졌다는 사실을 눈치챈 것이다.

사쿠타는 의아하게 생각하면서 뒤쪽을 돌아보았다. 노도카는 남쪽 출구로 향하고 있었다. 그 앞에는 연결 통로가 있으며, 그 건너편에는 오다큐 백화점과 에노전 후지사와 역이 있다.

"정말 성가시네."

사쿠타는 힘없는 걸음걸이로 걷고 있는 노도카를 따라잡더니, 그녀의 팔을 움켜쥐면서 말했다.

"집은 저쪽에 있어."

사쿠타가 시선으로 뒤쪽을 가리켰지만, 노도카는 고개를 푹 숙이고 있었다. 사쿠타를 쳐다보려고도 하지 않았다. 그뿐만 아니라 그의 목소리가 들리긴 하는 것인지도 의문이었다. 노도카가 거의 반응을 보이지 않았던 것이다.

"……집에 가고 싶지 않아."

노도카는 가라앉은 목소리로 그렇게 중얼거렸다. 생기도, 패기도, 기운도 없었다. 진짜로 마음이 공허해진 것 같았다.

"……바다에 가고 싶어."

사쿠타는 다음 열차의 출발 시각을 알려주는 전자 게시판을 쳐다보았다. 그 옆에 설치된 시계 바늘은 오후 아홉 시가 약간 지났다는 사실을 알려주고 있었다. 지나치게 늦은 시간은 아니지만, 바다에 놀러 갈 만한 시간도 아니었다.

"……."

하지만 빈 껍질이 되어버린 듯한 노도카를 이대로 둘 수도 없었다. 억지로 집에 데리고 돌아간들 멋대로 집을 나설지도 모른다. 그렇게 되면 여러모로 골치 아팠다.

"알았어. 잠시만이야."

사쿠타는 노도카의 팔을 놓은 후, 에노전 후지사와 역으로 향했다.

바다를 볼 거라면 에노시마 역에서 내려도 됐다. 해수욕 시즌이 끝나기는 했지만, 바다는 어느 계절에도 존재한다.

에노시마로 이어지는 벤텐 다리 위에서 보는 풍경은 정말 끝내준다. 하지만 사쿠타는 에노시마 역에서 내리지 않았다.

다음다음 역인 가마쿠라 고교 앞 역에서도 바다는 잘 보인다. 역의 플랫폼에서 볼 수 있는 그 광대한 풍경은 이 노선이 자랑하는 최고의 경치다. 하지만 사쿠타는 내리지 않았다.

이 노선은 해안을 따라 설치되어 있다. 그렇기에 바닷가에 가기 좋은 역은 몇 개나 존재했다. 하지만 사쿠타가 노도카를 데리고 내린 곳은 그가 가장 자주 이용하는 시치리가하마 역이었다.

미네가하라 고교에 가기 위해 매일같이 이용하는 조그마한 역이다.

바다까지 가는 데 걸리는 시간은 2, 3분 정도다. 역을 나서서 남쪽을 쳐다보면 바로 바다가 눈에 들어온다.

완만한 경사를 따라 내려간 후, 편의점 앞의 횡단보도 앞에서 멈춰 섰다. 국도 134호선의 횡단보도는 신호가 꽤나 길지만, 오늘은 금방 바뀌었다.

두 사람은 횡단보도 건너편에 있는 계단을 통해 모래사장에 들어갔다.

9월도 이제 이틀밖에 남지 않아서 그런지 해가 지면 기온이 급격히 떨어졌다. 바닷가에는 긴소매가 그리워지는 차가운 바람이 불고 있었다.

사쿠타는 노도카를 신경 쓰면서 천천히 물가로 향했다.

깊고 어두운 색을 띤 밤바다.

달빛을 받고 있는데도, 그것에는 빨려 들 것만 같은 심연이 존재했다.

사쿠타는 파도가 닿을락 말락 하는 지점에서 멈춰 섰다. 하지만 뒤편에서 따라오고 있던 노도카는 걸음을 멈추지 않았다. 노도카는 사쿠타의 옆을 지나더니 물에 젖는 것도 개의치 않으면서 신발을 신은 채 바다에 들어갔다.

"어이."

사쿠타가 말을 걸었지만, 노도카는 아무 말도 하지 않았다. 계속 바다에 들어간 노도카는 무릎 언저리까지 물에 젖었다.

"야!"

사쿠타는 그녀가 이상하다는 사실을 바로 눈치챘다.

한편, 노도카는 여전히 밤바다를 향해 나아가고 있었다.

사쿠타는 모래를 박차면서 바다에 뛰어들었다. 그리고 물보라를 일으키면서 노도카를 쫓아갔다.

"기다려!"

파도 소리에 사쿠타의 목소리가 가려졌다.

사쿠타가 겨우겨우 노도카를 따라잡은 것은 가슴 언저리까지 바닷물에 잠긴 후였다. 밀려오는 파도 때문에 몸이 위아래로 흔들렸다.

"토요하마!"

사쿠타는 노도카의 어깨를 잡았다.

"놔!"

노도카는 그런 사쿠타의 손을 떨쳐 내기 위해 버둥거렸다.

"야, 왜 이러는 거야?!"

사쿠타는 파도 소리에 지지 않기 위해 언성을 높였다.

"난 이제 됐어!"

"뭐?"

"이제 됐단 말이야!"

"뭐가 됐다는 건데!"

"놔! 놓으라구, 이 바보야!"

"바보는 내가 아니라 너야! 우왓, 위험해!"

갑자기 눈앞에 검은색을 띤 무언가가 나타났다. 그것이 파도라는 사실을 눈치챘을 때는 이미 한발 늦었다. 도망칠 곳이 없었기에 그대로 파도를 머리까지 뒤집어쓰고 말았다. 한순간 시야가 시꺼멓게 변했다.

"푸핫!"

얼굴을 들어보니 방금까지 눈앞에 있었던 노도카가 보이지 않았다. 파도 때문에 균형을 잃은 상태에서 그대로 바다에 가라앉은 것 같았다.

"어이!"

"콜록, 콜록!"

노도카는 허둥지둥 물 밖으로 얼굴을 내밀더니 거친 기침을 토했다. 바닷물을 마신 것 같았다.

"아, 안 돼! 싫어!"

노도카는 격렬하게 버둥거리기 시작했다. 똑바로 서면 발이 바닥에 닿겠지만, 방금 바다에 몸이 빨려 들어가면서 느낀 공포 때문에 패닉 상태에 빠진 것 같았다.

"싫어! 싫어!"

노도카는 몸을 띄우기 위해 물보라가 일 만큼 심하게 버둥거렸다. 사쿠타는 가라앉는 노도카의 몸을 뒤쪽에서 끌어안은 후, 그대로 바다 밖으로 끌어내기 시작했다.

"이제 괜찮으니까 진정해!"

"싫어! 이제 다 싫어! 싫다구!"

사쿠타는 바닥을 박차면서 모래사장으로 이동했다. 국도 134호선을 달리는 자동차의 불빛에 의지하면서 말이다. 사쿠타도 머리까지 물에 잠겼던 탓에 한순간 방향 감각을 잃었다. 어디가 육지인지 알 수가 없었다. 그것이 밤바다의 무시무시함이다.

"싫어…… 다 싫다구! 놔…….."

"그럴 수는 없어!"

"날 좀 내버려 두란 말이야!"

"그럴 수는 없다고 아까도 말했잖아!"

"너하곤 상관없잖아!"

"그럼 이런 비겁한 방법으로 나를 시험하지 마!"

사쿠타는 파도 소리에 목소리가 묻히지 않도록 언성을 높일 수밖에 없었다.

"이런 방법으로 자신의 가치를 알려고 하지 말라고!"

"윽?!"

"내가 구해줄 거라는 걸 전제로 바다에 뛰어들지 말란 말이야, 이 바보야!"

겨우겨우 바닷물이 무릎까지 차는 지점으로 이동했다. 어느새 사쿠타의 숨은 턱까지 찼다.

"시끄러워…… 시끄러워!"

노도카는 얼굴을 일그러뜨리며 사쿠타를 노려보았다.

"사쿠타는 언니의 몸이 소중한 것뿐이잖아!"

"맞아."

부정해 봤자 믿지 않을 거라고 생각이 들었기에, 사쿠타는 솔직하게 인정했다. 그것 또한 사실인 것이다.

"바보 취급하지 마!"

"매일같이 내가 해주는 밥을 먹어 놓고, 상관없다는 건 좀 그렇지 않아?"

"놔…… 놓으라구!"

사쿠타의 두 손은 노도카의 두 손목을 꼭 움켜쥐고 있었다. 노도카가 아무리 팔을 휘둘러 대도 놓지 않았다. 아니, 놓을 수 없다.

"놓으란 말이야!"

"싫어. 토요하마한테 무슨 일이 있으면 마이 씨가 슬퍼할 거야."

"윽?!"

노도카는 숨을 삼켰다. 그리고 저항을 멈추더니 꼼짝도 하지 않았다.

"뭐야……."

노도카는 고개를 숙이더니 낮은 목소리로 중얼거렸다…….

"뭐냐구……."

노도카가 흘린 눈물이 방울져 떨어지더니 바닷물과 섞였다.

"결국 언니 때문이잖아! 다들 언니만 좋아하잖아! 나 같은 건 아무도 필요로 하지 않는 거잖아!"

노도카는 끓어오르는 감정을 그대로 사쿠타를 향해 토했다.

"……."

사쿠타를 노려보는 노도카의 눈동자는 필사적으로 슬픔에 저항하고 있는 것처럼 보였다.

"마이 씨는 다르다고 했잖아. 너한테 무슨 일이 있으면 분명 슬퍼할 거야. 똑같은 말을 두 번 하게 만들지 마."

실은 노도카의 어머니도 마찬가지일 것이다. 하지만 지금 그 말을 해 봤자 노도카는 믿지 않으리라.

"거짓말하지 마!"

"거짓말 아냐."

"나를 싫다고 했단 말이야!"

"그게 거짓말이라고."

엄밀하게 말하자면 그 두 감정은 전부 진짜다. 복잡하게 얽혀 있는 것이다.

"그럼 증거를 대봐."

자포자기한 노도카는 어린애 같은 소리를 했다. 이 말을 하면 사쿠타의 말문이 막힐 거라고 생각한 것이리라. 수단 자체는 유치하지만 효과는 꽤 컸다. 하지만 사쿠타는 이 말에 대한 대답 또한 가지고 있었다.

"알았어. 보여줄게."

사쿠타는 태연한 목소리로 노도카에게 말했다.

"뭐?"

노도카는 그 말을 듣더니 당혹스러운 표정을 지었다.

"증거를 보여주겠다고. 같이 가자."

"자, 잠깐만!"

완전히 허를 찔린 듯한 노도카는 사쿠타가 살짝 잡아당겼을 뿐인데 순순히 따라왔다.

모래사장에 올라간 두 사람은 우선 젖은 옷을 최대한 짰다. 머리카락과 옷은 스위트 불릿의 로고가 새겨진 수건으로 가능한 한 닦았다. 그리고 계단을 올라간 두 사람은 국도로 향했다.

사쿠타는 노도카가 도망치지 못하도록 계속 손을 잡고 있었다.

두 사람은 역으로 이어지는 횡단보도를 건넜다. 바로 그때, 사쿠타는 편의점 주차장에서 나오려고 하는 택시를 발견했다.

사쿠타는 그 택시를 향해 힘차게 손을 흔들었다. 그러자 운전석에 앉아있는 아저씨와 시선이 마주쳤다. 가로등 불빛 덕분에 사쿠타와 노도카의 상태는 한눈에 알 수 있을 것이다. 아직 머리카락과 옷은 축축했다. 하지만 택시는 두 사람 앞에 섰다.

그러나 뒷자리의 자동문은 꿈쩍도 하지 않았다. 그리고 운전석의 문이 열리더니 아저씨가 내렸다.

"이곳은 수영 금지 구역이니 물에 들어가면 안 된단다."

농담인지 진담인지 알 수 없는 어조로 그렇게 말한 아저씨는 트렁크를 열었다. 그 아저씨는 트렁크에서 방수 돗자리를 꺼내더니, 그것을 뒷자리에 깔았다.

"자, 타렴."

그 후, 사쿠타와 노도카를 향해 그렇게 말했다. 정말 좋은 사람이다. 이런 일에 익숙해 보였기에, 어쩌면 전에도 물에 젖은 손님을 태운 적이 있는 걸지도 모른다.

"고마워요."

사쿠타는 그렇게 말하면서 먼저 노도카를 태웠다. 그리고 사쿠타도 택시에 탔다.

"여기서 그렇게 멀지 않은 곳이지만······."

사쿠타는 그렇게 말한 후, 자신이 사는 맨션의 위치를 그 아저씨에게 가르쳐줬다.

그 후, 택시는 방향 지시등을 켜면서 출발했다.

그리고 신호 때문에 정차했을 때······.

"손."

······하고, 노도카가 말했다.

"응?"

"이제 놔도 되잖아."

노도카의 시선은 두 사람 사이의 공간을 향하고 있었다. 사쿠타와 노도카는 여전히 손을 맞잡고 있었다.

"도망칠 생각이지?"

"여기는 차 안이야."

"느닷없이 바다에 뛰어드는 녀석을 신용할 수는 없어."

"그건 또 무슨 소리야?"

노도카는 불평을 하면서도 억지로 손을 떨쳐 내려고 하지는 않았다. 살며시 잡고 있을 뿐이니 마음만 먹으면 얼마든지 떨쳐 낼 수 있을 텐데도 말이다.

잠시 동안 아무 말 없이 밖을 쳐다보고 있을 때······.

"따뜻했어."

노도카가 느닷없이 그렇게 말했다.

"내 손이?"

"바다 말이야, 바보."

기온은 어느새 가을에 가까워졌다. 하지만 그에 비해 바닷물은 아직 따뜻했다. 사쿠타는 그 이유를 알고 있었다. 일전에 리오에게 물어본 적이 있었기 때문이다.

"물은 대기보다 비열(比熱)이 높거든."

"뭐?"

"바닷물이 따뜻했던 이유 말이야."

사쿠타는 창밖을 쳐다보면서 그렇게 말했다.

"비열이라면, 물질 1그램의 온도를 1도 올리는 데 필요한 열량이지?"

"그런 걸 용케도 아네."

"네가 먼저 언급했거든?"

"뭐, 그건 그렇지만 말이야."

즉, 물은 대기보다 훨씬 따뜻해지기 어려우며, 또한 차가워지기도 어렵다는 이야기다. 매일같이 온도가 크게 변동하는 대기와 달리, 바다는 오랜 시간을 들여 천천히 따뜻해지며, 또한 천천히 식는다. 여름에 햇빛을 받아 온도가 상승한 가을 바다는 11월이 되어야 가을다운 온도가 되는 것이다. 그래서 서핑 같은 해양 레저는 10월까지도 성황을 이룬다고 한다.

그 후 두 사람은 아무런 이야기도 나누지 않았고, 택시는 맨션 앞에 도착했다.

사쿠타는 운전사 아저씨에게 감사 인사를 한 번 더 한 후, 물에 젖은 지폐로 요금을 냈다.

택시에서 내린 사쿠타는 노도카를 데리고 마이의 맨션으로 향했다. 그리고 자동문인 종합 현관을 마이에게서 받은 열쇠로 열었다.

지금까지는 매번 인터폰으로 열어달라고 했기에, 이 열쇠를 사용하는 것은 이번이 처음이었다.

사쿠타는 엘리베이터를 타고 9층으로 올라갔다. 그리고 마이의 맨션 문도 열쇠로 열었다.

그 후, 사쿠타는 젖은 양말만 벗고 집 안으로 들어갔다. 노도카 또한 검은색 타이츠만 벗었다.

사쿠타가 향한 곳은 거의 쓰이지 않는 다다미방이다. 거실과 다다미방 사이에는 칸막이가 하나만 존재했다.

방구석에 놓인 서랍장 쪽으로 노도카를 데리고 간 사쿠타는 그녀에게 그것을 열어보라는 뜻의 눈짓을 보냈다.

"뭐야?"

"일단 열어보기나 해."

"……."

아무것도 들어 있지 않은 듯한 평범한 서랍장.

노도카는 머뭇거리면서 그 서랍장의 서랍을 열어봤다.

그러자 원래 과자가 들어 있었던 노란색 캔이 모습을 드러냈다.

"……."

노도카는 또 의문에 찬 눈길로 사쿠타를 쳐다보았다. 이번에는 시선만으로 「뭐야?」 하고 말하고 있었다.

"열어보면 알아."

"성가시게 하네."

노도카는 불평을 늘어놓으면서 비둘기 사블레 캔을 향해 손을 뻗었다. 그리고 그 캔을 다다미 위에 내려놓은 후, 그 뚜껑을 연 순간…….

"……어?"

노도카는 눈을 깜빡였다.

캔 안에는 봉투가 가득 들어 있었다. 각양각색의 봉투였다. 전체적으로 어린애 느낌이 나는 봉투가 많았다.

"……."

노도카는 아무 말 없이 편지 다발을 하나씩 확인해봤다.

받는 사람 항목에는 전부 『사쿠라지마 마이 님』이라고 적혀 있었다. 위쪽에 놓인 것일수록 글씨체가 깨끗했다. 하지만 아래쪽에 있는 것일수록 글씨체가 서툴렀고, 가장 밑에 있는 것은 알아보기 힘들 정도로 삐뚤삐뚤했다.

"이, 이건, 내가 쓴 편지…….."

봉투 뒷면에는 같은 글씨체로 『토요하마 노도카』라고 적혀 있었다.

대체 몇 통이나 될까. 언뜻 봐도 50통은 넘어 보였다. 어쩌면 100통이 넘을지도 모른다.

"왜, 이런 게……."

노도카의 입술이 떨렸다.

"영문을 모르겠어……."

말은 그렇게 하지만, 실은 알고 있을 거라고 사쿠타는 생각했다. 그래서 노도카의 눈가에 눈물이 맺혀 있는 것이다.

"영문을, 모르겠어……."

노도카는 같은 말을 반복했다.

바로 그때, 현관 쪽에서 작은 소리가 들렸다. 문이 열리는 희미한 소리였다. 아까 문을 잠갔으니, 지금 이 집에 들어올 수 있는 사람은 딱 한 명뿐이다.

노도카는 눈치채지 못한 것 같았다.

"왜…… 왜……."

노도카는 그런 말만 반복하고 있었다. 자신의 마음속에 존재하는 의문에 휘둘리고 있는 것이리라.

"그야 기뻤기 때문이겠지."

사쿠타도 편지 한 통을 향해 손을 뻗었다. 그것은 가장 글씨체가 서툰 편지였다.

"왜……."

노도카는 매달리는 듯한 눈길로 사쿠타를 쳐다보며 그렇게 말했다.

"나도 당시에는 어려서 잘 기억하지 못하지만…… 아역 시절의 마이 씨도 인기가 엄청났지?"

지금도 인기가 엄청나기는 하지만, 아역으로서 대활약하던 시기의 마이는 그야말로 붐이라고 해도 과언이 아니었다. 각종 방송에서 그녀를 모셔 가려고 엄청난 경쟁을 벌였던 것이다.

드라마와 영화에 출연했을 뿐만 아니라, 수많은 CF와 버라이어티에도 출연했다. 어른들 사이에 어린애 한 명이 섞여 있는 광경을 사쿠타도 방송에서 본 기억이 어렴풋이 났다.

"그렇게 눈 돌아갈 만큼 바쁜 상황에서는 말이야, 자신을 격려해주는 게 하나 정도 필요하지 않겠어?"

"……."

"토요하마는 라이브 무대에 서서 팬들에게 성원을 받을 때 기쁘지 않았어?"

"당연히 엄청 기뻤지."

"그것과 마찬가지야. 자신을 좋아해주는 사람이 있다는 건 엄청 기쁜 일이잖아."

사쿠타가 펼친 편지에는 어릴 적 노도카가 품었던 마음이 담겨 있었다. 그 편지는 언니 마이를 향한 동경으로 가득 차 있었다. 출연했던 드라마의 감상을 비롯해, 방송 사이사이에 나온 CF, 길을 가다 본 영화 선전 포스터, 그리고 버라이어티 방송에서 마이가 나왔던 짤막한 코너에 대한 것까지 적혀 있었다.

──언니는 어디에서나, 엄청 멋졌어요. 제 자랑스러운 언니예요.

말투는 어눌했지만, 그렇기 때문에 순수한 감정이 편지에서 전해져 왔다.

"이게 격려가 되지 않을 거라고 생각해? 너는 대체 마이 씨의 성격이 얼마나 더러운 줄 아는 거야?"

"하지만, 나는……!"

노도카는 필사적으로 사쿠타의 말을 부정하려 했다. 분명 본인 또한 자신이 왜 그러는 것인지 모를 것이다.

하지만 그 감정은 순수했으며, 노도카의 눈에는 눈물이 가득 맺혀 있었다.

"나는 진짜 동생이 아니란 말이야!"

한 번은 참았던 눈물이 볼을 타고 흘러내렸다.

"그건 또 무슨 소리야?"

"너는 이해 못 할 거야! 그걸 썼을 때는 아빠가 재혼했다느니, 언니와 나는 엄마가 다르다는 게 무슨 뜻인지 전혀 몰랐다구……."

"어린애니까 어쩔 수 없잖아."

"그리고 그걸 이해하게 된 다음부터는 계속 불안했어……. 언니에게 폐가 될지도 모른다는 생각이 들어서, 편지 같은 것도 쓸 수 없었단 말이야!"

노도카는 얼굴을 한껏 일그러뜨리고 있었고, 몸 또한 떨고 있었다.

"쓸 수 없었어……."

입술을 깨문 노도카는 터져 나온 감정을 억누르려 했다.

그제야 그녀의 떨림이 가라앉았다.

"……."

노도카가 무언가 말을 한 것 같았지만, 목소리가 너무 작아서 들리지 않았다.

"응?"

"짜증 나……."

이번에는 겨우겨우 들렸다.

"마이 씨가 말이야?"

"너 말이야."

노도카는 눈물을 닦으면서 사쿠타를 노려보았다.

"그건 또 무슨 소리야?"

"왜 네가 언니에 대해 나보다 더 잘 아는 건데?"

"그야 나는 마이 씨를 사랑하니까."

"그건 나도……."

"……."

"나도……."

하지만 노도카는 말을 끝까지 잇지 못했다.

"정말 싫다고 말하는 것보다는 훨씬 간단하지 않아?"

"시, 시끄러워!"

"마이 씨도 그렇게 생각하죠?"

사쿠타는 거실에서 느껴지는 기척을 향해 그렇게 말했다.

"뭐?"

노도카는 눈치채지 못했는지 화들짝 놀라면서 고개를 들었다.

"그렇게 생각하는 건 사쿠타가 지조가 없기 때문 아닐까?"

마이는 체념한 듯한 표정으로 칸막이 뒤편에서 모습을 드러냈다. 마이는 노도카를 향해 고개를 돌리더니, 그녀가 들고 있던 편지를 힐끔 쳐다보았다.

"멋대로 남의 보물을 보지 마."

"……언니, 왜……."

노도카는 코를 훌쩍이면서 물었다.

마이는 조용히 다다미방 안으로 들어왔다.

"옛 생각 나네……."

그리고 마이는 편지 다발을 쳐다보면서 자상한 표정을 지었다.

"당시에는…… 정신없이 바빴다는 것만 기억나. 어머니가 시키는 대로 극단에 들어갔고, 아침 드라마 출연을 계기로 인기를 얻은 후…… 정말 눈이 돌아갈 것만 같았어."

마이는 조용한 목소리로 말했다.

"스튜디오와 스튜디오를 정신없이 오가고, 집에 돌아가도 잠만 잤어……. 집에 돌아갈 수 없는 날에는 호텔에 묵었지. 내가 출연한 방송을 볼 짬도 없었고."

일 때문에 초등학교에 가지 못하는 날도 많았다고 들었다. 그래서 친구를 한 명도 만들지 못한 채 졸업하고 만 것이다.

마이는 과자 캔 안에 들어 있던 편지 다발을 꺼내더니 넘겨보면서 말했다.

"그래서 내가 텔레비전에 얼마나 나오는지도 몰랐어. 그리고 나도 모르는 사이에 세상 사람들은 나를 알아보게 되어서 기분 나쁘다고 생각한 적도 있어. 그 탓일까? 한때는 뿌연 거울을 보고 있는 듯한 심정으로 하루하루를 살았어. 수많은 사람들에게서 칭찬을 받았지만, 이 사람들은 누구지…… 하는 생각만 했지."

마이는 당시의 일을 떠올리면서 빙긋 웃었다.

"……"

노도카는 그런 마이를 금방이라도 울 것 같은 표정으로 지켜보았다.

"하지만 노도카만은 달랐어. 내 동생이라는 말을 들었을 때는 솔직히 당황했지만…… 내가 무슨 일을 할 때마다 편지로 『언니, 멋졌어』, 『언니, 대단해』 하고 말해줬지……. 그때마다 『나는 멋지구나』 하고 생각하며 용기를 받았어. 노도카가 기뻐해준다면 또 열심히 하자고 생각했어."

"나, 나는……."

"덕분에 나는 이 일을 좋아하게 된 거야."

마이는 말을 멈추더니 노도카를 쳐다보았다.

"그러니까 노도카."

"……."

"고마워."

"으?!"

"내 동생이 되어줘서, 고마워."

"언니……."

노도카는 감격했는지 또 눈물을 흘렸다.

"……얄미워. 얄미워, 언니!"

노도카는 눈물도 닦지 않은 채 감정을 마이에게 퍼부었다.

"이제 와서 그런 말을 해 봤자 이미 늦었다구!"

"……."

"나도, 나도 노력할 생각이었는데! 왜 나보다 먼저 센터 포지션을 차지하는 건데? 왜 언니가 엄마에게 칭찬받는 건데?! 너무해!"

"그야 노력했기 때문이지."

마이는 태연한 어조로 대답했다.

"매일 꾸준히 연습한 결과야."

그리고 한마디 더 덧붙였다.

"바로 그런 점이야! 해야만 하는 일을, 힘들어도 계속해야만 하는 일을, 매일같이 해서…… 못하는 사람이 잘못이라는 듯한, 그런 멋진 구석이 정말 싫어!"

노도카가 말을 끝낸 순간, 찰싹 하는 메마른 소리가 방 안에 울려 퍼졌다.

마이가 힘껏 뺨을 때린 것이다.

"아야야~."

뺨을 맞은 사람은 노도카가 아니라 사쿠타였지만……. 마이에게 맞은 뺨이 열을 뿜으면서 통증을 자아냈다.

"왜 나를 때린 거예요?"

사쿠타는 마이에게 당연하기 그지없는 질문을 던졌다. 노도카도 놀란 듯한, 겁먹은 듯한 표정을 지으며 마이를 쳐다보고 있었다.

"미안해. 물러 터진 소리를 하길래 무심코 화가 치밀었어."

마이는 담담한 목소리로 대답했다.

"하지만 때릴 사람을 잘못 고르지 않았어요?"

마이가 화나게 만든 사람은 바로 노도카였다.

"내일 패션 잡지 촬영을 하잖아? 볼에 상처라도 나면 어떻게 해."

"그런 생각까지 했으면, 무심코 화가 치민 게 아닌 것 같은데요?"

"그래서 미안하다고 했잖아."

마이는 약간 불만이 섞인 듯한 목소리로 그렇게 말했다.

"나를 위한 일이니까 그 정도는 참아."

"참는 대신, 다음에 잔뜩 어리광을 부리게 해줘요."

사쿠타는 볼을 문지르면서 그렇게 말했다.

"하아, 알았어."

아직 볼이 얼얼했다. 이 고통에 걸맞은 보상을 받아야겠다고 사쿠타는 마음속으로 다짐했다.

"그런 구석도 정말 싫어…… 프로 의식이 엄청 강한 데다, 그런 걸 당연한 듯이 해내면 나보고 어쩌라는 거야! 어쩌라는, 거냐구…….."

노도카는 그 자리에서 주저앉았다.

"저기 말이야. 마이 씨는 그렇게밖에 못하는 사람이야."

마이에게서 쓸데없는 소리를 하지 말라는 듯한 시선이 느껴졌지만, 사쿠타는 눈치채지 못한 척했다.

"마이 씨는 그저 인생이 서툴러서 그런 거니까 너무 신경 쓰지 마."

"잠깐만, 사쿠타."

마이는 꾸짖는 듯한 어조로 말했다. 하지만 사쿠타는 그 말도 무시하면서 노도카를 향해 말했다.

"사귀기 시작한 지 얼마 안 된 애인을 아무렇지도 않게 방치해 두는 사람이라고. 그 덕분에 여름 방학 동안 같이 놀러 가지도 못했어."

"사, 사쿠타, 무슨 소리야?"

마이는 약간 동요한 듯한 목소리로 그렇게 말했다.

"마이 씨는 그저 일 바보일 뿐이야."

"나를 그렇게 생각했던 거야?"

"처음으로 애인이 생겨 들뜬 나를 완전히 방치했잖아요? 웬만한 신경으로는 그런 짓 못해요."

사쿠타는 마이를 향해 직접 불만을 털어놓았다.

"이번에는 노도카 때문에……."

"나는 지금까지 있었던 일을 전부 통틀어서 말하고 있는 거예요."

"……나를 응원해주는 줄 알았는데 말이야."

마이는 약간 삐친 듯한 표정을 지었다.

"그것도 한도라는 게 있어요."

"그, 그야, 그럴지도 모르지만……."

마이도 조금은 자각을 하고 있었는지 사쿠타의 말을 듣고 기가 죽은 듯한 반응을 보였다.

"그리고 지금은 토요하마와 이야기하고 있으니까 좀 기다려줄래요?"

한편, 노도카는 어안이 벙벙한 표정으로 사쿠타와 마이를 쳐다보고 있었다.

그리고 곧…….

"풉."

……하고 웃음을 터뜨렸다.

"확실히 언니도 완벽과는 거리가 먼 사람일지도 모르겠
어."

그렇게 말한 노도카의 눈은 사쿠타와 마이 사이를 두 번
왕복했다.

"남자 취향도 형편없잖아."

노도카는 혼자서 웃음을 터뜨렸다. 사쿠타는 마이가 반
론해주기를 바랐지만, 그녀는 아무 말도 하지 않았다.

그리고 마이는 잠시 뜸을 들인 후……

"노도카."

……하고 차분한 목소리로 동생에게 말을 건넸다.

"……"

노도카는 긴장한 표정으로 마이를 올려다보았다. 입은 꾹
다물고 있었다. 그녀의 얼굴에는 미소가 존재하지 않았다.
노도카는 진지한 눈빛으로 마이를 응시하고 있었다.

마이는 그 시선을 부드럽게 받아주면서…….

"이제 그만 어머니한테서 졸업해."

꾸짖는 듯한 어조로 노도카에게 말했다.

"……뭐?"

노도카의 목에서 희미한 목소리가 흘러나왔다.

마이가 왜 이런 말을 하는 것인지 이해하지 못하는 듯한
표정이었다.

"라이브가 끝난 후…… 하이파이브 하는 자리에 너희 어머니가 계신 거 봤지?"

"윽?! 그래서 나는……!"

노도카는 그 순간 느꼈던 감정이 되살아났는지 목소리에 또 열기가 어렸다.

"손이 떨리고 있었어."

그런 노도카와 달리, 마이는 차분했다.

"이 손을 움켜쥔 노도카의 어머니는, 손을 떨고 있었어."

마이는 양손으로 노도카의 손을 감싸듯이 움켜잡았다.

"아마 계속 불안하셨을 거야."

"불안했다니……."

노도카는 마이가 무슨 말을 하려는 것인지 눈치채지 못한 것 같았다.

"노도카를 연예계에 들어가게 한 것을 말이야. 아이돌 오디션을 받게 한 것도 마찬가지야. 그리고 극단에 들어간 노도카를 데뷔시키려고 했던 것도 포함되어 있겠지."

"왜……."

"그게 노도카의 행복으로 이어질 거라는 확신을 가지지 못했기 때문이야."

"내…… 행복?"

"아직도 모르겠어?"

마이의 목소리는 부드러웠다.

"……."

노도카는 얼굴을 숙인 채 고개를 좌우로 저었다. 하지만 전혀 모르지는 않는 것 같았다. 어렴풋이 알 것 같기에 오히려 대답하지 못하는 경우도 존재하는 것이다.

"어머니의 기대에 부응하려 하는 자신의 딸을 보면서, 노도카 자신이 정말 행복한 것인지 계속 불안했던 게 분명해."

"윽?! 하, 하지만! 나는 전혀 몰랐어!"

무너져 내리려 하는 자신의 마음속 가치관을 지키기 위해, 노도카는 반사적으로 부정했다. 들고 있던 봉투 다발이 차례차례 다다미에 떨어졌다. 노도카는 그것을 주우려고도 하지 않더니, 자신의 몸을 끌어안은 채 「몰라. 모른다구」하고 중얼거렸다.

"나는 그런 말 들은 적 없어!"

"그야 자식 앞에서 그런 말을 할 수 있을 리가 없지."

사쿠타는 바닥에 떨어진 편지를 하나씩 소중히 주웠다. 그것은 마이의 소중한 보물이다.

"자식을 어떻게 키워야 할지 몰라 불안하다는 말을, 부모가 자식한테 할 수 있을 리가 없잖아."

일전에 아버지와 만났을 때, 사쿠타는 그 사실을 어렴풋이 눈치챘다.

"뭐, 나는 딱히 괜찮다고 생각해. 타인의 기대에 부응하고 싶어 하는 것도 바람직한 삶 아닐까?"

그것 자체는 나쁘지 않다. 자신이 스스로 그 길을 고른 것이라면 문제 될 것은 없다. 부모님에게 책임을 전가하지만 않으면 된다고 생각한다.

"아, 아냐!"

노도카는 뭔가를 지키기 위해, 필사적으로 부정의 말을 입에 담으려 했다.

"나는, 나를 위해!"

"……."

"나를 위해……."

하지만 결국 자신이 입에 담은 그 말 때문에, 노도카는 눈치채고 말았다. 목소리가 점점 작아지더니, 격렬하던 감정 또한 급속도로 식었다.

"그렇지만…… 나…… 나는…… 항상, 엄마가 화내지 말고, 기뻐해줬으면 했어! 언니 이야기만 하지 말고, 나도 칭찬해줬으면 했다구! 엄마가 웃어줬으면 했단 말이야!"

노도카가 쥐어 짜낸 마음은 커다란 눈물방울과 함께 터져 나왔다. 드디어 도달한 노도카의 본심이 바로 그 안에 있었다.

"그렇다면, 앞으로는 노도카가 직접 자신의 길을 선택해서, 어머니를 기쁘게 해드려."

"……."

"어머니가 시키는 대로만 하지 말고."

"응…… 응……. 우에엥."

노도카는 어린애처럼 울음을 터뜨렸다. 마이는 그런 노도카를 살며시 안아주더니, 그녀의 등을 부드럽게 어루만져줬다.

"……미안. 미안해, 엄마……."

그리고 노도카는 마이의 품속에서 하염없이 울었다. 그 오열이 마침내 멎은 후…….

"저기, 언니……."

노도카는 고개를 들었다.

"왜?"

"나, 언니처럼 되지 않아도 되는 거지?"

그것은 노도카의 어머니가 원하는 노도카의 모습이다.

"노도카가 되고 싶다면 되어도 돼."

"되고 싶지 않아."

노도카는 주저 없이 대답했다. 한순간 마이의 표정이 딱딱해졌다는 것을 노도카는 눈치채지 못한 것 같았다. 하지만 마이는 곧 따뜻한 미소를 지었다. 동생의 목표가 될 수 없다는 것이 유감스럽다는 듯한 미소였다. 그리고 동생이 자신의 의지를 표시했다는 사실을 기뻐하는 언니의 미소이기도 했다.

사쿠타가 그런 자매를 지켜보고 있을 때, 그 일은 느닷없이 일어났다.

사쿠타가 눈을 깜빡인 순간이었다.

"어?"

콤마 몇 초 동안 펼쳐진 어둠이 걷힌 후, 사쿠타의 눈앞에 펼쳐진 광경이 달라졌다.

"어, 어라?"

"어, 뭐야?"

마이와 노도카도 당황했다. 마이와 노도카에게 이번이 일어났으니 그러는 것도 당연할지도 모른다.

몸이 바뀌었다. 아니, 그렇지 않다. 그 말은 옳지만 틀렸다. 눈을 깜빡인 사이에 『마이』와 『노도카』의 위치가 바뀌어 있었다. 아까까지는 『토요하마 노도카』의 몸이 『사쿠라지마 마이』의 몸을 안아주고 있었는데, 지금은 마이의 몸이 노도카를 안아주고 있었다.

게다가 성가시게도 옷은 그대로였다. 『사쿠라지마 마이』의 몸은 노도카의 옷을 입고 있었고, 『토요하마 노도카』의 몸은 라이브에 갈 때 입었던 복장을 착용하고 있었다. 몸만 완벽하게 바뀌어버린 상황인 것이다.

"원래대로 돌아온 거야?"

"그런 것, 같아."

마이와 노도카는 서로의 몸을 만져봤다. 그리고 두 사람은 동시에 몸을 일으키더니, 세면장을 향해 뛰어갔다. 그리고 자신의 몸을 거울에 비춰보더니 「돌아왔어」, 「돌아왔다!」하고 외쳐 대고 있었다.

뒤늦게 거실로 향한 사쿠타는 가슴을 쓸어내렸다. 아무래도 몸이 뒤바뀌는 사춘기 증후군에서 해방된 것 같았다.

무슨 일이 일어난 것인지는 다음에 학교에서 리오에게 물어보자. 몸이 바뀌는 순간을 두 눈으로 봤지만, 뭐가 어떻게 된 것인지 감이 오지 않았다.

솔직히 말하자면, 피곤해서 생각하기도 귀찮았다.

"하암~."

사쿠타는 하품을 했다. 바로 그때, 스마트폰의 진동음이 들려왔다. 그 소리는 노도카가 가지고 다니던 마이의 가방에서 나고 있었다. 즉, 마이의 스마트폰에서 나는 소리였던 것이다.

언뜻 보이는 화면에는 『료코 씨』라는 글자가 표시되어 있었다. 마이의 매니저인 여성의 이름이다.

"마이 씨, 전화 왔어요."

사쿠타는 세면장에서 나온 마이에게 스마트폰을 건네줬다. 마이는 바로 전화를 받았다.

"료코 씨, 수고 많으세요. 내일 스케줄 때문에 전화주신 건가요?"

마이가 본래의 마이로서 활동하는 모습은 한 달 만에 보았다. 그래서 그런지 왠지 반가운 느낌이 들었다. 그리고 노도카가 연기하던 마이와는 분위기가 달랐다. 자신감이 흘러넘치고 있었던 것이다.

"예? 잠깐만요?! 정말인가요? 아, 예. 으음, 폐를 끼쳐 죄송합니다. ……예."

마이는 그녀답지 않게 당황한 듯한 반응을 보였다. 그런 마이에게서는 불온한 분위기가 느껴졌다. 방금 말한 폐라는 게 대체 뭘까. 무슨 일이 있나.

뒤늦게 세면장에서 나온 노도카 또한 걱정스러운 표정으로 마이를 쳐다보고 있었다. 자신이 실수를 범한 건가 싶어서 걱정이 이만저만이 아닌 것 같았다.

"예. 그럼 잘 부탁드릴게요. 이만 실례하겠습니다."

마이는 정중하게 인사를 건넨 후 전화를 끊었다. 그리고 그녀는 화면을 조작했다. 사쿠타가 옆에서 쳐다봤지만 아무 말도 하지 않았다.

검색 워드는『사쿠라지마 마이 연인』이었다.

이미지 데이터를 읽어 들이는 사이, 노도카도 반대편에서 스마트폰 화면을 쳐다보았다.

그리고 화면이 바뀐 순간…….

"윽."

"아."

"어?"

세 사람의 목소리가 동시에 터져 나왔다.

화면에 표시된 것은 어떤 사진이었다. 사쿠타와 마이가 나란히 걷고 있는 사진이다. 두 사람이 같이 찍힌 사진은 한

장이 아니었다. 총 네 장이다. 촬영 장소는 전부 달랐으며, 역 플랫폼과 하굣길, 모래사장 등에서 찍힌 사진들이었다.

당사자이기에 최근에 찍힌 사진이라는 사실을 알 수 있었다. 최근 한 달 동안 찍힌 사진이다. 즉, 마이와 노도카의 몸이 바뀐 기간에 찍힌 것이다.

"이미 사무소에는 문의가 빗발치고 있대."

전화를 받았을 때와 달리 마이는 꽤 침착했다. 기분 탓인지는 몰라도 조금 즐거워하고 있는 것처럼 보였다. 어쩌면 이것을 계기로 데이트 금지령이 해제될지도 모른다고 생각하는 걸지도 모른다.

"미, 미안해, 언니……."

오히려 노도카가 이 사태를 심각하게 받아들이고 있었다.

"어쩌지. 나, 어떻게 하지?"

"노도카는 아무것도 할 필요 없어."

"하지만……."

"이런 일은 아무것도 아냐."

마이는 그렇게 말하면서 노도카의 머리에 손을 얹었다.

"이 언니를 믿어."

"……으, 응."

"사쿠타는…… 저기, 미안해."

마이는 미안해하듯 시선을 약간 숙이면서 그렇게 말했다.

"좀 진정될 때까지 폐를 끼치게 될 것 같아."

"그 대신 마이 씨가 내 부탁을 잔뜩 들어줄 테니까 괜찮아요."

"알았어. 이 일이 끝나고 나면 네가 오랫동안 고대해 온 데이트를 해줄게."

마이는 진짜로 기뻐하는 것 같은 얼굴로 사쿠타와 약속을 했다.

3

"이번 일로 소란을 일으켜 정말 죄송해요."

텔레비전 화면 너머의 마이는 약간 멋쩍은 표정을 지으며 그렇게 말했다.

지금 텔레비전에 나오고 있는 것은 연예계 활동 재개 후 첫 『사쿠라지마 마이』 주연 영화의 제작 발표회장의 영상이었다.

수염을 기른 감독을 둘러싸듯 출연자와 프로듀서가 두 줄로 등받이가 없는 의자에 앉아 있었다. 베테랑도 있고, 신인도 있었으며, 전원을 다 합치면 십여 명 정도 되는 것 같았다.

하지만 화면에는 마이만 나오고 있었다.

현재 시각은 마침 학교 점심시간이었다.

사쿠타는 물리 실험실의 텔레비전으로 이 방송을 지켜보고 있었다. 사쿠타도 이 일과 관계가 없지 않았다. 아니, 당사자 중 한 명이었다.

채널을 돌려도, 한낮의 정보 프로그램은 하나같이 이 제작 발표 회견을 생중계하고 있었다.

한 기자가 손을 들더니 질문을 건넸다. 영화 내용과는 전혀 상관없는 질문이었다. 인터넷에 올라온 사진에서 비롯되어, 주간지에서 다루면서 대대적으로 퍼져 나간 『사쿠라지마 마이』의 스캔들에 관한 질문이었다.

기자들은 하나같이 그 점에 관해서만 질문을 던지고 있었다.

마이에게 있어서는 첫 스캔들이었다. 인기와 지명도 덕분에 주목도는 그야말로 엄청났다. 최근 며칠 동안의 연예계 뉴스는 마이의 연애 스캔들에 극도로 집중되어 있었다.

자택 맨션 앞에도 카메라와 기자들이 몰려와 있었기에, 사쿠타도 남들 눈에 띄지 않도록 조심하면서 생활했다. 마이는 학교에 갈 수 있는 상황이 아니었기에 사무소에서 준비해준 호텔로 대피했다.

마이가 카메라 앞에 모습을 드러낸 것은 연인이 있다는 사실이 알려지고 처음이었다. 회장에는 셀 수도 없을 만큼 많은 카메라가 존재했다. 마이의 미세한 표정 변화조차 놓치지 않겠다는 듯이 그녀에게 집중하고 있었다.

정보 프로그램 MC의 말에 따르면 회장에 들어가지 못한 기자들도 많은 것 같았다.

마이는 그런 상황에서 자신을 향한 질문에 답하고 있었다.

"연애 중이라는 건 사실입니까?"

"예. 사실이에요."

마이는 약간 부끄러워하면서 솔직하게 대답했다.

"상대는 어떤 분이죠?"

"섬세함이라고는 눈곱만큼도 없는 남자죠."

마이는 농담을 섞으면서 미소를 지었다. 하지만 그 여유는 오래가지 못했다.

"언제부터 사귀기 시작하셨죠?"

"으음…… 석 달 전부터일 거예요."

"어떤 경위로 사귀게 되셨습니까?"

"그게, 전교생 앞에서 고백을 받았는데…… 일단 보류하기는 했는데, 그 후로 한 달 동안 매일같이 고백을 받아서…… 결국 항복하고 말았어요."

세 번째 질문에 대답할 때는 약간 말끝을 흐리는가 싶었는데, 네 번째 질문을 받고는 멋쩍은 표정을 지으면서 말을 고르기 시작했다.

화면 너머로도 그녀의 얼굴이 붉어졌다는 것을 알 수 있었다.

어디를 쳐다봐야 할지 모르겠다는 반응이었다.

"마이 씨. 얼굴이 꽤 빨개지신 것 같습니다만?"

질문을 할 차례가 된 여성 기자가 왠지 즐거워 보이는 목소리로 그렇게 말했다.

"처음으로 생긴 연인에 대한 이야기를 이렇게 많은 카메라 앞에서 하고 있으니…… 부끄럽지 않을 리가 없죠."

마이는 입술을 삐죽 내밀더니 앳된 표정으로 귀엽게 반론했다. 그리고 덥다는 말을 연발하면서 자신의 얼굴을 향해 손부채질을 했다.

"지금 『처음』이라고 말하셨습니다만, 그렇다면 지금까지는 남성과 사귄 적이 없습니까?"

마이는 한순간 아차 한 듯한 표정을 지었다. 하지만 바로…….

"중학생 때부터 주간지에 저에 대한 이런저런 이야기가 실렸지만…… 이렇게 여러분에게 제대로 된 화제를 제공한 것은 이번이 처음인 걸로 기억해요."

마이는 약간 삐친 듯한 목소리로 그 기자의 질문에 대답했다. 빈정거림이 섞인 발언으로 부끄러움을 필사적으로 감추고 있었다. 연기가 아니라 진짜로 부끄러워하고 있는 것이리라.

그 사실을 증명하듯, 이곳에 모인 어른들은 따뜻한 미소를 짓고 있었다.

평소 어른스러운 분위기를 지닌 『사쿠라지마 마이』. 일에 있어서도 진지한 그녀는 출연진과 현장 스태프들에게도 전폭적인 신뢰를 받고 있었다. 하지만 『사쿠라지마 마이』는 아직 고교생이며, 평범한 사랑도 하는 여자애라는 사실을 이제야 그들도 떠올린 것 같았다. 그런 분위기가 회장에 생겨나고 있었다.

아역 시절부터 화면 안에서 당당하게 연기를 하던 마이만 아는 사람들에게 있어서는 매우 신선한 광경일 것이다.

그리고 마이의 그런 풋풋한 반응은 『사쿠라지마 마이』의 앞에서 움츠리고 있던 기자들의 태도를 부드럽게 만들었다. 그와 동시에 이완된 분위기가 생겨났다.

자연스럽게 질문 또한 좋은 의미에서 가벼운 것들로 변했다.

"마이 씨는 연인을 뭐라고 부릅니까?"

"이름을 그대로 부르는데요……."

마이는 목소리를 약간 낮추면서 말끝을 흐렸다. 그러자 그녀의 말끝에서 멋쩍어하는 느낌이 물씬 느껴졌다.

"경칭을 붙이지 않습니까?"

"예. ……어? 이, 이상한가요?"

마이는 주위의 반응을 신경 썼다. 자신이 일반적이지 않은 짓을 하고 있는 것은 아닌지 불안해진 것일지도 모른다. 진행을 담당하고 있는 여자 아나운서가 「아뇨, 전혀 이상하지 않습니다」 하고 말해주자, 그제야 안도한 듯한 표정을 지었다.

그 후에도 「연인의 첫인상을 말씀해주십시오」라든가, 「연인을 동물에 비유하자면 어떤 동물에 가깝습니까?」라든가, 「기억에 남는 에피소드가 있다면 알려주십시오」 같은 질문이 폭풍처럼 쇄도했다. 그 폭풍은 시간이 갈수록 기세가 더욱 격렬해졌다. 결국 진행을 담당하는 여자 아나운서도 당혹스러워하기 시작했다. 그럴 만도 했다. 이곳은 어디까지나 신작 영화의 제작 발표를 위한 자리니까 말이다.

그리고 또 하나의 질문에 대답한 후…….

"저기, 제가 한마디 해도 될까요?"

마이는 진행을 담당한 여자 아나운서에게 말을 걸었다.

"예, 마이 씨. 그러시죠."

마이는 마이크를 들고 자리에서 일어나더니, 우선 감독과 배우들에게 이런 소란을 일으킨 것에 대해 정중하게 사과했다.

"아까 프로듀서가 선전 비용을 아낄 수 있게 되었다고 좋아했으니까 괜찮아."

수염을 기른 감독은 그런 농담을 입에 담으면서 마이의 사과를 받아들였다.

"가, 감독님. 마이 양에게 그 말은 하지 않기로 약속했지 않습니까!"

양복 차림의 남성은 감독의 폭로 때문에 진짜로 당황했다.

"방송 업계에서「절대 말하면 안 돼」는「꼭 말해줘」라는 의미이지 않습니까."

이 영화에 출연하는 개그맨은 그렇게 말한 후 깔깔 웃었다.

"프로듀서님, 이 회견 끝난 후에 저 좀 따로 봐요."

마이가 미소를 띤 얼굴로 위압하자, 회장이 웃음바다가

되었다. 감독도, 배우도, 이 자리에 모인 기자들도 웃고 있었다. 프로듀서만이 식은땀을 줄줄 흘리고 있었다.

웃음소리가 잦아든 후, 마이는 많은 카메라를 향해 고개를 돌리며 이야기를 시작했다.

"그는 제가 연예계 활동을 다시 시작할 계기를 준 사람이에요. 본인은 그렇지 않다고 생각하지만, 그와 만나지 않았다면 이렇게 다시 카메라 앞에 서지는 못했을 거라고 생각해요."

마이는 몇 개월 전의 만남을 그리워하듯 온화한 미소를 지었다. 하지만 카메라 앞에서 사쿠타의 이야기를 하는 게 부끄러운지 얼굴은 여전히 빨갰다.

"이번 일로 그에게도 꽤 폐를 끼친지라…… 실은 이대로 차이는 건 아닌지 걱정하고 있어요."

농담이라고 생각한 일부 기자가 웃음을 터뜨렸다.

"반은 농담이지만, 반은 진심이에요."

마이는 화난 표정을 지으면서 웃음을 터뜨린 기자를 견제했다. 그러자 또 웃음소리가 들려왔다. 회장은 따뜻한 분위기에 휩싸여 있었다.

"이미 여러분도 아시다시피 그는 연예계와 전혀 관련이 없는 평범한 남자예요. 제 사생활은 괜찮지만, 그의 사진을 주간지에 싣거나, 인터넷에 올리는 행위는 자제해주셨으면 해요."

물론 주간지에 실린 사진은 모자이크 처리가 되어 있었다. 하지만 아는 사람이 보면 한눈에 그게 누구인지, 그리고 어디에서 찍은 사진인지 알 수 있을 것이다.

심각한 것은 인터넷 쪽이었다. 그쪽은 그야말로 무법 지대다. 프로 연예계 기자가 아니라 일반인들이 재미 삼아 올려 대고 있는 것이다. 당연히 모자이크 처리 같은 것도 되어 있지 않았다. 사쿠타의 얼굴이 그대로 인터넷에 올라와 확산되고 있었다.

다행인 점은 대부분이 멀리서 찍은 사진이라는 점이었다. 사쿠타 개인의 얼굴을 명확하게 식별할 수 있을 만큼 선명한 사진은 현재로썬 올라오지 않았다. 하지만 지금 이 순간에도 새로운 사진이 또 올라오고 있을지도 모르기에 안절부절못했다. 만약 그런 사진이 올라온다면, 사쿠타는 일약 유명인이 되고 말 것이다.

"이 일을 이유로 진짜로 차인다면 앞으로 순조롭게 교제하고 있는지 없는지를 여러분에게 보고할 수 없을 거예요. 그러니 부디 도와주셨으면 해요."

마이는 한순간 심각해질 뻔한 분위기를 장난기 어린 미소로 누그러뜨렸다. 그야말로 절묘한 타이밍이었다. 역시 연예계 경력 10년이 넘는 실력파다웠다.

"남의 사진을 멋대로 찍어서 인터넷에 올리는 몰염치한 사람은 이 나라에 없으니 괜찮을 거야."

수염을 기른 감독은 혼잣말하듯 그렇게 중얼거렸다. 앞으로 인터넷에 사쿠타와 마이의 사진을 올리는 사람은 제대로 된 인간이 아니라고 돌려서 말한 것이다.

화면 아래쪽에는 시청자가 방송 태그를 붙여서 SNS에 올린 메시지가 차례차례 표시되고 있었다.

——감독이 맞는 말 하네. 이 영화 보러 가야겠어!

——맞아. 자신이 그런 짓을 당하는 걸 상상하니 소름이 돋아.

——아, 그래도 사쿠라지마 마이와 사귄다니, 엄청 부럽네.

——이 나라의 윤리 의식은 진짜로 어디 간 거야?

——그것보다 사쿠라지마 마이가 오늘은 평소보다 더 귀여운 것 같잖아!

……등의 의견이 올라오고 있었다. 태그 사용 횟수 또한 쑥쑥 늘어나고 있었다.

이 상황에서는 기자들도 마이의 연인에 관한 질문을 던지기 힘들 것이다. 게다가 이미 웬만한 이야기는 다 들었다.

진행을 담당하는 여자 아나운서가 질문을 할 사람이 없는지 물었지만, 손을 드는 사람은 딱 한 명뿐이었다.

그 사람은 사쿠타가 아는 인물이었다. 직접 만난 적도 있고, 이야기를 나눈 적도 있다. 지금 사쿠타가 보고 있는 이 방송국의 여자 아나운서이기도 한 난조 후미카다.

"방송을 통해 보고 있을 연인에게 한마디 해주시지 않겠습니까?"

후미카는 마이크에 대고 그렇게 말했다. 그것은 질문이 아니라 진짜 부탁이었다. 마이는 그 말을 듣더니 장난기 어린 미소를 지었다.

"그건 본인에게 직접 말하겠어요."

마이는 그렇게 말한 후 웃음을 흘렸다. 그런 그녀는 부끄러우면서도 행복해 보이는 인상적인 표정을 지었다.

그 후, 드디어 영화의 제작 발표 회견이 시작되었다. 이제 마이의 스캔들에 관한 이야기를 할 것 같지는 않았기에 사쿠타는 리모컨으로 텔레비전을 껐다.

"사쿠라지마 선배는 역시 대단하네."

아무 말 없이 사쿠타와 함께 텔레비전을 보던 리오가 그렇게 말했다.

"응. 더 좋아하게 될 것 같다니깐."

"그런 말은 본인 앞에서 해."

"자주 하거든."

"……사쿠라지마 선배는 뭐래?"

"「그래그래」 하고 말하면서 그냥 흘려 넘겨."

"……."

"마이 씨는 부끄럼쟁이거든."

"아즈사가와는 마음이 정말 튼튼하구나."

리오는 자기 입으로 질문을 던졌으면서 이내 흥미를 잃은 것 같았다. 아니, 처음부터 흥미가 없었던 것이리라. 그녀는 알코올램프에 불을 붙이더니 비커 안의 물을 끓이기 시작했다. 커피를 타려는 것 같았다.

"그런데 결국 어떻게 된 거라고 생각해?"

"뭐가?"

"두 사람의 몸이 바뀐 것 말이야."

"자, 받아."

리오가 그렇게 말하면서 내민 것은 한 권의 책이었다. 타이틀은 『고릴라도 이해할 수 있는 양자 역학 이야기』였다.

사쿠타는 일단 첫 페이지를 펼쳐봤다. 영문 모를 수식이 적혀 있었다.

"고릴라는 똑똑하네."

숲에 사는 그들이 얼마나 똑똑한지에 대해 적혀 있는 책이 읽고 싶어졌다.

"정확하게 말하자면 몸이 뒤바뀐 건 아니잖아."

리오는 방금 끓인 인스턴트커피에 「후우, 후우」 하고 입김을 불어서 식히고 있었다.

"뭐, 그건 그래."

두 사람이 원래대로 되돌아왔을 때, 방금까지 『토요하마 노도카』의 모습을 하고 있었던 마이는 원래 모습으로 돌아갔고, 『사쿠라지마 마이』의 모습을 하고 있었던 노도카 또한 원래대로 되돌아갔다. 그것도 콤마 몇 초 만에 말이다. 눈한 번 깜빡인 사이에 그런 일이 벌어진 것이다.

"겉모습만 바뀌었던 거구나."

"그래."

"어째서?"

"『언니처럼 되고 싶어』, 『되어야만 해』 하는 동생의 마음이 자신의 겉모습을 『사쿠라지마 마이』로 바꾼 걸 거야."

"으음…… 그러니까, 대체 어떤 원리로 그렇게 된 거냐고."

"원리는 양자 텔레포테이션의 일종이라고 보는 게 타당할 거야."

리오는 커피가 적당히 식었는지 머그잔에 입을 댔다. 인스턴트커피인데도 향이 괜찮았다.

"자세하게 설명해주시옵소서."

"전에 양자 텔레포테이션에 대해 이야기한 적 있지?"

"응."

그건 여름 방학 때의 일이다. 리오가 사춘기 증후군에 걸렸을 때 그녀에게서 직접 들었던 것이다.

양자 얽힘이라고 하는 양자의 엄청난 성질을 이용한 것이라는 점은 기억하고 있다. 리오를 형성하는 양자 설계도를 다른 장소에 있는 양자와 동기화시켜서 정보를 공유한 후, 바로 그 다른 장소에서 리오를 관찰함으로서 순간 이동을 재현한다는 내용이었다.

꽤나 SF틱한 이야기라서 전혀 실감이 나지 않았지만…….

"즉, 사쿠라지마 선배의 여동생은 사쿠라지마 선배의 육체 설계도만을 자기 것으로 삼은 후, 직접 관측함으로서 사쿠라지마 선배의 몸을 얻은 거라고 나는 생각해."

"……."

"너한테 믿으라고 할 생각은 없어. 솔직히 말해 나도 믿기지 않거든."

사쿠타의 의견에는 관심이 없는 듯한 리오는 만족스러운 표정을 지으며 커피를 홀짝였다.

"하지만 그 가설에는 큰 구멍이 있지 않아?"

"사쿠라지마 선배 말이야?"

리오는 사쿠타가 그런 질문을 할 것이라는 사실을 이미 예상했던 것 같았다.

"그래. 왜 마이 씨도 토요하마가 된 건데?"

"그러지 않으면 이 세상의 이치에서 벗어나기 때문일 거야."

"뭐?"

"선배의 동생만 모습이 바뀐다면, 이 세상에는 『사쿠라지마 마이』가 두 명 존재하는 게 돼. 원래는 한 명만 존재할 텐데 말이야."

"그래서?"

"그러니까 이 세상의 조리를 유지하기 위해, 사쿠라지마 선배는 동생의 모습이 된 거지."

"여름 방학 때 두 명이 되었던 후타바가 그런 소릴 해?"

"나 때는 이치가 맞았어."

"그래?"

"결국 아즈사가와는 두 명의 나를 동시에 보지는 못했잖아?"

"그건 그래."

한 명을 눈으로 보면서 다른 한 명과 전화로 이야기를 나눈 적은 있지만, 리오가 방금 말한 것처럼 두 명의 리오를 동시에 본 적은 없었다.

"보존 법칙은 물리 세계에서는 기초적인 법칙 중 하나야. 한쪽이 늘어나면 다른 한쪽이 줄어. 한쪽이 줄면 다른 한쪽이 늘어나지. 그런 룰에 따라 세상이 움직인다고 생각한다면, 사쿠라지마 선배의 동생이 선배 모습이 된 순간 선배는 동생의 모습이 될 수밖에 없다고 생각해."

"……."

"이 설명으로도 납득할 수 없다면, 사쿠라지마 선배에게도 동생을 부러워하는 마음이 적지 않게 존재했다고 생각하면 되지 않을까?"

"그편이 훨씬 납득이 되네."

완전히 납득한 것은 아니지만, 더 이상 양자 역학에 관한 이야기를 해 봤자 이해가 되지 않을 것 같았기에 이쯤에서 이해한 걸로 해 두는 편이 좋을 것 같았다.

사쿠타는 고릴라도 이해할 수 있다고 하는 양자 역학 책을 리오에게 돌려줬다. 바로 그 순간, 종이 울렸다. 5분 후면 점심시간이 끝나고 오후 수업이 시작될 것이다.

"이제 슬슬 교실로 돌아가야겠네."

사쿠타는 자리에서 일어났다.

"아즈사가와."

바로 그때, 리오가 사쿠타에게 말을 걸었다.

"응?"

"방과 후에 데이트한다고 했지?"

"그래."

제작 발표 회견이 끝난 후 마이와 가마쿠라 역에서 만나기로 했다. 왜 리오가 그 이야기를 꺼내는 걸까.

"그때까지는 눈치챌 거라고 생각하지만…… 바지 지퍼 정도는 올리고 가는 게 어때?"

사쿠타는 그 지적을 듣고 아랫도리를 쳐다보았다. 남대문이 훤히 열려 있었다.

"이런 것도 다 가르쳐주는 여자 사람 친구를 둬서 나는 행복해."

리오는 사쿠타와 눈을 마주치지 않았다. 그녀는 부끄러운지 고개를 돌리고 있었다. 남자와 사타구니 이야기 같은 것을 하고 싶지는 않은 것이리라.

"바보, 빨리 가봐."

사쿠타는 지퍼를 올린 후 물리 실험실에서 나왔다.

그날 방과 후, 사쿠타는 집과 반대 방향으로 가는 열차를 탔다.

후지사와 역이 아니라 가마쿠라 역으로 향하는 열차다.

그의 목적지는 종점인 가마쿠라 역이었다. 시치리가하마 역을 출발한 열차는 약 15분 동안 이나무라가사키, 고쿠라쿠지, 하세, 유이가하마, 와다즈카, 이렇게 다섯 역을 지난 후 목적지에 도착할 것이다.

사쿠타는 어찌 된 영문인지 그 15분이 꽤나 길게 느껴졌다. 이제부터 데이트를 하기 때문일까.

열차는 평소보다 더 천천히 달리고 있는 것처럼 느껴졌다. 정차하는 역도 늘어난 것이 아닐까 하는 의심도 들었다. 물론 그럴 리가 없지만…….

와다즈카 역에 도착하기 직전에는 그냥 이번 역에서 내린 후 뛰어가는 편이 빠르지 않을까 하는 바보 같은 생각마저 들었다.

그런 사쿠타의 심정과는 달리, 열차는 도착 예정 시각에 딱 맞춰 가마쿠라 역에 도착했다.

사쿠타는 문 앞에서 대기한 후 가장 먼저 플랫폼에 내렸다. 그리고 빠른 걸음으로 토산품 가게를 지난 후 그대로 개찰구를 통과했다.

약속 장소는 이 역의 서쪽 출입구였다. 개찰구에서 오른편에 있는, 옛 역사(驛舍)의 시계탑이 있는 광장이다. 광장이라고 해도 그렇게 넓지는 않기에, 만나기로 한 상대가 있다면 한눈에 찾을 수 있을 것이다.

아직 마이의 모습은 보이지 않았다.

그것도 그럴 것이, 약속 시간이 되려면 20분이나 남아 있었다. 이 광장의 상징인 시계는 3시 39분을 가리키고 있다. 사쿠타는 그 시계를 보면서 「빨리 네 시가 돼라」라고 마음속으로 빌었다. 하지만 바늘은 정확하게 시간을 새기기만 할 뿐이었다.

겨우 5분이 지났을 즈음…….

"사쿠타."

뒤편에서 목소리가 들려왔다.

사쿠타는 반사적으로 돌아보았다.

"아까부터 계속 시계를 뚫어져라 쳐다보던데…… 그렇게 데이트가 기대됐어?"

사복 차림의 마이가 신발 소리를 내면서 사쿠타의 앞에서 걸음을 멈췄다. 그녀는 목덜미가 약간 헐렁한 가을 니트와 무릎 언저리까지 가리는 치마를 입고 있었다. 신발은 부츠였다.

옅은 화장을 해서 그런지 평소보다 아름다워 보였다. 머리카락은 하나로 모아서 땋았다. 그리고 변장용인지 테가 굵은 무도수 안경을 끼고 있었다.

"……."

사쿠타는 무심코 마이를 뚫어져라 쳐다보았다.

"입 다물고 있지 말고 무슨 말이라도 해봐."

"나, 전에 데이트하면 미니스커트에 맨발이라고 말한 적 있지 않아요?"

"발언 기회를 한 번만 더 줄게."

"좀 위험할 정도로 귀여워요."

마이는 누가 봐도 한눈에 알 수 있을 만큼 완벽한 데이트 모드였다.

"나를 위해 이렇게 신경 써주다니, 정말 기뻐요."

"이건……."

마이는 약간 고개를 돌렸다.

"이제 데이트하러 갈 거라고 말했더니, 스타일리스트가 이렇게 해주더라구."

마이는 원래 이렇게까지 할 생각이 없었다고 덧붙여 말했다.

"흐음."

"왜 그래?"

"아무것도 아니에요~."

"아, 그것보다 사쿠타."

불현듯 뭔가가 생각난 듯한 마이가 주위의 분위기를 바꿨다. 목소리 톤은 꽤 낮고 차분했다. 눈동자에서는 아까까지의 부끄러움이 사라졌다.

"왜 그러세요?"

사쿠타는 마이가 이러는 이유가 짐작이 되었지만 모르는 척하면서 그렇게 물었다.

"나한테 할 말이 있지 않아?"

"오늘도 엄청 미인이시네요."

"……"

마이는 아무 말 없이 사쿠타의 볼을 꼬집었다. 게다가 꽤 셌다.

"아야, 아야야!"

사쿠타가 엄살을 떨자 마이는 그의 볼에서 손을 뗐다. 그리고 그녀는 들고 있던 가방 안에서 주간지 한 권을 꺼내더니, 앞쪽에 있는 페이지를 펼쳐서 사쿠타의 얼굴을 향해 내밀었다.

"이게 대체 어떻게 된 거야?"

마이는 입가에 미소를 머금고 있었지만, 눈은 전혀 웃고 있지 않았다.

"무슨 소리인지 모르겠는데요."

사쿠타가 시치미를 떼자 마이는 그의 발을 밟았다.

"마이 씨, 발꿈치로 밟지는 마세요."

그건 진짜로 아팠다.

"그럼 이 잡지를 봐."

"예."

사쿠타는 마이가 시키는 대로 주간지를 쳐다보았다. 실은 보지 않아도 그 잡지에 무엇이 실려 있을지 사쿠타는 짐작이 되었다. 얼마 전에 발매된 이 주간지의 기사를 이미 읽어 봤기 때문이다.

그 페이지에는 커다란 글씨체로『사쿠라지마 마이, 첫 스캔들?!』이라고 적혀 있었다. 즉, 사쿠타와 마이에 관한 기사인 것이다.

그 페이지에는 같이 등하교하는 사쿠타와 마이, 그리고 맨션 앞에서 서로를 향해 손을 흔들며 헤어지는 두 사람의 모습이 실려 있었다.

그중에서도 가장 크게 실려 있는 것은 바다를 배경 삼아 서 있는 두 사람을 멀찍이서 찍은 사진이었다. 그것은 연속으로 촬영한 사진이었으며, 마치 마이가 사쿠타를 향해 몸을 날리며 그대로 쓰러뜨린 후 볼에 키스를 하고 있는 것 같다고 기사에 설명되어 있었다.

"균형을 잃은 토요하마를 부축해주려다 그렇게 된 것뿐이에요."

당사자인 사쿠타는 그 연속 사진의 중간 부분이 생략되어 있다는 사실을 알고 있었다. 적당한 부분만 연결해서 그럴듯하게 만든 것이다. 정말 무시무시한 수준의 정보 조작이다.

그날은 CF 재촬영이 있었던 날이다. 아마 그 사실을 안 연예계 기자가 취재를 하러 왔다가 그 광경을 본 것이리라.

고성능 디지털카메라로 촬영했는지 사진의 화질이 좋았다.

"그래서?"

마이의 눈은 여전히 웃고 있지 않았다.

"그게 다예요."

"했어?"

마이는 주저 없이 그렇게 말했다. 사쿠타는 이야기를 끝내고 싶었지만 그건 무리였다.

"……"

"키스는 했어?"

마이는 단호한 어조로 물었다. 애매하게 넘어갈 생각은 눈곱만큼도 없는 것 같았다.

"살짝 닿기만 했어요."

사쿠타는 솔직하게 털어놓았다.

"……"

무언의 압력이 정말 무시무시했다.

"진짜 사고였다고요!"

"사고라면 괜찮다고 생각하나 본데."

마이는 노골적일 만큼 짜증 섞인 표정을 지었다. 등골이 오싹해졌다. 확실히 사고일지라도 해서는 안 되는 일은 존재했다.

"잘못했어요."

사쿠타는 고개를 푹 숙였다.

"반성하고 있어?"

"하고 있어요."

"못 믿겠어."

"진짜로 하고 있다고요."

사쿠타는 고개를 들더니 필사적인 눈빛으로 호소했다.

"그럼 그에 걸맞은 성의를 보여 봐."

"어떡하면 되는데요?"

"직접 생각해봐."

마이는 고개를 획 돌렸다. 하지만 사쿠타를 힐끔힐끔 쳐다보는 그 눈빛은 뭔가를 기대하고 있는 것처럼 보였다.

사쿠타는 살며시 몸을 숙이더니…….

"자요."

……하고 말했다.

"뭐하는 거야?"

"아, 마이 씨도 내 볼에 뽀뽀하고 싶은 건가 싶어서요."

"……."

마이의 눈길은 차가웠다. 아무래도 선택지를 잘못 고른 것 같았다.

"으음……."

"이상한 소리를 하면 확 돌아가 버릴 거야."

그야말로 무시무시한 협박이었다.

"좋아해요."

"……."

이 정도로는 용서해줄 수 없는 것 같았다.

"엄청 좋아해요."

"……."

마이는 아직도 용서해주지 않았다.

"마이 씨가 내 연인이라 정말 행복해요. 나는 이 세상에서 가장 행복한 사람일 거예요."

사쿠타가 마이의 눈을 쳐다보며 그렇게 말하자, 그녀의 입가에 옅은 미소가 어렸다.

"당연하지."

아직 화가 완전히 풀린 것 같지는 않지만, 마이의 얼굴에 기쁨이 어렸다.

"마이 씨는요?"

"응?"

"마이 씨는 어떤가 싶어서요."

사쿠타는 될 대로 되라는 심정으로 그렇게 물었다. 지금까지 마이에게서 직접적인 말을 들은 적은 거의 없었다. 사실 마이의 눈은 「그런 술수에 넘어갈 것 같아?」 하고 말하고 있었다.

"나, 마이 씨에게서 상을 받기로 했던 것 같은데 말이죠."

사쿠타가 그렇게 말하면서 물고 늘어지자 마이는 한숨을 내쉬었다. 하지만 표정은 어이없어하는 것과는 달랐다. 한

순간이지만 뭔가를 떠올린 듯한 표정을 지었다.

"저기, 사쿠타."

"왜요?"

두 사람은 서로를 똑바로 쳐다보았다. 마이의 눈동자는 희미하게 웃고 있었다.

"아마, 나는 사쿠타가 생각하는 것보다 더 사쿠타를 좋아할 거야."

"……."

사쿠타는 무슨 말을 들은 것인지 바로 이해하지는 못했다. 그는 예상 이상의 결과를 얻은 나머지 입을 쩍 벌렸다. 그리고 그런 사쿠타를 본 마이는 「괴상한 표정이네」 하고 말하면서 소리 내서 웃었다.

"그래도 내가 마이 씨를 더 많이 좋아할 거예요."

"그래그래. 그런 걸로 해줄게. 그럼 가자."

마이는 자연스럽게 사쿠타의 손을 잡더니 걸음을 옮겼다.

"옆에서 히죽거리지 마."

사쿠타는 또 마이에게 꾸중을 들었다.

"마이 씨도 웃고 있잖아요."

"내가 웃으면 사쿠타도 기쁘잖아?"

마이는 여유 넘치는 미소를 지었다. 역시 이래야 마이답다는 생각이 들었다.

"너무 기뻐서 내일도 데이트하고 싶네요."

"잡지 촬영이 있어서 안 돼."

"으으~, 또 일이에요?"

"그러니까 모레 하자."

두 사람은 즐거운 대화를 나누면서 수많은 상점들이 줄지어 있는 고마치도오리로 향했다. 이곳은 평일에도 수많은 관광객과 커플로 붐비는 장소다.

이곳을 찾은 사람들은 다들 즐거운 얼굴로 가게를 둘러보거나, 맛있는 것을 먹으며 돌아다니고 있었다. 그곳은 수많은 미소로 넘쳐흐르고 있었다.

사쿠타와 마이도 그런 미소 중 하나가 되었다.

종 장

가을이 데리고 오다

한동안 시끌벅적했던 사쿠타와 마이의 주위도 대대적으로 보고된 그 회견 이후로는 급속도로 조용해졌다.

마이의 풋풋한 반응이 세간에 좋은 인상을 주면서, 『그녀의 사랑을 지켜보자』는 분위기를 주변에 심은 것이다.

그 덕분에 며칠 후에는 마이도 학교에 나오게 되었고, 사쿠타와 등하교를 함께하게 되었다.

하지만 소동이 완전히 가라앉은 것은 아니었다. 지금도 인터넷상에서는 사쿠타와 마이를 찍은 사진이 SNS 같은 곳에 업로드 될 때가 있었다.

하지만 그런 계정은 그것을 본 사람들에게 강한 반감을 사면서 몰매를 맞았고, 결국 계정을 지우거나 방치하게 되는 것 같았다.

10월 둘째 주가 되자 세간의 관심은 새로운 스캔들에 옮겨 갔고, 그와 동시에 사쿠타의 일상은 완전히 평소와 다름없어졌다.

학교에서는 중간고사 일정이 발표되었고, 사쿠타가 아르바이트를 하는 패밀리 레스토랑에서는 가을 느낌이 물씬 나는 계절 메뉴가 추가되었다. 원래 일어나야 할 일이 예정대로 일어나고 있는 평온한 나날이 계속되고 있었다.

특이한 일이라면, 토요일 밤에 마이에게서 전화가 왔다는 것 정도다.

——내일, 우리 집에 와.

마이는 자신의 용건만 짤막하게 말했다. 내일은 10월 12일, 일요일이다. 마이도 일이 없다고 했다.

예비 열쇠를 마이에게 돌려준 지금 상황에서 그녀의 집에 들어가는 것은 매우 귀중한 이벤트다. 게다가 노도카는 집에 돌아갔다.

즉, 사쿠타는 처음으로 마이의 집에서 단둘이 있을 수 있는 기회를 얻은 것이다.

들뜨지 말라는 건 무리였다.

일단 사쿠타는 새 팬티로 갈아입은 후 집을 나섰다. 그리고 마이가 지정한 오후 두 시에 인터폰을 눌렀다.

자동문이 열리자 사쿠타는 엘리베이터를 타고 9층으로 향했다. 그리고 모퉁이에 있는 집에 도착한 후, 또 인터폰을 눌렀다.

그러자 발소리가 들려오더니 누군가가 현관으로 다가오는 기척이 느껴졌다.

"어서 와."

그 상대는 인사를 건네면서 문을 열었다.

"어?"

사쿠타는 무심코 엉뚱한 소리를 냈다. 현관문을 연 사람이 마이가 아니었던 것이다.

사쿠타의 눈앞에 있는 사람은 눈에 익은 금발 소녀였다.

이름도 안다. 그녀가 신출내기 아이돌이라는 사실 또한 사쿠타는 알고 있었다.

"토요하마가 왜 여기 있어?"

사쿠타는 들뜬 기분이 순식간에 가라앉았다.

"언니한테서 아무 이야기 못 들었어?"

노도카는 목덜미 쪽이 넓은 티셔츠를 고쳐 입으면서 그렇게 말했다. 밑에는 핫팬츠를 입었으며, 그녀의 자랑거리인 금발은 고무줄로 느슨하게 묶었다.

눈가에 한 화장 또한 예전에 비해 옅었다. 그녀는 영락없는 실내 생활용 복장을 하고 있었던 것이다.

"나는 아무 이야기도 듣지 못했어."

"아, 그랬구나. 뭐, 좋아. 들어오지그래?"

노도카는 여기가 자기 집이라도 되는 것처럼 사쿠타에게 그렇게 말했다. 사쿠타는 전혀 좋지 않았지만 현관 앞에 계속 서 있을 수도 없었기에 순순히 그 말에 따랐다.

사쿠타는 신발을 벗고 집 안에 들어갔다. 거실로 이어지는 복도를 쳐다보니 불길한 예감이 확신으로 바뀌었다.

그곳에는 커다란 종이 상자가 쌓여 있었다. 그 숫자는 두 자릿수에 육박했으며, 개봉되어 있는 가장 위쪽 상자에는 마이가 입기에는 너무 화려해 보이는 옷가지가 들어 있었다.

노도카는 그 상자 옆에서 멈춰 서더니…….

"그럼 이걸 전부 저 방으로 옮겨줘."

상자를 손으로 가볍게 두드리며 그렇게 말했다.

그녀의 시선은 옆에 있는 방을 향하고 있었다. 마이가 거의 사용하지 않던 빈방이었다.

"여기서 살아?"

이 상황에서 내릴 수 있는 결론은 그것뿐이었다.

"진짜로 언니한테서 아무 이야기도 못 들었구나. 언니~!"

노도카는 거실을 향해 그렇게 외쳤다.

"나 좀 도와줘."

다다미방 쪽에서 마이의 목소리가 들려왔다. 그 후, 이불을 양손으로 안아 든 마이가 모습을 드러냈다. 아니, 모습은 보이지 않았다. 거대한 이불 때문에 사쿠타의 위치에서는 그녀의 얼굴이 보이지 않았던 것이다. 마이 또한 앞이 보이지 않는지 걸음이 불안정했다.

사쿠타는 마이에게 다가가서 그 이불을 대신 들어줬다.

"아, 사쿠타. 고마워. 그걸 저 방으로 옮겨줘."

마이 또한 노도카와 마찬가지로 빈방을 가리켰다.

"예이예이~."

사쿠타는 마이가 시키는 대로 그 이불을 빈방에 옮겼다. 그리고 그 방에 유일하게 놓여 있던 새 침대 위에 그 이불을 내려놓았다.

고개를 돌려보니, 마이와 노도카가 문 앞에 서서 사쿠타를 쳐다보고 있었다.

"마이 씨, 대체 어떻게 된 거예요?"

"보면 알잖아."

"토요하마도 여기서 살아요?"

사쿠타는 자신이 눈치챈 사실을 투덜거리면서 입에 담았다.

"그래."

마이의 대답은 짤막했다.

"어머니와 화해한 거 아니었어?"

사쿠타는 노도카에게 질문을 던졌다.

사쿠타가 알기로 노도카는 몸이 원래대로 돌아온 그날 바로 집으로 돌아갔다. 열차가 끊길 시간이 다 되었지만, 빨리 돌아가서 어머니와 이야기를 나누고 싶다면서 서둘러 돌아간 것이다.

그 후에 마이에게서 잘 화해한 것 같다는 이야기를 들었다. 정확하게 말하자면 이틀 전에 그런 이야기를 했던 것이다.

그런데 어째서 이렇게 되어버린 것일까. 사쿠타는 자신이 납득할 수 있는 설명을 듣고 싶었다.

"엄마의 마음도 알았고…… 앞으로는 내가 나아갈 길은 내가 정하겠다는 이야기도 하기는 했는데……"

노도카는 겸연쩍은 표정을 지으면서 고개를 돌렸다.

"했는데, 뭐?"

"사람이 그렇게 쉽게 변하겠냐구~"

노도카는 퉁명한 표정을 지으면서 사쿠타를 향해 그렇게

말했다.

"즉, 화해한지 얼마 되지도 않는데 또 싸운 거냐?"

"그게, 엄마가 이거 하렴, 저거 하렴, 그거 했니, 이거 했니, 하면서 하도 간섭해 대서 짜증이 폭발했단 말이야."

"……그게 딸이 할 소리냐."

잘 화해한 줄 알았더니 결국은 요 모양 요 꼴이었다.

하지만 노도카의 말도 이해가 되지 않는 것은 아니었다. 비틀릴 대로 비틀렸던 두 사람의 관계가 겨우 한 번 화해했다고 극적으로 개선된다는 건 말도 안 된다.

그야말로 몇 년에 걸쳐 쌓여 왔던 관계니까 말이다.

몸에 밴 서로에 대한 태도가 간단히 달라질 리가 없다. 그러기 위해서는 상당한 시간이 걸리는 게 당연했다.

"언니와 상담했더니 「그럼 한동안 우리 집에서 살래?」 하고 말했어."

노도카는 마이의 말투를 흉내 내면서 그렇게 말하더니 미소를 지었다.

"레슨 스튜디오에 가는데 시간이 더 걸리기는 하지만, 학교까지의 거리는 비슷하거든."

마이는 사쿠타가 묻지도 않은 사실까지 가르쳐줬다.

즉, 이것은 노도카가 어머니에게서 졸업하기 위한 극약 처방이자, 노도카의 어머니가 자식을 놓아주게 하기 위한 극약 처방……이기도 한 것이다.

화해를 했는데도 계속 간섭한다면, 물리적으로 거리를 두는 편이 좋다. 마이 본인도 어머니와 사이가 나빠졌기 때문에 혼자 살기 시작했으니, 여러모로 생각하는 바가 있는 걸지도 모른다.

"어제 노도카의 집에 가서 제대로 설득하기도 했고, 인사도 해 뒀으니까 걱정하지 마."

사쿠타는 그런 걱정은 눈곱만큼도 하지 않았다. 그가 하고 있는 것은 다른 걱정이었다.

"너무해~."

사쿠타는 그 모든 사실을 이해한 후 불만에 찬 목소리를 냈다.

"뭐?"

그러자 노도카는 바로 짜증 섞인 반응을 보였다.

"동거인이 있으면 마이 씨와 러브러브 할 수가 없잖아."

"꼴좋네."

노도카는 의기양양한 미소를 지으면서 마이를 꼭 끌어안았다.

"자, 잠깐만, 노도카."

노도카는 마이의 가슴에 얼굴을 묻었다. 마이는 간지러워했다. 그리고 사쿠타를 힐끔 쳐다본 노도카의 눈은 「부럽지?」 하고 말하고 있었다.

"나도 그 정도는 할 수 있어."

사쿠타도 그렇게 말하면서 마이를 끌어안으려고 했지만⋯⋯.

"다가오지 마."

노도카가 그를 향해 발차기를 날렸다. 사쿠타는 반사적으로 양손을 이용해 그 공격을 막아 냈다.

"꺄앗, 바, 바보! 내 다리 만지지 마!"

노도카가 버둥거리면서 내지른 발이 사쿠타의 명치에 꽂혔다. 그리고 사쿠타는 배를 움켜쥐며 몸을 웅크렸다.

"너⋯⋯."

노도카는 고통스러워하는 사쿠타를 비웃으면서 마이를 더욱 세게 끌어안았다.

"이 시스콤 아이돌아, 언니도 좀 졸업하시지."

"뭐어? 난 시스콤 아니거든?"

"그런 소리는 지금 네 꼴을 거울로 보면서 해."

노도카는 마이의 허리를 양손으로 끌어안은 채 코알라처럼 찰싹 붙어 있었다.

"거울이 없는데?"

"그럼 안 봐도 되니까 일단 내 마이 씨에게서 떨어져."

"우리 언니거든~."

"그만해. 사이좋게 지내지 않으면 둘 다 쫓아내버릴 거야."

"⋯⋯."

"⋯⋯."

마이가 그렇게 말하자 두 사람은 동시에 고개를 돌렸다.

"싸우지 말고 빨리 짐이나 정리해."

"으으~."

"예~."

사쿠타의 불만과 노도카의 대답이 하모니를 이뤘다. 그리고 노도카는 날카로운 눈빛으로 사쿠타를 노려보았다. 사쿠타에 대한 대항심이 타오르고 있었다. 그것도 활활 말이다.

인생이라는 것은 생각대로 되지 않는 법이다.

겨우 사춘기 증후군이 해결됐고, 데이트 금지령이라는 속박에서 해방됐는데, 골치 아픈 방해꾼이 나타났다.

정말 인생이라는 것은 뜻대로 되지 않는 것 같았다.

그것을 통감하게 되는 어느 가을날이었다.

짐 정리 자체는 딱히 큰 짐도 없었기에 30분도 채 걸리지 않았다. 그 후에는 마이의 요청에 따라 거실 가구를 옮겼다. 마이는 이 기회에 집 안 인테리어를 변경할 생각인 것 같았다.

조그마한 다이닝 테이블도, 노도카와의 생활에 맞춰 사이즈가 조금 더 큰 것으로 바뀠다. 지금까지 쓰던 것은 방구석에서 꽃병 받침으로 활용되고 있었다.

방 청소를 비롯해 집 안 인테리어 변경도 한 시간 만에 끝났다.

사쿠타는 홍차를 마시면서 네 시를 가리키고 있는 시계 바늘을 멍하니 쳐다보았다. 한편, 마이는 주방에서 전기밥솥에 쌀을 넣고 있었다.

주방을 향해 고개를 돌린 사쿠타와 시선이 마주친 마이는⋯⋯.

"저녁, 먹고 갈래?"

⋯⋯하고 짤막하게 말했다.

"그러고 싶은 마음은 굴뚝같지만, 카에데가 기다리고 있거든요."

"그렇게 말할 줄 알았어."

마이는 이미 쌀을 2인분만 씻었다. 진짜로 예의상 물어본 것이다. 마이는 밥솥에 물을 넣고 뚜껑을 닫았다.

사쿠타는 그 모습을 지켜본 후⋯⋯.

"그럼 가볼게요."

⋯⋯하고 말하면서 소파에서 일어났다.

마이는 그런 사쿠타를 현관까지 배웅했다.

"오늘은 고마웠어."

"다음에는 방해꾼이 없을 때 불러주세요."

"그래그래."

마이는 현관에서 손을 흔들면서 사쿠타와 헤어졌다.

사쿠타가 홀로 쓸쓸히 엘리베이터를 기다리고 있을 때, 뒤편에서 자신을 향해 다가오는 인기척이 느껴졌다. 그 사람은 아무 말 없이 사쿠타의 옆에 멈춰 섰다.

"……."

옆쪽을 쳐다보니 예상대로 노도카가 서 있었다.

"……."

사쿠타에게 볼일이 있는 것 같지만, 그녀는 아무 말도 하지 않았다. 그저 엘리베이터의 램프만 지그시 쳐다보고 있었다.

두 사람은 아무 말 없이 엘리베이터에 탔다. 그리고 엘리베이터는 침묵에 휩싸인 채 1층에 도착했다.

사쿠타는 노도카에게 딱히 볼일이 없기에 그대로 맨션을 나섰다. 사쿠타는 이 맨션의 맞은편에 있는 맨션에 살고 있었다. 도로 하나만 건너면 귀가할 수 있는 위치였다.

사쿠타가 그 길을 건넜을 즈음이었다.

"멋대로 돌아가지 마."

노도카가 언짢은 목소리로 그렇게 말했다.

"무슨 일이야?"

사쿠타는 그렇게 말하면서 돌아섰다.

도로 반대편에 있던 노도카는 사쿠타와 시선을 마주치려 하지 않았다. 그녀는 자신이 입은 티셔츠의 끝자락을 움켜쥔 채 우물쭈물하고 있었다.

"화장실 가고 싶어?"

"그런 거 아냐!"

그럴 것이다. 만약 볼일이 급하다면 혼자 가면 되니까 말이다. 특별한 성적 취향이 있는 게 아니라면 집에 돌아가는 사쿠타를 불러 세울 필요가 없다.

"그럼 무슨 일이십니까?"

사쿠타는 귀찮다는 말투로 물었다.

"이 모습으로 돌아온 후에 사쿠타와 단둘이서 이야기하는 건 처음이잖아……."

노도카는 여전히 고개를 돌리고 있었다. 자신의 금발을 손가락으로 동그랗게 말면서 말이다. 왠지 안절부절못하는 것 같았다.

"뭐, 계속 마이 씨의 모습이었으니까."

"그래서, 뭐랄까…… 멋쩍다고나 할까……."

"그래?"

"왜, 왜 이해를 못하는 거야?"

노도카는 사쿠타에게 괜히 짜증을 냈다.

"뭐, 내 마음은 몹시 차분하거든."

"……."

노도카는 원망 섞인 시선으로 사쿠타를 쳐다보았다. 그리고 부끄러운 심정을 드러내듯 그를 올려다보았다. 드세어 보이는 외견과 어울리지 않는 면이 좀 재미있었다.

"그래서 무슨 일이야?"

방금 그 이야기를 하려고 일부러 사쿠타를 쫓아왔을 리가 없다. 집으로 돌아가는 그를 불러 세우지는 않았을 것이다.

"언니가 제대로 말하라고 해서……."

노도카는 퉁명한 어조로 변명 같은 말을 했다.

"그래서?"

"저기……."

노도카는 또 고개를 돌렸다. 그리고 고개를 돌린 채…….

"고마워."

……하고 말했다.

"짐 옮기는 것 정도야……."

"오늘 일만이 아니라…… 너한테 폐를 끼쳤을 뿐만 아니라, 도움도 받았잖아."

"별것 아니니까 신경 쓰지 마."

"어떻게 신경 안 쓰냐구~."

"글쎄 신경 쓰지 말라니까~."

"……."

"……."

"왠지 좀 이해가 될 것 같아."

"뭐?"

"언니가 사쿠타를 선택한 이유 말이야."

"좀 자세하게 이야기해줬으면 좋겠는데 말이야."

"그걸 어떻게 말해, 이 바보! 그, 그리고, 그걸 알기는 했지만, 나는 너한테 아무런 감정도 없으니까 착각하지 마!"

사쿠타가 아무 말도 하지 않았는데도, 노도카는 얼굴을 새빨갛게 붉히면서 힘찬 목소리로 그렇게 말했다.

　"진짜로 없단 말이야."

　이번에는 표정이 진지해졌다. 정말 표정이 쉴 새 없이 바뀌는 애다.

　"알았어. 착각 안 하면 될 거 아냐."

　"……."

　사쿠타가 요구를 받아줬는데도 노도카는 여전히 언짢아했다. 그녀는 삐친 듯한 표정으로 사쿠타를 노려보고 있었다. 대체 뭘 어쩌라는 건지 모르겠다.

　"……조금은 해도 돼."

　"뭐?"

　"아, 아무것도 아냐! 이쪽 쳐다보지 말라구!"

　"너 진짜로 왜 이러는 거야……."

　"직접 생각해봐!"

　노도카는 뒤돌아서더니 「하지만, 이걸로는 절대 언니에게 이길 수가 없단 말이야」 하고 투덜거리듯이 중얼거렸다.

　"뭐?"

　"빨리 돌아가라고 했어!"

　노도카는 또 사쿠타를 향해 돌아서더니 메롱~ 하면서 어린애처럼 혀를 쏙 내밀었다. 그리고 화난 듯한 걸음걸이로 다시 맨션 안에 들어갔다.

"날 불러 세운 건 너잖아······."

사쿠타는 그렇게 말했지만, 이미 이 자리에 없는 노도카에게 그 말이 닿을 리가 없었다. 다음에 만났을 때 불평이라도 해줘야겠다. 어차피 노도카는 앞으로 마이의 집에서 지낼 테니 또 만날 기회가 있을 것이다. 찬스는 얼마든지 찾아오리라.

"이번에는 그 녀석이 언니를 졸업하게 만들어야겠네."

사쿠타는 혼잣말을 하면서 돌아서더니 다시 집으로 향했다.

맨션에 들어간 사쿠타는 1층에 있는 우편함을 확인했다. 그 안에는 피자 가게의 전단지와 초밥 가게의 전단지, 그리고 맑은 파란색 봉투가 있었다. 옆으로 여는 형식의 봉투였다.

"응?"

그 봉투는 입구 부분에 풀칠이 되어 있지 않았다. 단순히 접혀만 있었던 것이다.

우체국 도장도 찍혀 있지 않았고, 우표도 붙어 있지 않았다.

우편 번호도 적혀 있지 않았으며, 주소 또한 적혀 있지 않았다.

그 편지의 표면에는······.

──**사쿠타 군에게.**

받는 사람의 이름만 적혀 있었다.

동글동글한 느낌의 여자 글씨였다.

"······."

사쿠타는 기묘한 느낌을 받으면서 편지를 열어보았다. 안에는 두 번 접힌 종이 한 장만 들어 있었다.

사쿠타는 그것을 천천히 펼쳤다.

그 종이에는 짧은 메시지만 적혀 있었다.

그것을 읽은 순간, 사쿠타의 표정은 깊은 의문에 지배당했다.

편지에는…….

—내일, 시치리가하마의 바닷가에서 만나지 않을래요?

쇼코 올림.

……그렇게 적혀 있었다.

■작가 후기

  이 책은『청춘돼지』시리즈 제4권입니다.

  제1권은『청춘 돼지는 바니걸 선배의 꿈을 꾸지 않는다』, 제2권은『청춘 돼지는 소악마 후배의 꿈을 꾸지 않는다』, 제3권은『청춘 돼지는 로지컬 마녀의 꿈을 꾸지 않는다』라는 타이틀이며, 이 책에 흥미를 가지게 되신 분은 같이 구매해 주시면 감사하겠습니다.

  1권이라고 생각해 구매해주신 분…… 죄송합니다.

  여러분도 함정에 빠질 것 같은 사람을 보신다면「바니걸 선배가 1권이에요!」하고 가르쳐 주세요. 부탁드립니다.

  자, 그럼 기쁜 뉴스를 발표할까 합니다.

  아마 띠지를 통해 아셨을 거라고 생각합니다만, 이 작품의 코미컬라이즈가 결정되었습니다.

  결정됐습니다~!

  그리고 상세한 정보는! ……사실 후기를 작성하고 있는 이 시점에서는 거의 들은 게 없습니다!

  이 책이 서점에 전시되었을 즈음에는 편집부 분들과 힘을 합쳐 이런저런 것들을 결정했을 거라고 생각합니다. 이미 띠지에는 최신 정보가 실려 있을지도 모르겠군요.

아무튼 5권과 함께 코믹스판도 기대해주시면 감사하겠습니다.

일러스트를 담당하시는 미조구치 씨, 담당 편집자이신 아라키 씨, 이번 권에서도 최선을 다해 주셔서 정말 감사합니다. 앞으로도 잘 부탁드립니다.

그리고 끝까지 읽어주신 독자 여러분께도 진심으로 감사드립니다.

다음 권은 가을……에 나올 예정입니다. 그럼 그 즈음에 또 찾아뵙겠습니다.

카모시다 하지메

■역자 후기

안녕하십니까. 근로청년 번역가 이승원입니다.

『청춘 돼지는 시스콤 아이돌의 꿈을 꾸지 않는다』를 구매해주셔서 진심으로 감사드립니다.

7월도 어느덧 중순이 지났습니다.

독자 여러분께서는 여름을 잘 보내고 계신지요.

저는 올해도 또 에어컨을 장만하지 못해서 더위 걱정을 꽤나 했습니다만, 다행히 꽤 선선하게 지내고 있습니다.

아직 부산은 30도를 넘지 않은 데다, 바람이 강해서 사방의 창문만 열어놔도 꽤 시원한 바람이 들어오거든요.

요즘 몸이 좋지 않은데 그나마 더위가 덜해 한숨 돌리고 있습니다.

하지만 이 후기 작성 직후부터 더워진다면…… 그럼 또 에어컨 빵빵 카페 대피 신공을 펼쳐야하겠죠, AHAHA.

그럼 이번 4권에 대해 이야기를 조금 해볼까 합니다.

스포일러가 포함되어 있을 수도 있으니 본편을 읽지 않으신 분들은 유의해주시길!

『청춘 돼지』 시리즈 4권의 히로인은 바니걸 복장이 정말 잘 어울리는 모 선배의 여동생인 노도카 양입니다.

얼마 전에 갓 데뷔한 아이돌 그룹의 멤버인 그녀는 언니인 마이의 배다른 동생이죠.

한 아버지를 둔 이복자매이자, 어릴 적에 극단에 소속되어 있었으며, 또한 지금은 연예계에서 활동하고 있는 두 사람 사이에는 말로 표현하기 힘든 앙금이 존재합니다.

그리고 그 앙금이 쌓이고 쌓인 끝에, 사춘기 증후군으로서 터지고 맙니다.

두 자매의 몸이 뒤바뀌고 만 것이죠.

동경하던 마이로서 살게 된 노도카, 그리고 아끼는 노도카로서 살게 된 마이는 서로의 삶에 대해 알게 됩니다. 그리고 그것이 얼마나 힘든 것인지도 말이죠.

그런 두 자매가 어떤 결론을 내리게 될지, 그리고 그런 서툰 자매를 위해 사쿠타가 펼치는 활약상을 즐겨주시길!

그럼 이만 줄이겠습니다.

L노벨 편집부 여러분. 이번에 제 건강 문제로 폐를 많이 끼쳤습니다. 앞으로는 그런 일이 없도록 노력하겠습니다. 잘 부탁드립니다!

모 로봇 SRPG 게임 마니아 악우여. 네가 그걸 하려고 게임기와 모니터를 구매하는 건 이해하거든? 하지만 사흘 만에 1회차 클리어하는 건 너무하지 않아? 나는 아직 반도 못 갔다고!

여동생의 얼마나 사랑스러운 존재인지 알 수 있는(^^;) 다음 권 역자 후기 코너에서 다시 뵙겠습니다!

2016년 7월 중순
역자 이승원 올림

청춘 돼지는 시스콤 아이돌의 꿈을 꾸지 않는다 4

1판 1쇄 발행 2016년 9월 10일
1판 10쇄 발행 2023년 6월 13일

지은이_ Hajime Kamoshida
일러스트_ Keji Mizoguchi
옮긴이_ 이승원

발행인_ 최원영
편집장_ 김승신
편집진행_ 권세라 · 최혁수 · 김경민 · 최정민
편집디자인_ 양우연
관리 · 영업_ 김민원

펴낸곳_ (주)디앤씨미디어
등록_ 2002년 4월 25일 제20-260호
주소_ 서울시 구로구 디지털로 26길 111 JnK디지털타워 503호
전화_ 02-333-2513(대표)
팩시밀리_ 02-333-2514
이메일_ lnovellove@naver.com
ㄴ노벨 공식 카페_ http://cafe.naver.com/lnovel11

SEISHUN BUTAYARO HA SHISUKON IDOL NO YUME WO MINAI 4
© HAJIME KAMOSHIDA 2015
Edited by ASCII MEDIA WORKS
First published in 2015 by KADOKAWA CORPORATION, Tokyo.
Korean translation rights arranged with KADOKAWA CORPORATION, Tokyo,
through KCC.

ISBN 979-11-278-1848-7 04830
ISBN 979-11-86906-06-4 (세트)

값 7,000원

컴플리트 노비스 1~4권

타오 노리타케 지음 | 카고메 일러스트 | 원성민 옮김

「레벨 99가 되면 무슨 일이 일어난다」라는 소문과 함께,
눈 깜빡할 사이에 전 세계의 게이머를 매료시킨 디지털 MMORPG—
〈아스트랄 이노베이터〉.
레벨이 지배하는 이 게임 세계에서
아홉 명 밖에 없는 플레이어 〈리절터 나인〉들과 어깨를 견주는 검사, 이치노.
〈컴플리트 노비스(미경험자의 극에 달한 자)〉라고 불리는 그의 레벨은 『1』.
어떤 목적을 위해 솔로 플레이로 공략을 계속하던 그는
레벨 51의 사쿠라와 결투를 하게 된다.
그리고 멋지게 승리를 쟁취하지만……
사쿠라는 "치트 따위는 절대로 용서 못 해!"라면서 그를 감시하게 되는데?!

레벨이 지배하는 게임 세계에서
고레벨 플레이어를 압도하는 레벨 1의 최강 검사!

L NOVEL

© 2015 by Ryo Shirakome
Illustration Takaya-ki

흔해빠진 직업으로 세계최강 1권

시라코메 료 지음 | 타카야Ki 일러스트 | 김덕진 옮김

『왕따』를 당하던 나구모 하지메는 같은 반 아이들과 함께 이세계로 소환된다.
차례차례 사기적인 전투 능력을 발현하는 반 아이들과는 달리
연성사라는 평범한 능력을 손에 넣은 하지메.
이세계에서도 최약인 그는 어떤 반 아이의 악의 탓에
미궁의 나락으로 떨어지고 마는데─?!
탈출 방법을 찾을 수 없는 절망의 늪에서
연성사로 최강에 이르는 길을 발견한 하지메는
흡혈귀 유에와 운명적인 만남을 이루고─.
"내가 유에를, 유에가 나를 지킨다. 그럼 최강이야. 전부 쓰러뜨리고 세계를 뛰어넘자."

**나락으로 떨어진 소년과 가장 깊은 곳에 잠들었던 흡혈귀가 펼치는
『최강』 이세계 판타지 개막!**

라이트노벨의 새로운 빛! 노벨의 신간은 매월 10일에 발매됩니다. http://cafe.naver.com/lnovel11